GEORG HERMANN

WERKE
UND BRIEFE

Herausgegeben
von Gert und Gundel Mattenklott
im Auftrag des Fachbereichs Germanistik
der Freien Universität Berlin
und des Moses Mendelssohn Zentrums
für europäisch-jüdische Studien
an der Universität Potsdam

Band 7/1

GEORG HERMANN

EINEN SOMMER LANG

KETTE I

—

ERSTER TEIL

Roman

Verlag Das Neue Berlin

Herausgegeben
von Gundel Mattenklott
und mit einem Nachwort
von Tilman Krause

Zwischen Feld und Hecken
Führt ein schmaler Gang,
Süßes, seliges Verstecken
Einen Sommer lang

Detlev von Liliencron

Diese Geschichte, die eigentlich keine Geschichte ist, hat eine Vorgeschichte.

Eine Dame – Frau Luise Lindenberg – hatte zwei Töchter: Annchen und Hannchen. Ich weiß, das ist leicht zu verwechseln. Aber wenn man sich angewöhnt, Annchen und Hannchen zu sagen, und das klingt besser als Hannchen und Annchen, wird man immer wissen, daß Annchen die ältere und Hannchen die jüngere ist. Und die hatten sich also verlobt. Mit der bestimmten oder nur unbestimmten Absicht, demnächst oder später einmal zu heiraten. Jede der Töchter hatte sich mit einem anderen und für sich verlobt. Aber beide – Annchen und Hannchen – ungefähr auf den Tag zur gleichen Zeit.

Frau Luise Lindenberg war nicht reich und auch nicht arm. Sie hatte bescheiden zu leben. Aber zu viel mehr als einem etwas erhöhten Leberecht-Hühnchen-Idyll reichte es nicht. Frau Luise Lindenberg war eigentlich noch viel zu jung dazu, um demnächst Schwiegermutter zu werden. Aber da sie seit weit über fünfzehn Jahren schon Witwe war, eignete sie sich vorzüglich dazu. Eine Tatsache, die die Beteiligten nicht sogleich erkannten, die aber später von Jahr zu Jahr mit stets zunehmender Bestimmtheit sich durchsetzte.

Alles, was zur Ehe gehörte, hatte Frau Luise Lindenberg in schnellster Form, sozusagen komprimiert, unter fünfzehn Atmosphären Druck erledigt. Sie hatte geheiratet mit einem Backfischzopf, in einem Alter, in dem selbst die Heldin von Emmy Rohdens »Trotzköpfchen« noch nicht einmal ohne Gouvernante in die Konditorei geht. Sie hatte zwei Kinder bekommen und ein paar Jahre später den weit älteren Mann verloren. Und so war sie mit diesem wichtigen Lebensthema schon fertig, wenn andere – und die meisten – noch gar nicht damit begonnen hatten. Warum und weshalb sie es nie ernstlich wieder aufgegriffen, entzieht sich unserer Kenntnis. In larmoyanten Auseinandersetzungen mit ihren beiden Töchtern versicherte sie ihnen häufig und nachdrücklich, daß sie es nur dieser beiden Töchter wegen getan, trotzdem es ihr an wohlhabenden und ansehnlichen Bewerbern nicht gefehlt hätte.

Aber da die eine der Töchter – die ältere, Annchen Lindenberg – nur sehr bescheidene und brockenhafte Erinnerungen an den Vater hatte, und die andere – Hannchen Lindenberg – ihn in einem Alter schon verloren hatte, in dem man erst ganz dämmernd den Unterschied zwischen einem Menschen, einer Gummipuppe und einem Baubauhund empfindet, so war der Kausalnexus etwas schwer zu begreifen. Was (beiläufig) einen Kenner weiblichen Seelenlebens nicht in Erstaunen setzen wird.

Die Verlobungen der beiden Töchter dieser Dame aber waren gar keine rechten Verlobungen, indem daß die beiden Männer nach den Begriffen des bürgerlichen Mittelstandes durchaus nicht zu denen gehörten, die nach ihrer Lebensstellung das Recht auf die Gründung eines eigenen Hausstandes – einschließlich des damit verbundenen Eheglücks – hatten. Sondern – um es kurz herauszusagen: sie berechtigten beide zu den schönsten Hoffnungen. Das heißt: sie waren gar nichts, und es war zweifelhaft, ob sie je etwas werden würden.

Der eine – Eginhard Meyer (Eltern geben oft zu komische Vornamen, sogar wenn sie Meyer heißen), auch familiär Egi genannt – war Student. Sehr jung noch an Jahren, beschämlich jung, Gelehrtennatur, reichlich schrullenhaft; also rücksichtslos und ziemlich unerzogen. Und er hatte sich nach einer Schulzeit, die reich an Zwischenfällen war – denn es gibt sehr gute Schüler, die sehr schlechte und schwierige Schüler sind – nunmehr der Jurisprudenz zugewandt, stocherte aber ein wenig großsprecherisch in allen möglichen anderen Schüsseln der Wissenschaft herum, mit der Miene des geistig Überlegenen.

Eginhard Meyer hatte durchaus nicht die Absicht, sich einmal später auf dem Brotbaum der Advokatur anzusiedeln. Auch Öler, Bediener, Werkmeister, Ingenieur der großen preußischen Rechtsmaschine zu werden verschmähte er; trotzdem für ihn väterliche Fürsorge schon frühzeitig gewisse Schritte unternommen hatte, daß ihm die Tore dieses Maschinensaals nicht verschlossen blieben. Nein, Eginhard Meyers Streben ging danach, selbst wieder einmal Lehrer nachwachsender Generationen von Rechtsverständigen zu werden, neuen Wein in die alten Schläuche zu füllen und die Zahl der Bücher über die Rechtswissenschaft um einige zu vermehren.

Wenn Nietzsche recht hat, so er sagt: »Je größer der Mann, desto größer seine Verachtung«, so mußte unser Mann, Eginhard Meyer – das heißt, durch Rückschluß festgestellt – sehr groß sein. Denn er hatte eine maßlose Verachtung für alles, was Leute vor ihm in seinem Gebiete geschaffen hatten; eine Verachtung, die nur noch durch die übertroffen wurde, die er für jene hegte, die heute auf dem gleichen Gebiete sich betätigten. Daß er am Rande dieses keineswegs dornenfreien Weges, den er zu betreten beabsichtigte, die ersten fünfundachtzig

Jahre seines Lebens kaum große Reichtümer sammeln würde, war allen Beteiligten und auch ihm klar. Er fand sich aber mit dieser Tatsache in dem harten, entsagungsreichen Stolze des Idealisten ab.

Auch seine Braut, Hannchen Lindenberg – man muß das auseinanderhalten! – ein sehr junges Wesen, die von ihrer Mutter einen großen Wortreichtum von Pflichtbezeichnungen und sittlichen Erwägungen erblich überkommen und zeitgemäß ausgebaut hatte, fand gerade hierin einen Anreiz mehr, sich auf das pastorale Jahrzehnt einer gemeinsam durchkämpften Brautzeit vorzubereiten und zu versteifen. Es war eine Märtyrerkrone, die Hannchen Lindenberg sich mit redereicher Wollust auf die wundervollen kastanienbraunen Flechten ihres großäugigen Hauptes stülpte. Hannchen Lindenberg liebte (vielleicht mehr als ihren Bräutigam) solche Märtyrerkronen. Sie hatte das von je getan. Hannchen Lindenberg brauchte sie und suchte sich, wie spätere Jahre zeigten, stets wieder eine neue, wenn die alte schadhaft und unansehnlich geworden war und die Blicke der Umwelt nicht mehr genügend auf sich zog.

Zum Schluß lag aber nach menschlichem Ermessen der Fall keineswegs *so* verzweifelt und aussichtslos, wie die beiden – Egi Meyer und Hannchen Lindenberg – in langen Spaziergängen selbstzerfleischend sich ausmalten. Denn da die Eltern des jungen Herrn Meyer für recht wohlhabend gehalten wurden – es auch wohl waren –, so war anzunehmen, daß sie im Verein mit Frau Luise Lindenberg ein Machtwort sprechen würden, um eines schönen Tages den entnervenden Stellungskrieg der Brautzeit in die offene Feldschlacht der Ehe zu überführen. Die soziale Frage dieser beiden war – wie die meisten ihrer Art – nämlich einfach mit dem Geldbeutel zu lösen. Soweit also waren sich alle Außenstehenden einig.

Nur *wann* es geschehen würde, und wann – um es kurz und rund zu sagen – allen (außer den Brautleuten, die sich in ihrer Rolle gefielen) diese Hin- und Herzerrerei zu dumm würde ... darüber war man sich noch nicht im reinen. Denn es ist merkwürdig, wie schwerfällig Menschen von Entschluß sind, sowie es heißt, sich vom Geld zu trennen.

Ungünstiger, übler und dunkler lag der Fall der älteren Tochter der Dame – der Fall Annchen Lindenberg.

Der Mann, der in ihr Leben getreten war, hatte die ersten drei Jahrzehnte oder richtiger die ersten zweidreiviertel Jahrzehnte seines Lebens damit verbracht, es zu nichts zu bringen. Er konnte kaum sich selbst erhalten, geschweige denn hatte er die Aussicht, noch einen oder mehrere Passagiere jemals auf seinen Lebenskahn mitnehmen zu können. Er hieß nebenbei: Fritz Eisner.

Fritz Eisner hatte nach einer ziemlich nutzlos und beschränkt angewandten Jugend einige Jahre mit fast noch geringerem Erfolg Kaufmann gespielt, dann auf der Universität ein paar bescheidene Löcher sich in den dicken Mantel seiner Unbildung gerissen, ein paar Bücher geschrieben, die ihm nichts eingebracht als unendlichen Ärger mit der näheren und weiteren Familie, und die dem Verleger noch außerdem Unkosten bereitet hatten. Jetzt begann er für Zeitungen sich zu betätigen und war der Meinung, daß man das Wesen eines Malers und seiner Werke erschöpfe, wenn man diese möglichst eingehend mit schön gewählten Worten beschriebe. Und da das ein Geschäft war, von dem nur ein unverbesserlicher Optimist behaupten könnte, daß es seinen Mann nähre, so waren für das gute Mädchen, das sich an ihn und das er an sich gebunden hatte, die Aussichten scheinbar wirklich recht trübe. Denn hinter *ihrem* Freund stand keine Familie, die etwa in den Geldbeutel gegriffen hätte. Und wenn sie selbst den guten Willen dazu gehabt hätte – was man *nachher* immer behaupten kann – sie hätte die Hand verdammt leer aus eben diesem Geldbeutel zurückgebracht.

Daß es einige Leute in der Welt gab, die sich trotzdem von Fritz Eisner etwas versprachen, soll ebenso wenig verschwiegen werden, wie daß er sich um seine Zukunft aus angeborener Gleichgültigkeit wenig Sorgen machte. Aber mit dem Schriftsteller – und das war er nun mal – ist das stets eine üble und ungewisse Sache. Entweder kommt er früh zu Erfolg, so ist das zwar sehr nett, aber man kann versichert sein, es hält nicht lange an. Oder er kommt früh *nicht* zu Erfolg, dann beweist das durchaus noch nicht, daß er später welchen haben wird. Und so lag's hier und mit ihm.

Fritz Eisner jedoch sah den Dingen mit großer Ruhe entgegen. Er hatte zwar *keine* hohe Meinung von sich, denn er wußte, was *wirklich* gut ist. Hinwiederum war es ihm nach kurzer Tätigkeit doch schon zu Bewußtsein gekommen, daß die meisten anderen auf den Gebieten, auf denen er arbeitete und arbeiten wollte, auch sehr wenig Beachtenswertes boten und endlich nicht allzu übel dabei fuhren. Und das ermutigte ihn, sofern er sich überhaupt einmal Gedanken machte, was selten vorkam. Denn er war Instinktmensch, nicht ungrüblerisch, hart, ziemlich verbittert in freudloser und enttäuschter Jugend, nicht sehr umgänglich, viel mit sich beschäftigt, und er ging dabei doch aller Selbstzerlegung vorsichtig aus dem Wege und war der festen Meinung, daß sein unbewußtes Ich sein bewußtes Ich schon richtig gängeln würde.

Immerhin war er das strikte Gegenteil von dem, was man sich als einen richtiggehenden Bräutigam vorstellt, und von dem, was eine Mutter sich als Gatten für ihre

Tochter erträumt. Und da Fritz Eisner zwar der Geburt und Familie nach zum guten Mittelstande gehörte, aber bisher und zurzeit noch niemals sich dort bewegt hatte, vielmehr einsam, schlecht gekleidet oder in den Kreisen armer, kleiner und harmloser Bohème dahingelebt hatte, kurz *das* Mädchen aus gutem Hause, *den* Ball, *die* Gesellschaft, *das* Kränzchen, *den* Besuch *die* Verwandten, *das* Theater, *das* Konzert, *die* Einladung, *den* Ausflug, *das* Picknick, *den* Badeort, *die* Sommerreise, *den* Flirt, *den* Sport – all die Dinge, die junge Männer und junge Mädchen aus guten Häusern zusammenbringen, nie kennengelernt hatte, ja, ihnen mit spanischem Stolz im Bogen aus dem Wege gegangen war, so eignete sich Fritz Eisner auch sehr wenig zu seiner neuen Würde und begriff noch weniger, wie er in diese merkwürdige Lage gekommen war. Er hatte nämlich vordem auch nie mit einem Gedanken daran gedacht, zu heiraten. Eine Möglichkeit war das, die so außerhalb seines Vorstellungskreises lag wie der Bau einer Dynamomaschine für einen Foxterrier.

Bevor wir nun von den beiden jungen Mädchen – Annchen und Hannchen Lindenberg – reden, müssen wir uns aber doch einmal *die* Frage vorlegen: wie sind denn diese zwei merkwürdigen und im bürgerlichen Sinne unüberlegten und unklugen Verlobungen eigentlich zustandegekommen? Wie kamen diese beiden jungen Mädchen, bestimmt, Gattinnen braver Männer wie Kaufleute, Ärzte, Rechtsanwälte – also reputabler, durchaus prosaischer, zahlungsfähiger, im Leben stehender Menschen zu werden … und die hierzu mit vielen reizenden Nichtigkeiten dressiert, geschaffen und erzogen waren, die in keiner Weise seelisch oder geistig auffallend vom Durchschnitt abwichen … wie kamen Annchen und Hannchen dazu, auf so fragliche Versuche sich einzulassen? Und wie kam Frau Lindenberg dazu, sie, wenn auch unzufriedenen Gemüts und nicht allzu freudigen Herzens, zu billigen?

Wie kam es, daß zwei – oder richtiger vier – junge Leute in diese etwas schwierige Sache hineingeraten waren wie verirrte Wanderer in die Sümpfe?

Diese Fragen werden in ihren letzten Tiefen nie beantwortet werden. Und sie gehen uns eigentlich auch gar nichts an. Denn wir werden uns hier keineswegs mit der Kehrseite der Medaille zu befassen haben, sondern werden unsere Freude finden an den hübschen Lichtern, die über ihre blankgeputzte Vorderseite einst spielten.

Also woher diese überraschende Doppelheit der Fälle? Man könnte ja vielleicht meinen, daß die »jugendliche Übereilung« hier eine Lage geschaffen hätte, von der es kein Zurück gäbe. Aber ich bitte wirklich allerinständigst, auch nur den blassen Schatten dieses Gedankens weit von sich zu weisen. Ich würde mit solcher Belastung diese Geschichte gar nicht zu schreiben wagen. Sie ist eine ungewöhnlich sittliche Geschichte, und wer das Gegenteil in ihr zu finden hofft, der fange erst gar nicht an, sie zu lesen. Sie spielt nur in guter Gesellschaft, meine Geschichte, und außerdem noch im vorigen Jahrhundert, das noch nicht in jener verabscheuungswürdigen Leichtfertigkeit sich gehen ließ, wie sie leider das Kennzeichen des gegenwärtigen geworden ist. Und wenn sie auch im allerletzten Jahre des hingeschwundenen Säkulums spielt und dadurch manche Symptome der Übergangszeit kaum wird verbergen können – sie ist trotzdem eine in den Haupt- und Nebenpersonen streng sittliche Geschichte. Ich bitte, dies ein für allemal festzuhalten.

Die Verlobungen war in ganz anderer Weise zustandegekommen. Es waren einfach zwei Verliebungen, wie viele ihrer Art täglich sich knüpfen und wieder verlieren, die aber eines schönen Tages in den Gesichtskreis der Familien kamen und dadurch zu Verlobungen wurden – und die, was die Sache noch reizvoller gestaltete, zuerst als geheime Verlobungen vor diesen galten; indem man sie nicht in die Zeitung rückte, sondern sich damit begnügte, sie auf sämtlichen Märkten Berlins ausschellen zu lassen.

Eine richtige Verlobung kann – wenn man einsieht, daß sie ein Irrtum war, und fürchtet, sie wird nichts Gutes im Gefolge haben – gelöst werden. Eine geheime Verlobung, von zwei Familien zusammengemanscht, ist unlösbar. Ich glaube überhaupt, daß der Bürgermeister von Magdeburg Guericke für seinen berühmten Versuch mit der luftleeren Kugel, die fünfundsiebzigtausend Pferde auf jeder Seite nicht auseinanderreißen konnten, gar keine Metallkugel, sondern – um sicherer zu gehen – eine geheime Verlobung genommen hat.

Nun zu den beiden jungen Damen. Da sie drei Jahre auseinander waren und die jüngere an neunzehn Jahre war, war die andere zweiundzwanzig Jahre.

Hannchen Lindenberg, die Neunzehnjährige, war ziemlich groß für eine Frau, sehr schlank, schmal, dünngliedrig, mit kastanienbraunen, rötlich angeflogenem Haar und sehr schönen, feuchtschimmernden, großen, grauen Augen, von denen sie reichlich nach allen Seiten Gebrauch machte; etwas englisch, etwas Rossettityp. Mund, Nase, Stirn, kleines Kinn – nichts sonst an ihr war anders als gewöhnlich, und doch segelte dieses ganze junge Menschenwesen unter der Flagge einer absonderlichen Schönheit, die allerhand Dinge geistiger und seelischer Art versprach, die zu halten ganz außerhalb ihrer Macht lag. Denn Hannchen Lindenbergs natürliche Grenzen waren wirklich ziemlich eng. Trotzdem hatte Hannchen Lindenberg eine beispiellose szenische Begabung, wußte sich stets mit einem Nimbus von Streben, Interessiertheit, aufopfernder Tätigkeit wortreich zu umgeben, ohne hierbei im geringsten sich an die Tatsachen zu halten. Ja, es war geradezu bewundernswert, wie souverän und überlegen Hannchen Lindenberg mit ihnen schaltete und in freier Erfindung mit ihnen umsprang. Und zwar tat Hannchen Lindenberg das mit so einem Aufwand von Worten und unter so geschicktem Lavieren, daß manche lange Jahre brauchten, bis sie dahinterkamen, daß Hannchen Lindenberg wie eine halbleere Zigarettenschachtel nur amüsante Verpackung ohne nennenswerten Inhalt war.

Hannchen Lindenberg hatte, wie ihre Schwester Annchen, eine Höhere Mädchenschule unter privater Führung besucht, die ihre Schülerinnen nur nominell über das volle Analphabetentum der Fellachinnen erhob. Und auch hier noch hatte Hannchen – denn sie hatte einen harten Kopf zum Lernen – ungewöhnlich wenig mit hinausgenommen. Dann hatte sie unter Hängen und Würgen eine Prüfung als Kindergärtnerin bestanden; doch empfahl man, sie vorerst nicht ohne die Aufsicht einer wirklich geschulten Kindergärtnerin etwa gegen irgendwelche armen Opfer ihrer Erziehungswut loszulassen.

Seitdem aber trug Hannchen Lindenberg Stehkragen und galt bei ihren Freundinnen (sie hatte deren fünf Dutzend, neigte zur Freundschaft) als ein »wertvoller Mensch«. Seit dem versuchte Hannchen Lindenberg ständig, Väter, Mütter, Großmütter und Tanten über Erziehungsfragen zu belehren – Probleme, die man systematisch anfassen müsse. – Seitdem sprach Hannchen Lindenberg von ihren pädagogischen Arbeiten, stürzte mit einem kleinen Mäppchen unter dem Arm durch die Welt und sprang jedem Unbeteiligten mit Pestalozzi, Fröbel und Kant, über dessen Ansichten in diesen Fragen sie sich einmal grundlegend zu äußern gedachte, unter die Nase. Wie sie überhaupt ein sehr wortreiches Mädchen war. Auch erzählte sie gern, daß die Mitarbeit an den wissenschaftlichen Werken ihres zukünftigen Mannes und jetzigen Bräutigams Eginhard Meyer sicherlich einmal den schönsten Teil ihres ehelichen Lebens ausmachen würde. Hannchen Lindenbergs Gesundheit war nebenbei nicht gerade kapitelfest, und sie wurde ständig noch durch irgendwelche Gewaltsamkeiten – körperliche, geistige, seelische – überspannt.

Man wäre aber nun auf durchaus falscher Fährte, wenn man vielleicht glaubte, daß Hannchen Lindenberg dem männlichen Geschlecht etwa sehr kritisch gegenüberstand oder gar – bis auf die *eine* Ausnahme bisher – abhold gesinnt gewesen wäre. Nein. Trotz ihrer neunzehn Jahre – wir sind ja im allgemeinen geneigt, den Zeitpunkt des Erwachens der weiblichen Seele zu spät anzusetzen – also trotz ihrer neunzehn hatte Hannchen Lindenberg (vielleicht aus Klugheit) wohl schon so einem halben Dutzend von Jugendfreunden, angehenden Referendaren, werdenden Ärzten, Ingenieuren, Lehrern, ja sogar einfachen Kaufleuten (einzeln oder mehreren zu gleicher Zeit) zärtlich versprochen, »auf sie zu warten«. Und die waren nun alle von der neuen Wendung der Tatsachen enttäuscht. Und sie ertrugen diese Enttäuschung je nach ihrem Temperament: schmerzreich in sich selbst zurückgezogen; brieflich sich austobend unter Zuhilfenahme von Heines »Buch der Lieder«, das ja hierfür manche treffliche Verszeile enthält; oder, sofern sie robustere Naturen waren, stellten sie, wie wir noch sehen werden, die Ungetreue und machten ihr bedenkliche Szenen. Ja, einer – wie wir noch hören werden – trug sich sogar damit, es dem Gottesurteile des Zweikampfes zu überlassen, wer die Braut heimführen sollte.

Das gibt natürlich gar keinen Grund, im geringsten abfällig über Hannchen Lindenberg zu urteilen, und es sei versichert: Trotz alledem war sie ein *reizendes* Mädchen: sehr lebhaft, ewig für andere beschäftigt, tausenderlei Dinge besorgend, für Menschen, die sie gar nichts angingen und es ihr nie dankten, unermüdlich fleißig im Haus und in der Wirtschaft, unordentlich vor Ordnungsfanatismus, der alles stets durcheinanderjagte – denn nur die ruhenden Dinge können ihre Ordnung bewahren, und ewig Staubwischen wirbelt den Staub auf –; war sehr handgeschickt, die geborene Dilettantin, die alles versuchte und sich immer leidlich aus der Affäre zog. Aber eine Schneiderin hätte die Bluse besser im Sitz, geschmackvoller und billiger, ein Tischler das Regal stabiler und für den halben Preis aufgebaut. Auch war Hannchen Lindenberg nicht witzlos und durchaus nicht ohne persönliche Eigenart, und nur durch die leidige und krankhafte Sucht, immer mehr scheinen zu wollen, als sie war, nahm sie sich viel von dem Zauber, der wie von selbst und ohne all ihr Zutun ihre junge schlanke Person umspielte. Ein stärkerer Zauber als bei mancher sonst ... denn neunzehn Jahre sind ja auch so schon fast stets schön und blumenhaft.

Solcher Dinge war sich die ältere Schwester Annchen Lindenberg aber durchaus bewußt. Und Annchen war im Frauensinne viel zu klug, um sie etwa zu zerstören. Sie besaß viele jener netten und lieben Eigenschaften, die ein junges Mädchen vor Gott und Menschen angenehm machen. Ganz im Gegensatz zu ihrer Schwester Hannchen hatte Annchen auf der Schule einen guten Kopf gehabt, der das wenige, das man von ihm forderte, stets spielend bewältigte und sofort wieder mit Freuden vergaß, auch wohl in den Zusammenhängen oder seiner Notwendigkeit nie begriffen hatte. Aber auf so etwas wird ja in der Schule kein Wert gelegt. So war Annchen Lindenberg also zum Schluß von der Schule zwar ein halbes Dutzend leicht angefrömmelter Prämien in Goldschnitt und abscheulich gepreßten Leinewandbänden, aber sonst nichts Zusammenhängendes geblieben; – und auch sie begannen schon aus dem Leim zu gehen. Und später hatte Annchen Lindenberg sich auch mit dem wenigen begnügt, das ihr durch den Zufall irgendwelcher Gespräche und durch Freunde – denn, so eine Frau etwas von Astronomie versteht, hat sie sich sicher nie für den Sternenhimmel, sondern immer nur für den Assistenten der Sternwarte interessiert – also durch Freunde angeflogen war.

Es gab nichts in der Welt, das Annchen Lindenberg nicht spielend gelernt hätte, und nichts, das zu lernen Annchen Lindenberg etwa Lust verspürt hätte. Sah die andere, *Hannchen, überall* Probleme, selbst im Brotschneiden, so sah *Annchen nirgends* welche ... oder, wenn sie sie von der Ferne erblickte, so ging sie ihnen fürsichtiglich im Bogen aus dem Wege.

Annchen Lindenberg war dabei ebenso oder fast ebenso häuslich, fleißig, nähsam, mußte wie die anderen überall zugreifen, Blusen und Schürzen selbst waschen und plätten. Sie trug die kleinste Fahne wie eine Pariser Toilette und doch dabei etwas bohèmehaft und mit leicht genialer Schludrigkeit. Und deshalb zausten Annchen die Robusteren, Mutter und Schwester, gern. Und da Annchen Lindenberg weicher war und die Tränen ihr locker saßen, hatte sie einen harten Stand zwischen ihnen, wie ein Singvogel zwischen den Spatzen.

Irgend so ein Tröpfchen überkommenes Theaterblut kam zudem stets wieder bei Annchen Lindenberg durch. Und sie war ganz und gar Weltkind ohne jegliche Mystik, liebte in bescheidenen Grenzen alles Hübsche dieser Erde und gab sich mit Aufrichtigkeit all den Dingen hin, die das Herz eines jungen Mädchens rascher schlagen lassen.

Annchen Lindenberg war klein, zierlich, hatte Pastellfarben und ein wenig kurzsichtige Gazellenaugen; dazu ein französisches Figürchen, und sie erzählte deshalb, wie viele ihrer Art, daß sie sicher schon einmal als Marquise im achtzehnten Jahrhundert gelebt und damals – sie erinnerte sich deutlich! – zum Schluß auf der Guillotine geendet habe. Was sie heute keineswegs bedauerte.

Von dieser Zeit war Annchen Lindenberg auch eine gewisse Vorliebe nicht für französische Literatur, aber für französische Bücher geblieben. Annchen las sie, um die Sprache nicht ganz zu verlernen, wie sie sagte. Schmale gelbe Heftchen waren das mit reichlichen Illustrationen, die alle im Wesen gleich waren, wie auch die Bücher im Inhalt gleich waren ... trotzdem jedes einen anderen Titel hatte und jedes von einem anderen Verfasser stammte. Sie zeichneten sich durch die Bank dadurch aus, daß sie mit einem gewissen eleganten Freimut Dinge behandelten, die das deutsche Schrifttum jener Zeit nur erst zaghaft in die Debatte zog, wenn es nicht der Ächtung aller gesitteten Menschen und besonders der lesenden Frauen anheimfallen wollte. Im Französischen aber waren diese Dinge durchaus diskutabel und durch die Ferne einer fremden Sprache gleichsam in ein transzendentales Entzücken erhoben.

Man denke aber deshalb nicht etwa schlecht von Annchen Lindenberg: Sie war trotzdem ein reizender Backfisch von zweiundzwanzig Jahren, berühmte Tänzerin, Ballkönigin von Beruf, schon auf der Schule die unvergessene Freude ganzer Generationen von Primanern, lebensfroh, schlagfertig und witzig.

Annchen dichtete zu allen Melodien von Operetten und Kommersliedern ellenlange Poeme, die bei Tafeln und Kaffeepausen wegen ihrer spitzen und lustigen Reime mit Lachen und vielem Hallo gesungen wurden. Sie wurde sehr vewöhnt und umschwärmt, hörte nicht auf, Bonbonnieren zu naschen, hatte viel Freunde, wenig Freundinnen – hübsche Mädchen haben keine Freundinnen – und alle Welt konnte Annchen Lindenberg gut leiden wegen ihres weichen und gefälligen Wesens, das – vielleicht das Beste an ihr – ganz im Musikalischen verankert war. Im Gegensatz zur Schwester Hannchen und zur Mutter Luise Lindenberg, die keinen Ton in der Kehle und im Kopf hatten.

Ja, Annchen Lindenberg hatte sehr früh schon durch Singen und Klavierspielen viele Hoffnungen erweckt, war auch unter Opfern eine Reihe von Jahren von guten Lehrern und Lehrerinnen ausgebildet worden. Aber es lag nun einmal nicht in ihrem Wesen, das jede Zielstrebigkeit im Innersten ablehnen mußte, Hoffnungen zu erfüllen.

So war alle Welt charmiert von Annchen Lindenbergs wunderhübschen musikalischen Gaben, die fast *zu* gut für einen Dilettanten waren; aber doch auf zu niederer Stufe standen, um irgendwie eine berufliche Verwendung zuzulassen oder sich in die Öffentlichkeit wagen zu dürfen. Ihrem netten schillernden Temperament war es eben nicht gegeben, bei irgendeiner Sache in die Tiefe zu gehen, und wenn ihr Lehrer, der einen berühmten Namen trug, auch jahrelang nur große Musik mit ihr getrieben hatte, Annchen Lindenberg war doch erst in ihrem Element, sowie sie einen lustigen wertlosen Reißer über die Tasten herunterwirbeln konnte. Und statt sich in die ernsten Lieder der Meister zu vertiefen – sie kannte sie wohl auch – erntete Annchen Lindenberg lieber billige Triumphe vor verzückten alten Damen mit Liedern, in denen zwitschernd Spatz und Spätzin sich unterhielten oder ein kleiner Fink Tirili-Tirili sang, nach jeder Strophe sechsmal. Immerhin, ihr Wesen war in Musik verankert, und das ist eine göttliche Begnadung.

Vielleicht hing mit dieser musikalischen Betonung ihres Wesens ein Mangel an Tatsachengefühl zusammen, der so stark war, daß man nie wußte, wie weit ihre Phantasie und ihre Fabulierfreude sie gerade treiben würde. Annchen Lindenberg erzählte gern Dinge, die ihr gerade einfielen, ohne daß sie in Menschen oder Ereignissen Begründung hatten. Und wie jemand, der springt, beim dritten Versuch meist weiter kommt als beim ersten, so hatte ihre Erzählung beim drittenmal auch bedeutend an Umfang und Ausrundung gewonnen. Und so kam es, daß sich öfters Menschen brieflich ausführlich beschwerten, weil sie zum Beispiel wider ihren Willen von Annchen Lindenberg mit Leuten verlobt worden waren, die sie gar nicht oder nur nebenher kannten, oder mit denen sich zu verloben sie gerade absichtlich auf das strengste vermieden.

Annchen Lindenberg hatte aber jetzt schon fünf bis sechs reichlich bemessene Ballwinter hinter sich, wenn sie auch durch eine schwere Krankheit, aus der sich ihr Fünkchen Leben nur wie durch ein Wunder wieder zur Welt zurückgefunden hatte, und die Annchen Lindenberg noch jetzt überaus zart und sehr jung erscheinen ließ, ein oder zwei davon nicht ganz so durchgetanzt und durchgejubelt hatte wie die anderen. Manche Bande hatten sich da geknüpft; und einmal hatten schon zwei beratende Familien das Schlagnetz über Annchen Lindenberg und irgendeinen nicht aussichtslosen Herrn fallen lassen, ohne daß es glückte, beide länger als wenige Wochen zu halten.

Wer von beiden wieder fortflatterte, wird ewig unaufgeklärt bleiben und geht uns ja hier eigentlich auch gar nichts an. Es sei nur erwähnt, um so einen leichten Hauch von Enttäuschung zu erklären, der ihre Sonnigkeit überschattete, ein erstes Mädchenaltern der Erfahrung; und um verständlich zu machen, warum Annchen Lindenberg sich jetzt mit ihrer kleinen lieben Seele an einen Menschen geklammert hatte, der von einem ganz anderen Lebensufer kam, der zäh und schwerblütig, robust und doch nicht grobnervig war, halb gefüllt mit tiefer Bitterkeit und halb mit trunknem Entzücken ob dieser Welt war, hart verbissen und vorwärtsdrängend, und der in allem das Gegenteil war zu ihrer gottgesegneten Leichtlebigkeit.

Fritz Eisner glaubte, daß es ein Leichtes sei, sie an die Hand zu nehmen und in sein Land hinüberzuführen, das Annchen Lindenberg im tiefsten Wesen stets fremd und nichtssagend sein und bleiben mußte.

Und Annchen Lindenberg sah nicht, daß ihre Welt nur dazu angetan war, ihn immer tiefer in sich hineinzutreiben. Wie ja überhaupt zwei Menschen, von denen der eine zentripetal und der andere zentrifugal ist, sich nie berühren können.

Natürlich waren sie jetzt beide, Fritz und Annchen, der Meinung, daß sie und nur sie füreinander bestimmt seien, und waren sehr glücklich in ihrer jungen, albernen, kaum getrübten Zuneigung. Sie waren fest überzeugt, daß sie aufeinander durch ein Leben schon gewartet hätten.

Denn vor allem der Mann redet sich in dieser Lage ja so etwas stets ein, und die Frau läßt ihn gern in dem Glauben. Der Mann sagt sich nie, daß es doch ebenso gut wie er ein anderer hätte sein können, und daß sich dann das Bild nur ganz wenig anders gestaltet hätte. Denn so ist das Wesen der Frau beschaffen, daß sie dem liebenden Mann, wer und was er auch sei – wie ein Spiegel, der jedem dient, der kommt – immer nur die Züge seines eigenen Ich zurückstrahlt.

Man hätte ja nun unbedachterweise den Einwurf erheben können, daß Frau Luise Lindenberg Annchen und Hannchen besser und weniger oberflächlich hätte erziehen müssen, um sie irgendwie einmal auf eigene Füße zu stellen. Denn Frau Luise Lindenbergs Haushalt sah nach außen zwar ziemlich großzügig und gastfrei aus, war aber innerlich doch unendlich klein und bescheiden.

Aber man vergißt, daß unsere Geschichte vor bald zwanzig Jahren spielt, da man, Gott sei Dank, noch nicht in allen Schichten davon überzeugt war, daß ein Mädchen durchaus etwas lernen und einen »Beruf« ergreifen müsse. Und dann möchte ich ein für allemal eines feststellen: die Dinge sind, wie sie sind; und ich *hasse* Vorwürfe jeder Art. Außerdem gibt es wirklich genug Ameisen; und die zierliche Grille ist etwas Entzückendes auf der Lebenswiese. Ich jedenfalls möchte weder sie noch den süßen Schall ihrer Stimme missen.

So – – – nachdem ich nun diese fünf Menschen wortreich und ausführlich in diese Geschichte, die keine Geschichte ist, eingeführt habe, möchte ich bemerken, daß sie mit ihr gar nichts zu tun haben. Was hat der rote Faden mit der französischen Revolution zu tun? Nichts. Und doch erzählt uns jeder Geschichtslehrer, daß er durch die französische Revolution hindurchgeht. Verändert er sich? Wird er grün, gelb, hellblau? Reißt er? Nein – er geht hindurch, an einem Ende hinein und am anderen hinaus. Genau so werden diese Menschen durch diese Erzählung gehen. Am Anfang hinein und am Ende wieder hinaus. Unverändert. Annchen Lindenberg wird mit dem Schriftsteller, wie er sich nennt, Fritz Eisner zum Schluß genau so öffentlich heimlich verlobt sein wie Hannchen Lindenberg mit dem Cand. jur. Eginhard Meyer, der zum Schlusse aber Doktor Eginhard Meyer heißt. Was soll man groß von ihnen sagen?! Und außerdem sind ja Brautpaare über die Maßen langweilig. Frau Luise Lindenberg wird sich vorerst nur wenig nach der Seite der Schwiegermutter hin entwickelt haben, wohin sie später doch mit der ganzen ihr innewohnenden Tatkraft ihrer früh selbständigen Persönlichkeit drängte. Keiner wird wankend werden; trotzdem Annchen wie Hannchen dieses mehr als einmal nahegelegt wird – Mütter gönnen ihren Töchtern gern das Beste! – aber nichts derart wird sich mit ihnen ereignen.

Also rekapitulieren wir noch einmal: Frau Luise Lindenberg – eine Dame zu Beginn der Vierziger – wohnte im Westen Berlins in einer altmodisch behaglich eingerichteten Vier-Zimmer-Wohnung, deren Vorzüge sie, wie alles, was sie besaß, nicht genug preisen konnte. Da die Erzählung im April 1899 angeht und das Haus wohl schon an die zehn Jahre damals stand, so stammte es aus der übelsten Bauzeit, die Berlin je durchgemacht hat. Und es ist erstaunlich, warum es Professor Schultze-Naumburg als eines seiner beliebten Gegenbeispiele bisher entgangen ist. Trotzdem bildete es die Quelle ständigen Entzückens für Frau Luise Lindenberg. Es war die schönste Wohnung im elegantesten Hause Berlins und nur noch durch die übertroffen, die sie einst in der Steinmetzstraße gehabt hatte. Diese Steinmetzstraße war ein Stichwort, auf das sich Mutter und Töchter in für sie reizende, für andere sterbenslangweilige Jugenderinnerungen viertelstundenlang vertieften. Das einzig Nette für den Außenstehenden war, daß sie fluktuierten und zu verschiedenen Zeiten von den verschiedenen Familienmitgliedern verschieden erzählt wurden. Nur das eine war von vornherein bestimmt: daß die, die sie erzählte, stets als Heldin im Mittelpunkt stand.

Und wiederholen wir weiter: Annchen Lindenberg hatte sich um die Iden des Märzes – sie sind schon seit dem Jahre 44 vor Christo stets verhängnisvoll – mit Fritz Eisner; und Hannchen Lindenberg – wunderbare Doppelheit der Fälle! Oder war es eitel Konkurrenzneid?! – mit dem Cand. jur. Eginhard Meyer heimlich verlobt.

Und da ja solch eine heimliche Verlobung nicht Fleisch und nicht Fisch ist und gesellschaftlich allerhand Peinlichkeiten mit sich bringt – (soll man die jungen Leute einladen oder nicht? einzeln? oder zusammen? soll man ihnen eine Vase auf den Platz stellen mit Seerosenmuster oder nicht? soll man sie zusammen mit dem anderen offiziellen Brautpaar – Ernst Heymann und Elli Grummach – bei dem Toast hochleben lassen oder nicht? sollen die gleichen jungen Leute, die bisher in dem Hause verkehrten und den Töchtern den Hof machten, fürder dort verkehren oder nicht? da es eigentlich doch in seinem Endzweck nunmehr illusorisch geworden ist? lauter ernste Fragen!) – da es aber ferner Frau Luise Lindenberg nicht über sich brachte, mit rauher Hand in diese jungen Glücke einzugreifen; und da sie endlich doch wiederum etwas Distanz zwischen die Parteien zu legen – manches pflegt sich dann von selbst zu erledigen – für gut und heilsam hielt ... so also beschloß Frau Luise Lindenberg, keine Badereise zu machen, sondern schlichtweg den ganzen Sommer über, vom 1. April bis in den Oktober hinein, in die Nähe von Berlin in eine Sommerwohnung zu ziehen.

So weit ist alles klar; und Frau Luise Lindenberg hatte, nachdem sie genugsam sich umgetan, einer alten Liebe folgend – sie hatte, als die Kinder Annchen und Hannchen noch klein waren (ja, ja, Kinder wachsen heran, eh man sich's versieht!) einmal einen Sommer in Potsdam gewohnt – hatte wieder sich zu Potsdam entschlossen. Und bei »Potsdam«, im Hause der Witwe eines Kapitäns – ein gefährliches Handwerk! – hatte sie eine kleine möblierte Wohnung gefunden, die sie noch mit eigenen Möbeln und Küchenstücken etwas behaglicher gestalten wollte.

Potsdam, oder richtiger »bei Potsdam«, war für ihre Zwecke überaus geeignet. Es war nicht so nah, daß die beiden jungen Herren Fritz Eisner und Egi Meyer tagtäglich herauskommen konnten. Auch hätte ihr das bedenkliche Löcher in ihr Jahresbudget gerissen, da Verlobung und Freitisch bekanntlich Synonyma sind. Und es war doch nicht *so* weit, daß sie etwa allzu selten kämen. Für all ihre übrigen Bekannten und Freunde – denn Frau Luise Lindenberg lebte seit Jahren von Bekanntschaften und Verabredungen; sie nannte das einen »entzückenden Kreis« – war es gerade recht.

Resolut also, wie Frau Luise Lindenberg war, hatte sie ihre beiden Töchter Annchen und Hannchen bei befreundeten Familien für einen bis zwei Tage eingestellt, sich selbst am frühen Morgen aber schon mit drei Ziehleuten, die – der beginnenden Tageszeit entsprechend – noch leidlich nüchtern waren, herumgeschlagen (weil sie anscheinend dem großen Spiegel mit der Goldkonsole und dem Früchtekranz in Stuck nicht die nötige Schonung angedeihen ließen, die einem Spiegel, der noch aus der Einrichtung ihrer seligen Mutter stammte, entgegenzubringen ihr Pflicht der Pietät und der Denkmalspflege schien). Sie hatte dann, nachdem das letzte Küchenbord aus der Tür geschafft, die Wohnung verschlossen; dem Portier und dem Briefträger Verhaltensmaßregeln für alle Eventualitäten gegeben; das Mädchen, das mit dem Staublappen hinter dem Mahagonikleiderschrank hergerannt war, endgültig entlohnt und mit Reisegeld unter Segenswünschen den Sommer über zu den Eltern in ihre Heimat nach Nakel an der Netze gesandt; und war langsam zum Bahnhof gepilgert, um nach Potsdam oder besser »bei Potsdam« hinauszufahren. Dorthin hatte sie auch Fritz Eisner bestellt. Denn als alleinstehende Frau fühlte sie sich Möbelleuten in etwas fortgeschrittener Tagesstunde nicht mehr gewachsen.

Man hätte ja auch Egi Meyers Hilfe hierbei in Anspruch nehmen können. Aber erstens hätte Hannchen nie geduldet, daß man ihren Bräutigam seiner wissenschaftlichen Arbeit – was für seltsame Bezeichnungen doch manche Leute für Schlafen haben – in der Vormittagszeit, die bekanntlich seine hierfür ergiebigste Zeit war, um eitler Nichtigkeiten willen entzogen hätte.

Zweitens jedoch pflegte Egi Meyer nicht *einen* Zug, sondern in der Regel *drei* Züge nacheinander zu versäumen. Und drittens war anzunehmen, daß er im Fall irgendwelcher Konflikte mit den Ziehleuten sich wortreich auf den Rechtsstandpunkt gestellt und den Ziehleuten auseinandergesetzt hätte, daß und warum ihre Ansichten und Forderungen selbst mit den unentwickelten Rechtsbegriffen der Ureinwohner Nordpatagoniens (siehe: Wilhelm Giesecke, Die Wiege des Rechts, pagina 373-392) nicht in Einklang zu bringen wären.

Da war Fritz Eisner schon eher für solche Dinge zu gebrauchen. Er war Schriftsteller und hatte deshalb nach der Meinung aller Leute überhaupt keinen Beruf und immer für sie Zeit. Daß er mehr Nächte in seinem Leben durchgearbeitet hatte als mancher Tage, zählte nicht. Zweitens war er schon älter, also männlicher von Erscheinung als Egi Meyer, der noch reichlich jungenhaft erschien. Und drittens und letztens war er von seinen Kaufmannsjahren her gewohnt, sich mit den Wirklichkeiten des Lebens auf einfache Weise auseinanderzusetzen. Und so war er beordert worden, gegen Mittag (eher konnte der Möbelwagen nicht draußen sein) »bei Potsdam« sich einzufinden und zu erscheinen.

Fritz Eisner war aber nun gerade der Meinung, daß es nötig wäre, daß er sich über einen Maler ausführlich vernehmen ließe, über den sich zu äußern damals noch nicht so die Pflicht eines jeden Kunstschreibers war, wie sie das heute ist. Überhaupt muß daran erinnert werden, daß Anno ehedem in Berlin die Kunst noch keineswegs so Mode war wie in unseren Zeiten, wo an jeder Ecke eine Ausstellung einer anderen Richtung ist und täglich dreimal an jeder Straßenbahnhaltestelle eine Versteigerung stattfindet. Trotzdem fühlte man sich ohne Kunst damals in Berlin wohler als heute mit ihr. Denn die Kunst war in Berlin zur Zeit noch durchaus keine Sache, die sich aufdrängte, sondern ein stilles, bescheidenes Blümchen war sie, das man suchen mußte, ein Reservat eines kleinen Hümpels von Menschen, die sich untereinander kannten, und die sich überall dort wiedertrafen, wo die Kunst in Berlin ihre paar Schlupfwinkel hatte. Die anderen Menschen ignorierten die Kunst völlig, hatten eine berechtigte Verachtung für sie und kamen nur in Harnisch, wenn sie sich etwa erfrechte, nicht das »Edle und Schöne« darzustellen, um das sie sich sonst den Teufel scherten, von dem sie auch nur sehr unklare Vorstellungen hatten, das sie aber zu diesem Behuf in Erbpacht genommen hatten.

Fritz Eisner hatte also beschlossen, über diesen Maler, den die Erbpächter des »Edlen und Schönen« noch ganz besonders in Verruf erklärt hatten, sich vernehmen zu lassen, nicht nur, weil er empfand, daß in diesem noch viel angefeindeten Manne einer der stärksten Maler der

Gegenwart steckte, sondern auch ferner, weil er eingesehen hatte, daß Verlobtsein zwar ein äußerst angenehmer, aber auf die Dauer kein ausreichender Beruf sei. Und endlich, um den Leuten jetzt gerade zu zeigen, was er könne. Und außerdem war er überzeugt, daß die Menschheit auf ihn und diese seine Arbeit ganz besonders warte.

Er hatte sich also wider seine Art früh erhoben und diesen Mann aufgesucht. Der hatte ihn sehr freundlich empfangen, Bilder gezeigt, ihm Rede und Antwort gestanden – denn ein Künstler ist stets freundlich, wenn jemand über ihn schreiben will, und es mag der bescheidenste Anfänger sein. (Kleinvieh, sagt er sich, macht auch Mist.) Und durch diese Freundlichkeit irregeleitet, hatte Fritz Eisner sich bewogen gefühlt, dem Maler einen Einblick in seine persönlichen Verhältnisse zu gewähren und ihm strahlend zu erzählen, daß er sich versprochen, ja mehr als das: verlobt hätte. Und er war nun der Meinung gewesen, daß der andere sein Entzücken über diese Tatsache teilen würde. Aber der hatte ihm nur erzählt, wie *er* sich seinerzeit verlobt hatte. Der erste, dem er es gesagt hätte, wäre Menzel gewesen, auf der Promenade in Kissingen. Die kleine Exzellenz hätte wütend geknurrt, sich umgedreht und ihn ganz verdutzt stehen lassen. Darob enttäuscht, wäre er nach München gefahren und hätte von seinem Glück gleich brühwarm an Lenbach berichtet. »Zu solchen Sachen pflege ich nach zehn Jahren zu gratulieren«, hätte Lenbach gesagt. Sonst nichts. Und er, der Sprecher, hätte, durch Erfahrung gewitzigt, sich hierin jetzt Lenbachs Manier zueigen gemacht.

Fritz Eisner beschloß bei sich, doch in der Würdigung des Malers – der Gerechtigkeit wegen! – eine gewisse Gemütskühle, die sich auch in der Tongebung seiner Bilder deutlich aussprach, nicht zu vergessen.

Und Fritz Eisner hatte sich weiter die Linden herunter in die schönen, still-feierlichen Räume des Kupferstichkabinetts begeben, um sich mit dem graphischen Werk seines Opfers noch mehr vertraut zu machen, das dort, in Mappen wohl verwahrt, in Schränken gut verschlossen, seiner harrte.

Dort aber saß an dem Pult der Assistent. Mit mächtigem, hängendem Schnauzbart unter einer gebogenen, amüsant beweglichen, großen und schmalen Nase. Kahl geschoren, mit dem kleinen Schädel auf dem großen Körper; ein Raunzer, ewig hilfsbereit dabei, unermüdlich für alle, die in irgendeinem Eckchen des großen Gebietes der von ihm betreuten Sammlungen etwas suchten; ein sarkastischer Herr, berühmt wegen seiner witzigen Grobheit.

Und da Fritz Eisner mit ihm gut stand, so konnte er sich nicht beherrschen, den anderen – gelegentlich einer Anfrage – von der letzten und neuesten Wandlung seines Zivilstandes in Kenntnis zu setzen. Wie gesagt, es war ganz still im Saal, der ziemlich voll war. Es war wie immer Kirchenstimmung. Und warum sollte das nicht sein, wo junge Adepten die Blätter Schongauers, Dürers, Rembrandts und Goyas zum erstenmal mit klopfendem Herzen in der Hand halten durften? Man flüsterte nur, wandte Blätter, trat verzückt einen Schritt zurück. Selbst die Diener, uralt und freundlich, bewegten sich in Moderatissimo und schoben die auf Gummirädern leise gleitenden Wägelchen mit Mappen und Werken langsam und feierlich durch den langen Raum.

Aber der Herr am Pult da oben liebte es, diese Stimmung hin und wieder zu zerreißen. »Zum Donnerwetter!« brüllte er wie ein Waldesel, daß es von einem Ende des Raumes zum anderen dröhnte, und sah über die Gläser seines Kneifers von seinem erhöhten Sitz auf den armen Fritz Eisner, halb zornig, halb mit tiefem Mitleid, herunter. »Zum Donnerwetter, junger Mann, überlassen Sie derartige Dummheiten doch uns alten Eseln!«

Die Adepten aber blickten mit tiefem Mißmut nach Fritz Eisner, der durch offen verkündete Dummheiten ihre Andacht störte, so daß der es vorzog, alsbald ziemlich verdattert sich zu empfehlen.

Aber da es für seinen Zug noch zu früh war, so beschloß er vorerst noch einmal einen ihm wohlgesinnten Herrn, Kunstfreund, Sammler und Kunstschriftsteller aufzusuchen, der ihn gern bevaterte und mit seinen Kenntnissen und Büchern unterstütze, um bei ihm den neuen Monet zu betrachten und an seinen wohlgemeinten Glückwünschen sich von den Schicksalsschlägen des Vormittags zu erholen.

Er hätte es nicht tun sollen. Denn der Herr, der es liebte, Leuten den Kopf zurechtzusetzen, es sozusagen bei seinen jüngeren Freunden und Bekannten, die er unter seine Fittiche genommen hatte, beruflich betrieb, putzte – er war auch gerade ein wenig nervös, denn er hatte selbst etwas auf den Tag abzuliefern, und so etwas *macht* nervös – putzte Fritz Eisner herunter, als ob er silberne Löffel gestohlen hätte, als dieser ihm so nebenbei und hintenrum mit der Neuigkeit kam.

Hatte der vorher nur von einer Dummheit gesprochen, so erklärte er es für einen glatten Wahnsinn, der seine Existenz, sein Künstlertum, seine Entwicklung, alles zunichte mache und ihm Sorgen aufbürde, denen er nicht gewachsen sei.

Das einzig Schmeichelhafte für Fritz Eisner war, daß der andere auf Goethe exemplifizierte, der sicher nicht Goethe geworden wäre, wenn er in einem so lächerlichen Alter wie Fritz Eisner daran gedacht hätte, sich für sein Leben zu binden.

Und ehe Fritz Eisner es sich versah, stand er mit ein paar Zigarren in der Hand, die ihm von dem etwas cholerischen Herrn gleichsam als Trostpreis schnell zugesteckt worden waren, wieder vor der Türe.

Und als Fritz Eisner nun langsam durch die sonnige Straße zwischen Kindern, die Murmeln spielten und Kreisel schlugen und Himmel und Hölle sprangen – denn dadurch macht sich in Berlin der Frühling bemerkbar – zum Bahnhof schob, hatte er genugsam Muße, darüber nachzugrübeln, warum kluge ältere Männer doch ganz anders über manche Dinge dächten als die zunächst Beteiligten.

Der Zug war ziemlich überfüllt, und im Abteil war ein wenig Familienstimmung. Der schöne Tag – viel hatte es noch nicht davon gegeben – hatte die Menschen mitteilsam gemacht.

Fritz Eisner saß einem jungen Mädchen gegenüber, irgendeinem schlichten, blonden, lachenden Ding, das reichlich mit den Augen nach ihm blitzte und ihrer Nachbarin mit dem Marktkorb – auch einer Bekanntschaft von eben – in lauter Absichtlichkeit erzählte, daß sie heute einen freien Tag habe, nach Schlachtensee führe und sich Kaffeekuchen schon mitgenommen hätte. »Na und das andere«, meinte die Nachbarin mit dem Marktkorb und mit einem ermunternden Blick auf Fritz Eisner, »wird sich auch noch finden.«

Und der Zug brauste und ratterte an grauen Hinterhäusern vorüber, fuhr über Brücken mit Gepolter, daß unten in den Straßen die Kutscher ihre Pferde fest an die Kandare nehmen mußten, damit sie nicht hochgingen, tappte sich wie lichtblind in dem Schatten einer breiten Senkung hin, ließ Gasometer und qualmende Schornsteine hinter sich und begrüßte über Möbelwagen und Stätteplätze fort mit freudigem Gewieher Felder und Äcker, auf denen sich die Wintersaat hob, und über denen sich das weite Halbrund des Himmels wölbte … eines blauen Himmels, zu dessen Höhen, wie Stufen einer Riesentreppe, ein Dutzend weißer Wolken vom Horizont emporführte – jede über der anderen, jede alleinstehend und für sich, und jede unten scharf und schnurgerade wie mit einem Messer abgeschnitten. In der Stadt vergißt man so leicht, daß der Himmel ein Ganzes ist und seine Launen hat: schöne, rosige, lächelnde, wilde, stürmische, graue, melancholische, lockere, lichte, dunkel-sinnliche wie Blutwellen und nachtschwarze; daß er Lieder trällern kann und in Orgelfugen dröhnen.

Und dann kamen Vororte mit kleinen Häuschen, grauen, altmodischen Bauten, einzelstehend, von hastiger, gelber Sonne beschienen, zwischen Bäumen, die noch kahl waren, aber doch schon ganz leicht grünlich überflogen, und von denen allerhand Kätzchen im Luftzug des vorübersausenden Zuges pendelten; Gärten, wo Leute den schwarzen Boden umgruben oder mit Kennerblick den lichtgrünen Kegel eines Stachelbeerbusches betrachteten, als wollten sie seine paar Blättchen zählen – Gärten schossen vorbei. Und in einem zwischen vier Beeten von Stiefmütterchen saß auf dem Starkasten, der an einer Stange hing, ein Starenpaar, sonnte sein metallisch-schimmerndes Gefieder und ließ es sich wohl sein. Von dem Gerüst eines riesenhohen Neubaues her, der kündete, daß hier die bescheidene Zeit des Landhauses ein Ende hätte und der Mietskaserne die Zukunft gehörte, winkten johlend Arbeiter herab, dem Zuge nach.

Es war Frühling. Richtiger Frühling, ganz anders als in der Stadt.

Und dann kamen Stationen. Alte Fahrgäste bröckelten ab; die Frau mit dem Marktkorb stieg aus, wünschte (wieder mit einem verständnisvollen Blick auf Fritz

Eisner) dem blonden, lachenden Ding viel Vergnügen. Neue stiegen ein. Und das junge Mädchen suchte vergeblich mit den Augen, wen sie mit ihrem freien Tag, mit Schlachtensee und ihrem Kuchenpaket wieder ins Vertrauen ziehen könnte. Und ihre Blicke blieben immer häufiger und immer länger an Fritz Eisner hängen, der – als ob es nichts Interessanteres auf der weiten Welt gäbe als den Taubenschwarm, der da oben am Himmel exerzierte und jetzt wie eine zerstäubende Rakete lichter silberner Funken erschien, um im nächsten Augenblick schon wie auf Kommando sich zu drehen und schwarz wie ein Flug schwarzer Dohlen die Kreisschwenkungen zu vollenden – ... der mit der Miene Josephs bei Madame Potiphar von seinem Ecksitz aus dem Fenster hinausstarrte.

Und immer größer wurden die Flächen der Felder, die Ort von Ort trennten, und hinten zogen schon bläuliche Wälder in breiten und doch zarten Pinselstrichen vorüber. Und ehe man es sich versah, war man mitten drin im Wald. Erst hatte es noch so kleine Kuscheln auf Sand- und Heideboden zwischen dürren und gelben alten Gräsern gegeben – man wußte nicht so recht: wollte das schon Wald sein oder noch nicht – und dann ließ der Zug das braune Stangenholz vorüberschnellen. Wie die Zähne eines Kammes, wenn man mit den Fingern darüberstreicht, die sich leicht umlegen und wieder zurückfedern, so tanzte es am Auge vorbei. Nur hie und da ragte eine Birke mit mondscheinfarbenem Stamm und roten Hängezweigen, in ihrem ersten lichten, zartgrünen Musselin gehüllt, aus dem toten, vorweltlichen Dunkel der Kiefern auf und hob ihren graziösen Kopf über das Nadelgewirr. Denn die Birke ist ein sehr ehrgeiziger Baum, will immer die erste und höchste sein und gibt nicht eher Ruhe, bis sie die anderen um Hauptеslänge überragt. Hie und da huschte auch ein einsames Häuschen, ein Türmchen, das in die Waldstille eingesprengt war, vorüber; und ein rotes Dach winkte von ferne. Und schon glänzte von unten her das blanke, bläuliche Metall des Schlachtensees durch die Kiefernstämme, die kräftiger und bizarrer wurden und weiter auseinanderwichen, als wollten sie nicht zu viel von dem schönen Bild des Sees verdecken.

Eine ganze Strecke vorher begann der Zug zu bremsen, als wünsche er Fritz Eisner Zeit zu lassen, es ja sich noch einmal genau zu überlegen, ob es nicht doch besser, ratsamer und angenehmer für ihn wäre, zusammen mit dem jungen Ding mit dem Kuchenpaket sich zu erheben.

Aber Fritz Eisner blieb fest. Trotzdem es ganz verdammt an ihm zerrte. Er wandte nur den Kopf und erwiderte mit halb entschuldigenden, halb streichelnden Blicken die letzte stumme Aufforderung. Und als das junge Ding mit seinem Kuchenpaket draußen auf dem Bahnsteig etwas langsam und unschlüssig – denn was macht man an solch einem Frühlingsnachmittag allein? – zum Ausgang strebte, da nickte ihm Fritz Eisner wie zum Abschied zu. Und plötzlich kam ihm zum Bewußtsein, als ob er sich doch ohne Not ziemlich viel von der Buntheit dieser Welt verschüttet hätte. Es war ihm, als ob seine Jugend dort eben aus dem Zug gestiegen wäre und er ihr nachwinkte.

Aber die Preußisch-Hessische Eisenbahn nimmt auf Sentimentalitäten ihrer Fahrgäste wenig Rücksicht. Sie geht ratata ratata immer weiter, genau nach dem Fahrplan auf die halbe Minute.

Fritz Eisner sah im Abteil sich um: keins der alten Gesichter mehr. Solche Eisenbahnfahrt – sagte er sich, wie er sich zum Fenster zurückdrehte – ist doch genau wie das Leben. Einer nach dem anderen von den ersten Mitreisenden verläßt uns; neue steigen dafür zu, und zum Schluß sitzt man zwischen lauter fremden Leuten.

Und wieder kamen Kiefern, Stangenholz, dicht, dunkel, tot. Wieder grünumsponnene Birken; und über den Schutzstreifen neben den Gleisen, in denen erstes Leben durch die welke vorjährige Grasnarbe sich zum Licht quälte, taumelten ein paar gelbe Falter, ganz trunken von der neuen Sonne. Dann flog ein Leuchten über den Wald. Ein weißes Aufblitzen ferner Wasserbahnen kam; und jetzt öffnete der Wannsee seine Buchten, blinkte das blaue Parkett seiner stillen, besonnten Flächen auf.

Die Segelschiffe waren noch nicht draußen. Sie lagen noch – angepflockt an ihre Bojen – gleich Möwen, die mit eingezogenem Gefieder vorerst auf dem Wasser sich treiben lassen, und in denen doch schon die Sehnsucht zuckt, die Flügen zu breiten und, die Brust gegen den Wind, dahinzuschießen. O welche schönen Schwingungen heute die Ufer hatten, und wie sie ganz fern nach Kladow und Schwanenwerder hin im Duft des ungetrübten Himmels sich verloren.

Fritz Eisner mußte an den alten Fontane denken, der einmal über ein Theaterstück geschrieben hatte, es käme ihm vor wie eine Fahrt von Berlin nach Potsdam. Der erste Teil wäre öde, und der Schluß wäre öde. Aber in der Mitte läge: der Wannsee.

Der Zug aber gestattete nicht, daß man lange bei einzelnem verweilte. Er brauste wieder in die schwarzen Wälder hinein und duldete kaum einen sekundenlangen Blick auf die Ecke am Kleinen Wannsee, wo Heinrich von Kleist den einzig möglichen Ausweg von dem Dilemma dieses Daseins fand. Die Birke, die erst nur zu Besuch bei den Kiefern war, wurde nun Herrin. Rechts und links der Bahn in nicht breiten, aber schönen hohen Schlägen. – Und was gibt es Anmutigeres als Birken im ersten Frühling! Diese neunzehnjährigen Nordlandsmädchen unter den Bäumen; ganz kühl, ganz blond, sehr schlank, sehr gesund, und doch voller Seele und Sehnsucht. Und dann kamen weite Sumpfwiesen, halb überschwemmt noch, mit spitzen Grashalmen wie Florettklingen aus dem Wasser, und mit gelben Sumpfdotterblumen, die sich spiegelten wie Irrlichter. (Caltha palustris! sagte sich Fritz Eisner.)

Merkwürdig, daß die meisten aus der Schule den Namen Caltha palustris mitgebracht haben, und daß damit aber auch ihre Wissenschaft sich erschöpft! In Sexta haben sie sie durchgenommen, in der ersten Botanikstunde. Und es ist gerade, als ob einer aus einem ganzen Alphabet, das er einmal auswendig gelernt hat, nur das A behalten hätte. An das L kann er sich nicht mehr erinnern und an das Z erst recht nicht.

Und Weberkaten tanzten vorbei; und in einem Gärtchen, eingeengt zwischen Hinterhaus und grauen Lattenzäunen, über Primel- und Aurikelbeeten winkte der erste blühende Kirschbaum, weiß über und über, ein vielarmiger Korallenstock an Blüten. Ach, hier war ja schon Frühling, richtiger Frühling.

Und wie vorhin Fritz Eisner bei dem lächelnden Ding mit dem Kuchenpaket fast wehmütig empfunden hatte, daß eine alte Zeit von ihm Abschied genommen; so kam es ihm jetzt vor … als die Kuppeln Potsdams, Stadtschloß, Deutscher Dom, Garnisonkirche und weit unten zwischen niederen braunen Dächern der schlanke und doch so mächtige Turm der Heiligen-Geist-Kirche ihn grüßten in dem vollen Licht des Tages, unter einem Himmel wie ein klingendes Becken, das sich vom Pfingstberg zum Brauhausberg hinübergelegt hatte … als, sich dehnend und in die Fernen verlierend, am Tornow und

Kiwit die Havel sich auftat, die ein munteres Dämpferlein furchte, die Havel, breit, spiegelnd, eine Sache für sich, doch ein ganz ander Ding als die Bucht des Wannsees ... als in schwarzerdigen Gärten sich stets und ständig die weißen Korallenstämme mehrten ... und als rosige gleichfalls vorübertanzten ... und als Felder, richtige Felder von einer breiten Chaussee durchschnitten, und Wiesen, richtige Wiesen, sich da zu dem Wasser hinausstuften ... und als Fritz Eisner nun empfand, das alles würde *ihm* gehören für die Zukunft, einen Sommer lang, nicht jeden Tag zwar, aber doch so oft er wolle ... da kam es ihm jetzt vor, als ob eine neue Zeit ihn lächelnd begrüßte, und er war freudig erregt, als er endlich »bei« Potsdam aus dem Zug kletterte.

Frau Luise Lindenberg jedoch stand auf dem Bahnhof und empfing Fritz Eisner händeringend und schon ziemlich verzweifelt. Der Möbelwagen wäre noch nicht da. Die Leute müßten nach ihrer Aussage schon über eine Stunde hier sein. Wenn nur nichts passiert wäre! Vielleicht ein Radbruch in Zehlendorf! Oder ein Zusammenstoß mit der Straßenbahn. Über einen Eisenbahnübergang brauchten sie gottlob nicht, so daß ganz schwere Katastrophen kaum zu erwarten seien.

Fritz Eisner bemerkte begütigend, daß es geschäftlich unklug wäre, die Zusagen von Ziehleuten für eidesstattliche Versicherungen zu nehmen. Sie müßten unterwegs die Pferde füttern und tränken und sich selbst auch. Und man könne versichert sein, daß sie beides öfters, ausgiebig und langwierig tun würden. Er zweifle, daß sie vor Spätnachmittag kämen. Aber er wäre fest überzeugt, daß sie eine bis zwei Stunden vor Sonnenuntergang schon wieder abgefahren wären. Denn nach Hause ginge es im Karriol.

Ob sie etwa dann noch rasch etwas essen könnten?!

Gewiß! Soweit *er* die Psychologie der Möbelleute kenne, könnten sie noch ein Diner von fünfzehn bis achtzehn Gängen nehmen, ehe die sich blicken ließen.

Und sie setzten sich beide in die Wirtschaft am Bahnhof unter die Bäume, und der Zug fuhr ein paar Schritt davon vorbei, und man konnte vom Kupeefenster aus einem, wie man sagt, direkt in die Suppe spucken.

Durch dünne, sich belaubende Äste – das heißt, ein paar fingen damit eben an, die anderen trauten dem Frieden noch nicht recht – fielen die Sonnenstrahlen in Goldmustern auf das weiße Tischtuch, und die Schatten, die sich daneben noch scharf von Zweigen und Zweiglein auf dem hellen Leinengrund abhoben, waren schön blau und wundervoll durchsichtig.

Fritz Eisner suchte an Hand dieser Schatten Frau Luise Lindenberg in das Wesen des Impressionismus einzuführen; sprach von Manet und Monet; setzte absolutes Weiß mit Eins, reines Schwarz mit Hundert an, und versuchte nun Frau Luise Lindenberg zu belehren, daß man bisher fälschlich ... während man jetzt »richtig« eingesehen ... und das wäre eben das Verdienst jener Pariser Malergruppe, die in Deutschland noch keineswegs ...

Aber sehr weit kam Fritz Eisner damit nicht. Denn erstens war Frau Luise Lindenberg zwar unendlich kurzsichtig, aber nichtsdestotrotz war sie eine enragierte Erbpächterin des »Edlen und Schönen«; und zweitens interessierte sie dieser Manet mit seiner blöden Neuerungssucht keine Spur; und sie hüllte nun ihrerseits – wie eine Spinne die Mücke – Fritz Eisner in die Fäden eines Gespräches ein.

Sie erzählte mit schöner Bestimmtheit der Voraussetzung von lauter Menschen, Männern und Frauen ihrer Verwandtschaft und ihrer Bekanntschaft, die Fritz Eisner genau so gleichgültig waren wie Frau Luise Lindenberg dieser französische Pinseler, dessen Namen man nie gehört hatte. Lauter Leute waren das – in Berlin oder anderswo; in Oranienbaum, Nakel, oder in Melsungen, oder in Burg – die sehr bekannt, sehr tüchtig, sehr geistreich und berühmt schön und vor allem sehr reich waren; und die doch, wie Fritz Eisner sich sagte, kein Luder kannte. Und die fürder (was das Bestimmende!) den Weg zwischen Windel und Sterbehemd sang- und klanglos und beträchtlich stumpfsinnig zurücklegten oder zurückgelegt hatten.

Da Fritz Eisner aber schon über das erste Stadium des Photographien-Erklärens – Frau Luise Lindenberg hatte drei Alben, eines sogar mit Spielwerk, wenn man es aufmachte; aber es war entzwei und klimperte gottlob nicht mehr; und außerdem hatte sie noch einen großen Kasten voll, mit kunstvoller Laubsägearbeit verziert – da er über das Photographien-Erklären schon hinaus war: Das ist Tante Trautchen aus Melsungen. Die ist noch heute berühmt in ganz Melsungen, so schön war sie. Zwei Leutnants und ein Assessor haben sich ihretwegen umgebracht. Und das Unglück! man denke: *Diese* göttliche Person ist später bucklig geworden, deutlich schief und bucklig. (Erstens also war es gar keine Tante, sondern eine Verwandtschaft linker Hand, undefinierbare Nebenlinie; und zweitens brauchte sie gar keinen Buckel mehr, sondern hatte schon von Anfang an Glupschaugen und ein Mopsgesicht gehabt) – – Also ... da Fritz Eisner für Frau Luise Lindenberg schon als ziemlich eingeweiht galt, so exemplifizierte Frau Luise Lindenberg von eben dieser Tante Trautchen wieder auf alle möglichen anderen Menschen, von deren Existenz er ebenso wenig eine Ahnung hatte. Er verstände doch: das wäre ein Halbbruder von dem aus Burg bei Magdeburg.

Und Frau Luise Lindenberg war erfreut, wie schweigsam und aufmerksam Fritz Eisner ihren Berichten folgte. Aber Fritz Eisner, der das erstemal Frau Luise Lindenberg so im rücksichtslosen Licht des hellen Tages gegenübersaß, betrachtete eigentlich nur nachdenklich ihre Züge. Und er fand, daß Frau Luise Lindenberg doch im Grunde älter aussah, als sie war. Verknittert, etwas versorgt, unfroh, klein, hastig im Wesen, ohne Zentrum, wie vor sich selbst fliehend. Ein selbständiger, tüchtiger, aber ein beschränkter und kein angenehmer Mensch. Doch im letzten noch ganz Provinz. Und nicht einmal gute Provinz. Keine Spur von diesem breiten behaglichen In-sich-ruhen, daß einer alten großstädtischen Familie eigentümlich war und die Marke gab.

Wie Frau Luise Lindenberg das alles herausbrachte – ohne eine eigen geprägte Wendung! ohne Anschauung! Ödester, kleinlichster Tatsachenstil! Kein Hauch jenes seelischen Blütenstaubs, der mit Jugend und Alter ja gar nichts zu tun hat, sondern eine sympathische Erscheinung ist, die wir wie Moschus noch in der allerwinzigsten, kaum nachweisbaren Dosierung verspüren. Eigentlich war sie doch das – Fritz Eisner wurde es das *erstemal* klar – das, was er immer einen »seelischen Miesnick« nannte. Na gottlob, sein Annchen war nicht so. Und unter seiner Ägide würde sie sich ja noch ganz anders entwickeln!!

Und man brachte Schnitzel, dick und groß und schön paniert, als ob sie mit einer Moosdecke überzogen wären. Und Frau Luise Lindenberg berechnete, daß es billiger wäre, Sonntags hier zu essen, und daß das auch die häßliche Kocherei spare. Und Fische kamen, die behaupteten, Karpfen zu sein, aber sich aßen, als ob man versehentlich ein Nadelkissen gekocht hätte, so voll spitziger Gräten steckten sie. Die Tunke jedoch – so sagt man wohl jetzt – (nebenbei: warum und weshalb eigentlich:

Tunke? Ein feiner Mann *tunkt* nicht) – die Tunke jedoch war vorzüglich, und Frau Luise Lindenberg beschloß, in die Küche zu gehen, um der Wirtin, die natürlich selbst kochte – sie hätte schon mit ihr geplaudert – das Rezept abzuluchsen.

Fritz Eisner aber sagte, er wolle einmal sehen, ob der Möbelwagen denn noch nicht käme.

Schön, meinte Frau Luise Lindenberg, dann trägen sie sich nachher Nummer achtzehn, eine Treppe.

In Wahrheit aber wußte Fritz Eisner ganz genau, daß an den Möbelwagen noch nicht zu denken war. Er hatte nur Sehnsucht, sich einmal hier umzuschauen, den ersten Gang allein durch das zukünftige Königreich seiner Liebeswege zu machen. Und zweitens wußte er aus den Photographiealben und dem Kasten mit der kunstvollen Laubsägearbeit doch gerade schon so viel, daß erst die eine Seite, die ihres verstorbenen Gatten, bisher von Frau Luise Lindenberg durchgenommen war, und daß die andere, die ausgiebigere und größere Hälfte, jede Minute zu befürchten sei. Und so zog Fritz Eisner seinen Hut und trollte sich.

Nach verschiedenen Seiten gabelten sich die Wege, und Fritz Eisner stand einen Augenblick unschlüssig. Da drüben über die Bahn fort … da hatte er jetzt gar nichts zu suchen. Er wußte: erst kam ein schmaler Streifen Wald, dann bog der Fahrweg ab und ging außen am Gatter entlang; hinter dem man das Damwild, in Rudeln langsam vorrückend und mit den schaufelschweren Köpfen pendelnd, das Gras zupfen sah; und hinter dem auch – aber scheuer und stolzer und tiefer im Waldinnern, weit hinten, wo die Bäume dichter wurden – manchmal ein mächtiger Rothirsch, selbst still und starr aufragend wie ein Baum, dem spähenden Auge sichtbar wurde.

Auf der anderen Seite aber kamen Hecken, Wiesen, Felder. Man fühlte, daß die Welt weiter ging, die Begrenztheit aufhörte. Weit, weit drüben war sogar ein Hügel, und dann bog die Straße wieder und suchte sich die Havel.

O, dort würde Fritz Eisner überall noch entlanggehen, und zwar *nicht* allein! Und den anderen Weg nach Geltow zu auch. Aber ihn liebte er nicht.

Überhaupt seltsam, dachte Fritz Eisner, die Bahn trennt doch eigentlich hier zwei Welten. Sie ist wie eine Mainlinie. Alles, was links ist, kann überall sein; aber das, was rechts ist, auf seiner Seite, das ist eben auch im kleinsten und bescheidensten ein Ding ganz eigener Art. Ein Haus, ein Weg, ein Mensch, eine Kutsche, von den Parks zu schweigen; aber selbst die Bäume und das Buschwerk sind hier anders – Potsdamer Luft!

Fritz Eisner wandte sich und ging ruhig und vor sich hinträllernd vorerst einmal nicht dem Möbelwagen entgegen, sondern einen breiten Lindenweg hinunter mit himmelhohen Bäumen, die noch fast kahl waren, aber in der Sonne doch nichts weniger mehr als winterlich dreinschauten. Von drüben her roch es nach Veilchen; und der ganz leise Aprikosenduft der Himmelschlüssel mischte sich drein. In dem schon voll begrünten Rasen aber, zwischen gelben Tuffs von Primeln, hielten ein paar goldige Fasanen Mittagsrast; und andere zogen mit langen nachschleifenden Schwänzen, den Kopf leise von links nach rechts drehend, von dem einen runden Haselbusch zum anderen hinüber.

Und dann lockte so ein kleiner ausgetretener Seitenpfad abseits durch ein Wäldchen.

Hier müßte es sehr hübsch sein, wenn erst alles ganz grün wäre – und es Abend wäre, meinte Fritz Eisner. Aber er ging ihn nicht hinunter, notierte ihn sich nur im

Kopf, wie ein Heerführer für alle Fälle einen Weg in eine Karte einzeichnet.

Langsam belebte sich die Straße mit allerhand sehr vornehm aussehenden Lakaien; und mit Soldaten in nagelschweren Stiefeln, immer im Tempo eins zwei, eins zwei, automatisch gehend wie Maschinen, die, einmal angekurbelt, nun von selbst weiterlaufen. Drüben brannte der grelle Fleck einer roten Husarenuniform; und eine Hofkutsche – ein Traber davor, ganz dünn und langgezogen und hochbeinig, als ob er versehentlich unter eine Pflanzenpresse geraten sei, und ein paar Hofdamen darin, die sehr spitz und kühl aussahen – glitt vorüber.

Richtig! Richtig! Das war ja alles hier geheiligt durch die Nähe des preußischen Hofes, der mit vielen kleinen Anzeichen in Erscheinung trat, wenn er auch selbst in seinen höchsten und reinsten Kristallisationen meist unsichtbar blieb, da er ähnlich wie Goethe von sich sagen konnte: Wenn die Leute noch denken, ich bin in Weimar, bin ich schon in Jena.

Dann kam ein alter Paradeplatz mit roten Ziegelwegen und mit tänzelnden Bronzepuppen auf Kuppeln hüben und drüben, von Schloß und Kavaliersbauten, zu denen hohe, geschwungene Freitreppen hinanführten. Eine ganze Welt erstarrter Sandsteinfiguren sonnte sich auf Dächern und an Rampen und Gartenmauern.

Fritz Eisner trällerte immer noch vor sich hin. Er achtete nicht viel auf seine Umgebung; er hatte nur einmal, als er nun rechts abbog und am Schloß entlangschritt, die schöne Empfindung von hohen, kühlen Räumen mit weißen Decken, über die sich das Licht silbrig und mild verteilt. Aber er ging ihr nicht nach. Das war heute *nicht* seine Welt.

So! Nun war doch endlich Einsamkeit und Park, und geschwungene Wege und Buschwerk und Rasenflächen und Baumgruppen darauf gestellt, wechselnd in Form und Mächtigkeit; Koniferengruppen, die wie steile Basaltkegel ragten; und Laubholz, das noch in tausend Zweige zerzasert war, aber schon ahnen ließ, welche große ruhige Formen es bald haben würde, wenn es seinen grünbunten Mantel erst übergeworfen hätte. Da zog es ihn schon ganz anders hin. Jede Bank streichelte und liebkoste Fritz Eisner mit den Blicken: hier könnte man sich wohl mal hinsetzen! Aber diese wäre schöner – weil sie noch abseitiger wäre.

Wenn der Frühling in Berlin nur eine verarbeitete Fabrikarbeiterin im Sonntagsstaat gewesen war (morgens um sieben Uhr gellt die Dampfpfeife wieder, und das verwischt sich nicht in einmal vierundzwanzig Stunden!) ... wenn er in den Vororten selbstgefällig und doch armselig war wie eine Frau Rechnungsrat, die nachmittags in ein Gartenlokal Kaffee kochen geht ... so war er hier wie eine junge Schloßherrin. Hier arbeitete man nicht und verdiente nicht mehr, man besaß, war etwas kühl, etwas unnahbar, aber sehr wohlgepflegt und lächelnd und von den schönen Farben unerschütterter Gesundheit.

O, da waren ja ganze Maiblumenfelder. Sie blühten noch nicht, aber sie *würden* blühen für Fritz Eisner und Annchen Lindenberg. Und vor einem bescheidenen Schlößchen aus der Schinkelzeit standen mit krummem Gehörn auf scheuen Köpfen, mit nervösen Streichholzbeinen ein paar amüsante Bronzegazellchen, auf die er früher nie so geachtet hatte. Aber für Gazellenaugen hatte Fritz Eisner jetzt den Sinn bekommen. Und als er sich überzeugt hatte, daß niemand es sehen konnte, ging er heran und tätschelte eins von den kalten Tierchen ganz vorsichtig. Eine Bronze, sagte er – sich vor sich selbst entschuldigend – muß man nicht nur sehen, sondern fühlen.

Und dann kam ein Gartenpförtchen, gußeisern und abscheulich, das wundervoll quietschte ... und wieder lag die lange Straße, die zum Bahnhof führte, vor Fritz Eisner. Sie lag da, gerade, in Licht und Schatten wie durch einen Schwerthieb gespalten, ganz still, auch nicht von fernster Ferne noch vom Rumpeln eines Möbelwagens erfüllt. So weit Fritz Eisner sah, kein Mensch, keine Seele, nichts Lebendes. Nur ein Hund stand mitten auf dem Fahrdamm, ein undefinierbarer Hund, weißgrau über und über, und dabei mit braunen, rehbraunen Ohren, die wie angenäht aussahen und von dem ganzen Tier, das kein Glied rührte, den Eindruck des Spielzeughundes noch verstärkten. Fritz Eisner suchte ordentlich nach Nähten und Stichen mit den Augen, und er sah noch einmal genau hin, ob der Hund nicht etwa doch Räder unter den Füßen hätte oder auf ein Brett aufgenagelt sei. Aber er war – wie wir später noch sehen werden – ein durchaus und in allem natürlicher Hund!

Die Straße war auf der einen Seite vom Park begrenzt, der mit uralten Bäumen über hohes Gitter und Buschwerk auf die bescheidenen kleinen Häuser und altmodischen grauen Villen der anderen Seite hinabsah. Eine davon war sehr vornehm, hatte Säulen und eine breite Freitreppe, über die auf Bildern immer die Königin Luise herunterkommt. Aber da die Villa sehr klein war, so bestand sie eigentlich *nur* aus Säulen und Freitreppe.

Und dann gab es ein paar Häuser, die sicherlich von einem Maurermeister erbaut worden waren, der eine Fachschule frequentiert und nun versucht hatte, architektonisch eine komprimierte Taschenausgabe von Dohm und Lübke: »Die Baustile aller Zeiten und aller Länder« zu edieren. Und es war ihm überraschend geglückt.

Sogar ein paar Läden hatten sich auch hier hinaus gewagt, die einzigen weit und breit. In dem einen hatte sich eine Putzmacherin angesiedelt, und sie bewies wieder einmal die traurige Tatsache, daß die Männer meist vor den Frauen sterben; denn das ganze Fenster war über und über mit Trauerhüten in wehenden Schleiern dekoriert. Es sah aus, als ob ein Witwenkongreß da abgehalten würde. Der andere Laden aber war von einem Materialwarenhändler belegt, keinem modernen mit Chicorée und Brüsseler Trauben und Tomaten in Sägespänen; nein, von einem altmodischen, einem aus vergangenen Tagen mit einer heimtückischen Klingel unter der Schwelle und knirschendem Sandfußboden. Solch einem, bei dem noch alles, was man kaufte, Mehl, Kartoffeln, Zucker und Suppengrün, nach Petroleum schmeckte; und nur die Äpfel nicht, weil sie nach Zwiebeln schmeckten ... oder nach Heringen. Solch ein Laden war es. Und Fritz Eisner betrachtete ihn mit Mißtrauen.

Aber wo mochte nur Nummer achtzehn sein?! Nach den Schilderungen der Frau Luise Lindenberg mußte sich hier drüben ein Landhaus erheben – inmitten wohlgepflegter gärtnerischer Anlagen – von so stolzeinfacher Vornehmheit, als ob die Perponchers und die Radziwills sich gemeinsam ein Sommerschloß gebaut hätten. Und gerade – was die Sache noch reizvoller gestaltete! – neben einigen noch richtig ländlichen, ja beinahe dörflichen Baulichkeiten. Also da war ja eine breite Einfahrt, die sich dann zum Hof weitete ... einem Hof mit Hühnern, Trippeltauben und Enten, der von ein paar niederen, langgezogenen Kästen flankiert war, vor denen man sich nicht klar wurde, was nun die menschlichen Wohnungen und was die Ställe waren. Es wurde aber für Eingeweihte nach den Bewohnern unterschieden. Frau Luise Lindenberg nannte so etwas idyllisch.

Und daneben stand ja ein sehr bescheidenes graues Haus, eigentlich nur zwölf Fenster (nach Frau Luise Lindenberg waren es zwanzig gewesen; sie hatte wie die meisten für Zahlen ein pleonastisches Gedächtnis), zwölf Fenster mit etwas herum und einem Dach darüber. Und oben im ersten Stock mit einem eisernen Nistkorb von Balkon, der durch eine dünne hölzerne Scheidewand mit Milchglasscheiben in zwei halbe Nistkörbe gespalten war. Das Gärtchen vor dem Haus bestand aus Sonne, Buchsbaumeinfassung und Kieswegen, die sich symmetrisch um eine Wasserkunst gliederten, an der ein kleines bunttönernes Wichtelmännchen hockte und angelte. Es schien wie die meisten Angler nicht viel Glück zu haben.

Fritz Eisner blieb einen Augenblick stehen und suchte nach dem Eingang. Denn er sagte sich, die Leute, die in dem Haus wohnten, müßten doch irgendwie in das Haus hineinkommen; und wenn man auch unten leicht in die Fenster hineinklettern konnte, so wäre das doch im ersten Stock immerhin für Damen schwierig und peinlich. Es wohnten aber *sicher* Damen drin; denn da sang ja zum Klavier eine weibliche Stimme. Sie war recht ungeschult. Sie hatten nicht viel Metall. Sofern man nicht Blech auch zu den Metallen rechnen will. Schön war sie keineswegs, die Stimme. Sehr bescheiden und ungeschult. Annchen sang anders. Was war das nur für ein Lied? Ein bißchen trivial, aber ganz einschmeichelnd. Fritz Eisner horchte scharf hin, aber er hörte nur immer wieder: »Fliegenschmalz, Fliegenschmalz, lülüü, lalaa, Fliegenschmalz lülü, Fliegenschmalz lala.«

Ein neckisches Lied, sagte sich Fritz Eisner. Na, Annchen wird es schon kennen, die kennt alle solche Lieder.

Aber wirklich, da war ja doch eine Gartentür, und an der Seite war solche Art Hof mit Sandboden, auf dem

Bäume standen, sechs Bäume. Und unter den sechs Bäumen waren vier Lauben. Für jede Sommerpartei eine. Und da von der Rückseite aus war auch ein Eingang, eine Treppe mit ausgelaufenen Stiegen und ein Glasdach, auf dem die schönste Sammlung vorjähriger Insekten, Dipteren, Coleopteren, Lepidopteren lag, die ersonnen werden kann. Nur in einem Hotel in Neubrandenburg erinnerte sich Fritz Eisner auf einem Glasdach – nirgends in der Welt gibt es so viel Glasdächer wie in Kleinstadthotels – eine Insektensammlung von ähnlicher Schönheit und Vollkommenheit liegen gesehen zu haben.

Fritz Eisner klopfte, und Frau Luise Lindenberg öffnete und bemerkte gebrochenen Herzens, sie könnten nicht die Nacht über hier bleiben, wenn der Möbelwagen nicht käme.

»Warum denn nicht?« meinte Fritz Eisner mit einem Blick auf die Betten, die weiß herüberglänzten.

»Man *kann* eben so nicht bleiben.«

Aber es wäre doch sehr gemütlich, meinte Fritz Eisner, und er identifizierte sehr absichtlich »gemütlich« und »eingewohnt«.

Den Möbeln sah man nämlich durchaus an, daß sie schon manche Sommerkampagne durchgemacht hatten. Und überall, im Schlafzimmer und im Wohnzimmer und im »Salon«, schien stets die Schlacht mit gleichmäßiger Heftigkeit getobt zu haben. Die Wände waren mit einer großgemusterten, braungrauen Tapete beklebt; was ja, wenn niemand hier wohnte – an Winterabenden, so im Lichtkreis der Lampe – eine ganz behagliche Stimmung geben mochte, aber an einem hellen Frühlingstag wie diesem recht trübselig machte.

Das einzig Auffallende war auf einer Konsole in der Ecke ein ausgestopftes kleines Äffchen, grau mit braunen Pfoten, von der Größe einer kleinen Katze, das aufrecht neben einem Baumstamm stand und mit Engländerzähnen an einer verstaubten Haselnuß herumknackte, von der man die Empfindung hatte, daß sie hohl sein müßte.

»Ei, sieh doch mal«, sagte Fritz Eisner, »der ›Lar‹ von Wilhelm Raabe!« Wilhelm Raabe hat nämlich ein Buch nach einem ausgestopften Affen benannt, den ein alter Arzt als seinen Hausgott, als seinen »Lar« verehrte.

»Rabe?« sagte Frau Luise Lindenberg, die nur das letzte Wort apperzipiert hatte (denn in ihrem Hirn war gerade der Möbelwagen verbrannt), und kiekelte mit ihren kurzsichtigen Augen herüber. »Ich hatte es für ein Eichhörnchen gehalten!«

»Nein, es erinnerte mich an etwas *von* Raabe – es ist ja ein Äffchen.«

»Ach, dann hat das der Kapitän gewiß mitgebracht«, meinte Frau Luise Lindenberg, nicht ohne Stolz, im Hause der Witwe eines so hochgestellten Mannes gemietet zu haben.

Die Aussicht vom Balkon vorn war wirklich hübsch. In Bäume hineinblicken ist stets hübsch, ob sie kahl oder belaubt sind. Aber die Nachbarin sang immer noch das merkwürdige Lied: »Fliegenschmalz, Fliegenschmalz ... lülü, lalaa ... Fliegenschmalz lülü ... Fliegenschmalz lalaa!«

Frau Luise Lindenberg kannte es auch nicht.

Und von dem kleinen Hinterbalkon – zwei Stühle konnte man auf ihn stellen, und der dritte mußte schon halb in der Tür stehen – hatte man einen Blick über die ländlichen Nachbarbaulichkeiten, dann über die Eisenbahn fort – (ein Zug machte gerade Fensterpromenade, und man glaubte auf einem Erdbeben zu sitzen) – und endlich verlor er sich – der Blick – durch Wiesen, Gärten und Felder nach der Havel hinunter. *Unter* dem Balkonchen aber, eingeklemmt zwischen Brandmauern, war ein Drahtkäfig. Und als Fritz Eisner heruntersah, da stand doch da unten auf einer Kiste der Spielzeughund von vorhin, ganz still, regte kein Glied, hob nur den Kopf und sah starr zu ihm hinauf.

Und dann, ja dann war da noch irgendwo ein ganz kleines Gartenhäuschen unter den Bäumen, höchstens von zwei Zimmern am Ende des Grundstücks, wo es zu dem schwarzen, umgegrabenen, von Dung rauchenden Gemüseland einer Gärtnerei hinüberging.

»Weißt du«, meinte Frau Luise Lindenberg, »wir könnten mal herunter zu der Frau Kapitän gehen und sagen, daß wir da sind, und sie begrüßen; und ich habe auch verschiedenes mit ihr noch zu besprechen, und bei der Gelegenheit kann ich dich ihr gleich vorstellen. Das ist wohl notwendig. Der Möbelwagen kommt heute doch nicht. Aber ich bin das *letztemal* mit Lehmann gezogen!« Denn Frau Luise Lindenberg war eine von *den* Frauen, die da meinten: Was brauche ich mir das Leben leicht zu machen: wenn ich es schwer haben kann?

»Ach ja«, rief Fritz Eisner, »solche Kapitänswitwe muß nette Sachen haben. Indische Muscheln und Schiffsmodelle. Und malaiische Kris! Und vergiftete Pfeile! Ich hatte einen Kapitänssohn als Mitschüler, und bei dem hingen sogar unter Glas und Rahmen noch von seinem Großvater her Blumen vom Grabe Napoleons auf Sankt Helena. Mit der Kapitänswitwe freunde ich mich an. Vielleicht hat sie auch Japansachen.«

Von den Photographien, die Südseemädchen, nur in ihre braune Haut gehüllt, gleich gruppenweise zeigen, und die ebenfalls einem Kunstkenner nicht unerfreulich erscheinen, erwähnte er vor den keuschen Ohren der Frau Luise Lindenberg nichts.

Und bang und klopfenden Herzens, denn die Aussicht auf fremde Schätze elektrisierte Fritz Eisner stets – ihm floß eigentlich Sammlerblut in den Adern – ging er mit herunter.

Also es war nichts, absolut nichts, nicht die Spur, nicht die kleinste Negerarbeit, kein Pfeil, keine Muschel, an ein Schiffsmodell schon gar nicht zu denken. Nicht der geringste Exotismus; nicht mal ein Elefant aus Ebenholz, wie ihn jeder Weltreisende einfach mit sich bringen *muß*. Das sah Fritz Eisner auf den ersten Blick.

Das eigentlich Bemerkenswerte in den Zimmern der Kapitänswitwe war neben ein paar Photographien über dem Sofa ein Stück modernen Kunstgewerbes, eine riesige Brandmalerei. Ein Meter zwanzig zu achtzig mindestens. Mit einem schönen rotgrünen Mohnblumenkranz und dem Spruch in reichverzierten Majuskeln:

»Ein Heim, von Liebe warm durchglüht,
Wo wandellose Freude blüht,
Und Frohsinn sich zu Glück gesellt
Das ist das Schönste auf der Welt.«

Fritz Eisner hatte sich auch eine richtige Kapitänswitwe als eine liebe alte Dame vorgestellt mit Silberhaar und glattem Scheitel und einer großen, gediegen funkelnden Granatbrosche, schwarzgekleidet, etwas schwerfällig, am liebsten am Fenster sitzend und, die Hände auf dem Leib, leise und freundlich lächelnd. Also die Kapitänswitwe hier war von allem das Gegenteil. Sie war noch keineswegs alt, aber sie wollte bedeutend jünger scheinen, als sie war. Eine statiöse Person war sie, mit hübschem, aber nicht gerade feinem Gesicht, kanarienblond, nach letzter Mode frisiert und schick in eine Art Reitkleid gepreßt; sehr freundlich, aber von der unwiderleglichen Freundlichkeit der Aufsichtsdame in einem Warenhaus

(»Fräulein Puphal – bitte kommen Sie einmal zu mir!«). Und Kinder hatte sie … vier Stück, immer so ungefähr eine Olympiade auseinander. Alles Mädchen, wohl so vier-, acht-, zwölf-, sechzehnjährig. (Der Kapitän, reimte sich Fritz Eisner zusammen, muß eigentlich nach den Zeiträumen, die zwischen den Kindern liegen, sehr umfassende Weltreisen auf Segelschiffen gemacht haben.) Sie sollten sofort herausgejagt werden; aber Frau Luise Lindenberg bat, sie möchten bleiben, sie störten gar nicht und wären doch so reizend.

Und das waren sie auch! Bildhübsch! Jedes auf seine Art. Keins dem anderen ähnlich. Sie erinnerten eigentlich in der Abstufung an die Haarwellen in den Auslagen der Friseure, die von Blond über Rot zu Braun und dann zu Schwarz laufen.

Ja, es schien hier noch weiter – wie Fritz Eisner staunend feststellte – eine ganz merkwürdige, biogenetisch geradezu verblüffende Tatsache in diesen Kindern in Erscheinung zu treten. Nämlich, eines war zweifellos etwas mongoloider Typ; eines Wikinger, reines Nordlandsblut; eines Mittelmeertyp; und das Kleinste ganz klar mit der olivfarbenen Haut, der breiten Nase, diesen großen, schönen, dunklen Augen, die ein wenig an die eines Leonbergers erinnerten: den leichtgewulsteten Lippen, diesen starren schwarzen Haaren, Südseetyp … Es hatte also hier sicherlich der jeweilig-vorhergegangene Aufenthalt des Kapitäns durch seine Fülle von Erinnerungsbildern abweichend auf den sonst zu erzeugenden Normaltyp der beiden Eltern gewirkt. Etwas, was wohl bisher vermutet, aber in so reiner Erscheinungsform kaum je beobachtet worden ist, sagte sich Fritz Eisner.

Frau Luise Lindenberg stellte Fritz Eisner vor. »Der Bräutigam meiner älteren Tochter Annchen, Frau Kapitän«, sagte sie. »Meine jüngere Tochter ist auch verlobt mit … « – Frau Luise Lindenberg machte eine Pause – »mit einem Doktor der Jurisprudenz« (das klang doch besser).

Fritz Eisner fühlte, wie die Frau Kapitän ihn mit einem nicht ganz unwohlgefälligen Blick einhüllte, und schloß daraus, daß der Kapitän doch schon vor längerer Zeit mit seinem Schiff untergegangen sein müßte. Ein richtiger Kapitän ertrinkt.

»Er ist Schriftsteller«, sagte Frau Luise Lindenberg, nicht ganz ohne Stolz, als ob sie damit aussprechen wollte: er treibt zwar etwas, was eigentlich nichts einbringt; – aber es kann doch nicht jeder.

Ein Schriftsteller jedoch schien der Frau Kapitän wenig zu bedeuten. Sie war wohl mehr für abgehärtete Freiluftmenschen, braunrote, grogtrinkende Seebären … Und da Frau Luise Lindenberg von ihr auch tausend Dinge über Wirtschaft, Bäcker, Schlächter, Milchmann, Gemüsefrau, Wäsche wissen wollte und ferner bat, ob sie ihr nicht noch ein halbes Dutzend mittlerer flacher Teller für die Küche hinaufstellen könnte, so wandte Fritz Eisner sich den kleinen Mädchen zu.

Die Sechzehnjährige – frühreifer Mittelmeertyp, schon ganz damenhaft gekleidet – las plötzlich wie verbiestert »Des Doktors Töchterlein« von der Helmuth. Das heißt, sie hatte ein anderes aufgeschlagenes Buch noch darunter liegen.

Die Zwölfjährige – das blonde Wikingermädchen – schrieb mit schiefem Kopf langsam und schwungvoll und schräg in das Schönschreibeheft eine Seite nach der Vorschrift: »Müßiggang ist aller Laster Anfang – Emil.« Emil stand nämlich noch besonders da, weil man das große E gar nicht genug üben kann. Die wenigsten Menschen schreiben es schön.

Die Achtjährige – der mongoloide Typ – ohne Zweifel die netteste von dem Vierblättrigen (solche Art von Kind, das sich mit einem Ball und einer Mauer ganz still für sich drei Stunden lang beschäftigen kann) saß ruhig da und kniff abwechselnd das eine und dann das andere Auge zu.

»Was machst du denn da, Lottchen?« fragte Fritz Eisner nach einer Weile.

»Ach, ich habe mir ein Spiel erfunden, Onkel.«

»Wie heißt es denn, Lottchen?« fragte Fritz Eisner.

»Ich nenn's: die Nase rutschen lassen, Onkel.«

Das ewige »Onkel« machte Fritz Eisner stutzig. Es gibt so Häuser, wo die Kinder zu all und jedem »Onkel« sagen.

»Ja – wenn ich nämlich *das* Auge zumache, Onkel, rutscht die Nase hier 'rüber; und wenn ich *das* hier zumache, geht sie wieder auf die andere Seite.«

Das Kleinste aber – der Südseetyp – kümmerte sich um gar nichts und malte ganz seelenruhig mit roter Schneiderkreide ein Männchen an den schwarzen eisernen Ofen.

»Wie langte ist denn Ihr Herr Gemahl schon tot?« fragte drüben Frau Luise Lindenberg.

Die Frau Kapitän sah zu Frau Luise Lindenberg mit tränenschimmerndem Blick hinüber. »Über sechs Jahre«, sagte sie.

»Mein armer Mann ist schon viel länger tot«, bemerkte Frau Luise Lindenberg beiläufig.

»Das Schiff *kann* Anfang September ... es *braucht* aber auch erst Ende Oktober gesunken zu sein – ach ja!«

»Und wie alt bist du denn, Lieschen?« fragte Fritz Eisner die Kleine, als sie gerade dem Männchen noch ein paar Arme an die Nase malte.

»Vorjte Woche bin ich vier Jahr jeworden«, piepste Lieschen und zeichnete dem Mann einen Vollbart.

Seltsam, dachte Fritz Eisner, die Kapitänswitwe muß sich wohl, ganz in ihre traurigen Erinnerungen verloren, versprochen haben.

Frau Luise Lindenberg holte nun plötzlich einen Bruder aus der Versenkung, der nicht recht gut getan, zur See gegangen und verschollen war, und der Fritz Eisner bisher unterschlagen worden war. Fritz Eisner nahm das nicht weiter übel. Er wußte genau: jede Familie hat so einen Bruder oder Vetter oder eine Tante oder eine Schwägerin, die mal unterschlagen wird – sie brauchen nicht mal immer zur See gegangen zu sein.

Oben begann es plötzlich wieder: »Fliegenschmalz, Fliegenschmalz, lülü, lalaa.«

»Ach, das ist die Frau Baumeister«, sagte die Kapitänswitwe, »sie ist sehr musikalisch.«

»Meine Tochter Annchen auch.«

»O, da werden sie sich sicher anfreunden. Sie ist eine entzückende Frau. Der Mann kann leider nur ein paarmal die Woche zu ihr herauskommen. Er baut in Berlin.«

»Und was wohnen sonst ...?«

»Unter meinen Mietern ist immer das beste Verhältnis. Sie sind eigentlich nachher stets wie eine große Familie. Ich sehe mir meine Leute vorher *sehr* genau an. Ich nehme nicht jeden. Hier unten wohnt noch eine Frau Direktor mit ihren Kindern. Wissen Sie, der Mann ist so etwas ganz bedeutendes Kaufmännisches, so Direktor einer großen Sache. Aber er ist jetzt überarbeitet – diese Herren sind ja heute alle nervös – mein Mann war *nie* nervös ...«

»Und deshalb ist er in einem Sanatorium. Und da hat nun die Frau Direktor ihre Wohnung am Kurfürstendamm einfach zugeschlossen und ist hier herausgezogen. Man weiß ja auch nicht, wie sie sich verhalten soll.

Zurückziehen aus der Gesellschaft will sie sich nicht. Das schadet ihr. Und wenn sie wieder ohne ihren Mann alles mitmacht, reden die Leute auch.«

»Und sind sonst ...?«

»O nur über Sonnabend, Sonntag kommt immer ein junges Ehepaar aus Berlin – ein Doktor Martini und seine reizende junge Frau – und die übernachten hier in dem Gartenhäuschen. Sie sind leidenschaftliche Angler, und da fahren sie mit dem letzten Zug 'raus; denn, wenn die Sonne erst hoch ist, beißen die Fische nicht mehr.«

»Doktor Martini?« meinte Frau Luise Lindenberg nachdenklich, »aber *der* kann es nicht sein?! Erstens ist er unverheiratet, und zweitens angelt er nicht.«

»Hallo«, rief Fritz Eisner. »Ich glaube, jetzt kommt der Möbelwagen, man hört ihn schon rumpeln.«

»Da hinten ist er, Onkel« rief Lottchen, die ans Fenster gelaufen war.

Gott sei Dank, das war er! Man konnte schon deutlich den Namen »Lehmann« lesen. Die beiden Pferdchen zuckelten gemächlich Kopf bei Kopf und nickten einander zu.

Die zwei Damen waren aufgesprungen, und die Frau Kapitän klopfte der Kleinsten tüchtig auf die Finger, daß sie aufbrüllte und das Stückchen roter Schneiderkreide durchs Zimmer flog.

Man schlägt keine Kinder, sagte sich Fritz Eisner. Wenn man schon mal die Rücksichtslosigkeit besessen hat, welche in die Welt zu setzen, hat man zum mindesten die Pflicht, sich ihnen gegenüber anständig zu benehmen.

»Ich muß leider auch noch in die Stadt«, meinte die Frau Kapitän. »Ich muß mir ein Korsett kaufen und anprobieren gehen. Denn mit meinem alten Korsett kann ich mich vor meiner Schneiderin nicht mehr sehen lassen.«

Die Frau Kapitän war nämlich eine echte Frau, die sich nie ein Korsett kauft, weil sie es braucht oder weil das alte ausgedient hat, sondern nur unter dem Vorwand, daß sie anprobieren und sich dabei vor ihrer Schneiderin schämen muß, wie sie sagt. Eine echte Frau aber muß sehr oft im Jahr anprobieren.

Frau Luise Lindenberg warf einen ängstlichen Blick auf Fritz Eisner. Wenn er auch so halb schon zur Familie gehörte, so konnte die Frau Kapitän eigentlich doch mehr Rücksicht auf sie und ihre Stellung zu ihm nehmen.

Alle, besonders aber die Kinder, für die ist so etwas immer ein Erlebnis, wollten zu dem Möbelwagen hinaus – der jetzt grün und groß sich aufgestellt hatte, und von dem drei stierbreite und baumlange Kerle herunterkletterten und sich reckten – als von draußen aufgeschlossen wurde und ein etwas erstaunlicher Herr mit einem mächtigen Kalabreser in der Tür erschien.

»Ach, Onkel Fischer«, brüllten die Kinder und hüpften um ihn herum und fuhren ihm mit den Händen nach Groschen und Zuckertüten in die Taschen des dikken, alten, langen Friesmantels, der ziemlich vernachlässigt an ihm herunterhing und, da er vorn offen war, eine braunkarierte Sammetweste, aber keinen Rock – er schien wirklich keinen zu tragen – sehen ließ.

Und der erstaunliche Herr hob die Kleinste (Südseetyp), die immer noch schluckte und schluchzte, vom Boden auf und nahm sie auf den Arm, ohne sich um die Kapitänswitwe oder gar um den fremden Besuch zu kümmern. Sommergäste schien er für etwas durchaus Minderwertiges zu halten.

»Was hat man Lieschen getan, meiner zarten Blumenseele?« sagte er und steckte ihr ein Stück Schokolade in den Mund. »Komm, begießen wir dich wieder! So, nochmal«, und er schob ihr ein zweites nach. »Seht ihr, nun hebt die kleine Sammetgloxinie den Kopf schon wieder. Daß Frauen nie lernen, wie man Blumen behandeln muß. Ach ja – wer das nicht in der Hand hat – da hilft kein Nägelpolieren.«

Lieschen jedoch patschte dem Onkel Fischer ins Gesicht und zerrte vergnügt und krähend ihm in den langen, starren, schwarzen oder richtiger schwarz und weiß durchwirkten Haaren, die ihm bis auf die Schultern herunterhingen. Wenn sich aber ein Mann die Haare lang wachsen läßt, ist immer irgend etwas mit seinem Verstand nicht in der Richte, hat's einen Zusammenstoß mit der Welt gegeben. Das Gesicht von Onkel Fischer war sehr brünett, fast violettschimmernd brünett, etwas exotisch mit leicht gewulsteten Lippen, breiter Nase und mit sehr großen, schönen, dunklen Augen, die ein wenig an die eines Leonbergers erinnerten, aber von einem eigentümlichen Feuer waren, das nach innen glimmte. Man hatte den Eindruck eines Sonderlings – aber eines geistigen Menschen.

»Darf ich bekanntmachen?« rief die Kapitänswitwe mit einem Klang, der sehr freundlich schien, aber einen Unterton hatte: Wir werden noch darüber reden!« Mein neuer Mieter, Frau Lindenberg – Herr Doktor Fischer, ein Freund unseres Hauses«, (man stellt doch den Herrn zuerst vor, dachte Frau Lindenberg) »und Herr??? ...«

»Fritz Eisner, mein zukünftiger Schwiegersohn«, fiel Frau Lindenberg ein.

Onkel Fischer setzte die Kleine vorsichtig auf den Boden und verbeugte sich linkisch vor Frau Luise Lindenberg.

»Was sind Sie?« fragte er Fritz Eisner und sah ihn prüfend an.

»Ich bin Schriftsteller«, antwortete Fritz Eisner verlegen.

»So«, meinte Herr Doktor Fischer und senkte seinen Kopf, »ich dachte, Sie wären Gärtner. Man sollte nur Gärtner sein, und wenn man es nicht ist, sollte man es werden.«

Die Ziehleute hatten indessen eine Reihe von Möbelstücken und Kisten auf die Straße gestellt, und der erste hatte sich, mit einem Eimer voll blecherner Küchensachen in der Linken und einem eisernen Gartentisch, dessen Beine nach oben ragten, auf dem Rücken, ins Haus begeben. Das heißt, die drinnen hätten es nicht bemerkt, wenn es nicht plötzlich auf der Treppe einen dumpfen Krach und dann ein helles Geklirr von Scherben gesetzt hätte.

Die Kapitänswitwe und Frau Luise Lindenberg stürzten sofort hinaus, und Fritz Eisner folgte; denn er fühlte, daß jetzt seine Funktionen begännen und der Augenblick gekommen sei, wo er einzuschreiten habe.

Also, ein Gasarm war ohne Zweifel etwas verbogen, und der Zylinder und die Glocke hatten ihre alte Form eingebüßt und lagen in vielen Scherben auf dem Treppenabsatz. Der Glühstrumpf, sonst empfindlich wie Spinnwebe, war merkwürdigerweise unbeschädigt geblieben.

Die Kapitänswitwe benahm sich sehr energisch. Es war überraschend, daß sie – wohl um dem Möbelmann besser verständlich zu sein – mit einer vollendeten Beherrschung sich der Sprache und des Wortschatzes des einfachsten Volkes dabei bediente.

Der Möbelmann hatte aber ganz ruhig den großen eisernen Gartentisch von seinen breiten Schultern genommen und ihn neben sich gestellt und schnuffelte nun, sich aufreckend (er war wirklich *sehr* groß), an dem Gelenk des Gashahns.

»Da is jarnischt passiert«, sagte er nach einer Weile,

»da davor sind wir nich haftbar. Det mußte zur Seite jebunden sind.«

Aber da kam er bei der Kapitänswitwe an die Rechte.

»Vastehen Se, Madamken«, sagte endlich der Möbelmann, als sie gar nicht aufhören wollte, leicht lallend, und stellte sich sehr breit und sehr ruhig vor die Kapitänswitwe hin, »vastehen Se: es jibt jute Menschen, un es jibt böse Menschen – und es jibt … Potsdamer.«

»Sie sind Zeuge davon«, schrie die Kapitänswitwe, »und Sie haben es auch gehört!«

»O«, meinte Frau Luise Lindenberg sehr freundlich – sie hatte bisher geschwiegen, »solche Glocke kann doch nicht Holland und Brabant kosten. Lassen Sie doch bitte für meine Rechnung eine neue besorgen!«

Im Augenblick glätteten sich die Wogen.

»Nu sehn Se, da haben wir's jleich«, meinte der Möbelmann und nahm den eisernen Gartentisch mit einem Ruck wieder auf die Schulter.

Und die anderen Möbelleute – es war ja nur eine halbe Fuhre – rückten nach, und sehr schnell verschwanden Tische, Stühle, ein Klavier, Kisten, Koffer, Kasten, Waschkörbe, der Spiegel, der noch aus der Einrichtung der verstorbenen Mutter von Frau Lindenberg stammte, in den Räumen, fanden hier und da Unterkommen; einer schlug sogar die Kisten noch auf; ein anderer legte Stoffgardinen über die Fensterhaken; und ehe noch eine halbe Stunde vergangen war, da wischten sich auch schon die drei Möbelleute mit dem Hemdsärmel die Stirn; und der, der vorhin mit dem Gashahn den Zusammenstoß gehabt hatte, stellte sich trinkgeldbereit vor Frau Luise Lindenberg hin und sagte in leidlicher Haltung: »Die Betten sind och schon ufjeschlagen, jnädige Frau.«

Er sagte das, trotzdem die Betten doch zum Logis gehörten, teilweise aus Gewohnheit, teilweise aus Betrunkenheit. Aber er war dabei doch noch sehr gerade und lallte nur wenig. Denn er war wie ein Korpsstudent durch jahrelange Übung gewöhnt, sich mit Anstand zu alkoholisieren.

Und als Frau Lindenberg sich den Trinkgeldansprüchen der Möbelleute gewachsen gezeigt hatte, wandte sich der Sprecher mit vertraulicherer Wendung zu Fritz Eisner als an eine männliche Seele, mit der man über Männerdinge reden könne.

»Wo kann man denn hier bei Ihnen draußen noch schnell eenen kippen, junger Mann?« fragte er und legte Fritz Eisner schwer die Hand auf die Schulter.

»Ich glaube, Sie werden wohl hier kein Lokal finden«, meinte Fritz Eisner.

Der Möbelmann riß erst halb erstaunt, halb mitleidig die eingekniffenen Augen auf. »In so 'ne Jejend«, sagte er dann verachtungsvoll, »würde ick jar nich ziehen.«

Und damit drehte er sich und schwankte hinaus.

»Man *kann* doch nur mit Lehmann seinen Umzug machen«, rief Frau Luise Lindenberg begeistert und fuhr umher, packte aus und stellte allerhand schöne Dinge auf.

Auch den Kasten mit der Laubsägearbeit, in dem die Photographien waren. Und eine Berliner Vase mit Schwanenhenkeln, die auf der einen Seite die Linden mit dem Brandenburger Tor in feiner spitzpinseliger Malerei zeigte und auf der anderen das Schloß. Sie war *sehr* hübsch, und Frau Luise Lindenberg hielt große Stücke auf sie; aber das Schloß hatte ein Loch bekommen, und deswegen mußte es immer gegen die Wand stehen und durfte sich nicht sehen lassen.

Fritz Eisner stand umher und fühlte sich eigentlich sehr überflüssig, wie Männer stets in solchen Lagen –

eine Tatsache, aus der Frauen gern ihre Überlegenheit ableiten.

»Die Kapitänswitwe«, sagte Frau Luise Lindenberg, während sie ein Dutzend silberner Löffel auspackte und zweimal nachzählte, »ist doch eine *sehr* feine und reizende Frau. Direkt eine *Dame.*«

»Findest du?« meinte Fritz Eisner nachdenklich. »Sie ist doch etwas energisch.«

»Das hat sie von ihrem Mann. Solch Kapitän muß sich eben bei seinen Leuten in Respekt zu setzen wissen.«

»Ob sich das wirklich überträgt?«

»Ja, ich habe«, fuhr Frau Luise Lindenberg fort (was war denn das?! Bei den Kaffeelöffeln schien doch einer zu fehlen. Ach, nein: – elfe, zwölfe!), »also *ich* habe wenigstens ein tiefes Mitgefühl mit allen Frauen, die gleich mir so früh schon ihren Gatten verloren haben und nun mit den Kindern einsam und verlassen in der harten Welt stehen.« Bei allen Dingen, die das Familienleben anbetraf, bevorzugte Frau Luise Lindenberg eine gehobene, ja fast poetische Sprache. »Und man muß doch auch bedenken, auf welche grausige Art die Frau Kapitän ihren armen Mann verloren hat. Welches, meinst du wohl, war sein Bild? Es hingen da doch mehrere.«

»Ich weiß nicht«, meinte Fritz Eisner, »da war keiner, der nach einem Kapitän aussah. Aber *wenn* sie eben unvorsichtigerweise schon einen Kapitän heiratet, so muß sie doch mit solchen peinlichen Zufälligkeiten von vornherein rechnen.«

Frau Luise Lindenberg gefiel das durchaus nicht. Es gibt Dinge, über die man nicht spottet! Aber mit den Bräutigams seiner Töchter zankt man sich noch nicht. Das ist zu früh.

»Und dieser merkwürdige Mensch, der da kam! Das war bestimmt ein Verrückter.«

»Ach Gott«, meinte Fritz Eisner, »er war wohl nur ein wenig sonderlich.«

»So?« rief Frau Luise Lindenberg, »ich verstehe nicht, warum man einen solchen Mann frei herumlaufen läßt. So etwas gehört doch in eine Anstalt! Was er da sagte: Du sollst Gärtner werden! Und wie er das Kind hochnahm! Ich habe geradezu Angst gehabt, er würde ihm etwas tun.«

»Mir gefiel er aber ganz gut«, meinte Fritz Eisner. »Er war vielleicht etwas wunderlich, etwas vernachlässigt und unglücklich. So einer, der keinen Einklang zu finden weiß zwischen der Gedankenfolgerichtigkeit und der Lebensfolgerichtigkeit. Einer, der sich verrannt hat. Denn die Gedanken laufen schnurgerade, pflanzen sich gradlinig im Raum fort nach Art der elektrischen Wellen, ohne Hemmungen zu finden. Sie gehen glatt durch alle Dinge, die sich ihnen entgegenstellen, hindurch, unbeirrt auf ihre Ziele zu.«

»Bei den Gabeln«, sagte Frau Luise Lindenberg nachdenksam, »stimmt aber etwas nicht.«

»Das Leben geht dagegen im Rösselsprung nach links oder rechts, nach oben oder unten. Auf irgendeines der acht Felder springt es, und immer gerade auf das, was wir nicht erwarten. Und wenn das nun einer nicht begreift und Dinge, die in der Folgerichtigkeit seiner Gedanken liegen, dann nun vom Leben fordert, Dinge, die am Leben zerschellen müssen, einfach zerspringen müssen wie faule Eier, die man gegen eine Mauer wirft – – dann – – ja dann wird er eben leicht etwas komisch.«

»Ich hatte doch die beiden Salzfässer eingepackt«, sagte Frau Luise Lindenberg. »Etwas komisch, Fritz?! Ich halte den Mann für ganz gemeingefährlich verrückt!«

»Ach Gott«, meinte Fritz Eisner, »nicht viel mehr als andere Leute auch:

›Ein Reis vom Narrenbaum trägt jeder, wer er sei,
Der eine trägt's geheim, der andre trägt es frei!‹
sagt schon der alte Logau. Und der hier trägt's eben frei.«

»Ich wüßte aber nicht, daß *ich* eins trage«, rief Frau Luise Lindenberg sehr gekränkt.

Sie hatte nämlich die Eigenschaft, daß man mit ihr nie über eine Sache, ein Thema, ein Abstraktum reden konnte, sondern daß sie jedes Gespräch sofort persönlich nahm, auf sich bezog und, die Hand auf dem Busen, rief: »Ich aber nicht!«

Das erschwerte ohne Zweifel die Unterhaltung mit ihr; aber es vereinfachte sie auch.

Da klingelte es, und ein Hund bellte. Fritz Eisner lief öffnen, und Annchen Lindenberg flog Fritz Eisner im dunkeln Korridor um den Hals. Sie hatte wirklich Sehnsucht nach ihm gehabt – die zweimal vierundzwanzig Stunden.

Hannchen Lindenberg, Cand. jur. Eginhard Meyer, eine junge Dame und ein schwarzer Hund mittlerer Größe, ein entfernter Verwandter der Familie der Black-and-Tan-Terriers – das heißt, man hatte schon seinen Urgroßvater aus dieser Familie entfernt – quollen mit Lärm, Gebläff und Gelächter in das Zimmer. Annchen und Hannchen sahen wirklich hübsch aus. Denn helle Kleider, junge Dinger und ein erster rosiger Frühlingstag – –

Wie weit man hier wäre, und sie wollten helfen. Selma wäre auch dazu mitgekommen, sie würde ein paar Tage hierbleiben, rief Hannchen lustig.

Frau Luise Lindenbergs Gesicht wurde länglich. »Aber wo soll sie denn schlafen?«

»In meinem Bett oder auf dem Sofa!«

Fräulein Selma war eine Blume aus dem reichen und

bunten Bukett der Freundinnen Hannchens. Kleine Beamtentochter, die Hannchen in der Bibliothek des Kunstgewerbemuseums aufgegriffen hatte, allwo Hannchen sich Monogramme für ihre Aussteuer und eine Kante für das Überhandtuch abgepaust hatte, von denen sie erzählte, daß sie sie entworfen hätte. Und nun war sie seit fünf Tagen von Selma unzertrennlich.

Selma war nicht hübsch, sah wie eine Dichterbraut aus: spitznasig und nach gar nichts. Sie ging aber in Sandalen, mit den Bewegungen einer Blindschleiche, hatte ein lederfarbenes Gewand an, das mit violetten Efeublättern bestickt war – sie nannte das ein individuelles Eigenkleid – und dessen Halsausschnitt und Ärmel mit einer roten Schnur durchzogen waren. Und außerdem hatte sie Holzperlen im Haar, das sie in Schnecken trug.

Das Kleid stammte nebenbei aus ihrer vorletzten Entwicklungsstufe, und sie trug es eigentlich nur noch *gegen* ihre Überzeugung. Denn sie hatte vor zwei Wochen unter schweren Seelenkämpfen Otto Eckmann überwunden und war Kunstgewerblerin neuester Prägung geworden. Das war, wie sie sagte, keine Verirrung und kam dem Urwesen aller Dinge näher. Sie brauchte dazu nur einen Kreis, ein Quadrat, einen Rhombus und einen Tuschkasten. Und nun nahm sie entweder den Kreis und legte ihn so oder so durch den Rhombus und setzte das Quadrat daneben. Oder sie legte den Rhombus durch das Quadrat und setzte den Kreis daneben. Und ließ das immer wieder abwechseln. Und bezeichnete es je nach Laune: Teppich, Tapete, Wandbehang, Sofakissen oder Lichtschirm. Wenn sie besonders üppig in ihrem Kunstgefühl sein wollte, machte sie Konzessionen und bereicherte ihre Ornamente noch um ein langgezogenes Oval. Sie nannte das Stilkunst.

Egi Meyer konnte sie nicht recht riechen, und Fritz

Eisner nannte sie eine Banausin. Aber das machte Hannchen Lindenberg nichts. Sie blieb unzertrennlich von ihr. Der einzige Trost, den Egi Meyer und Fritz Eisner hatten, war, daß solche Selmas bei Hannchen Lindenberg nie länger als acht Tage dauerten. Und fünf waren schon vorbei.

»Was hast du denn mit deinem Hut gemacht?« rief Hannchen und nahm Egis Hut und hielt ihn hoch gegen das Licht. »Ich näh' dir das gleich.«

Aber Eginhard Meyer wollte davon durchaus nichts wissen. Es ginge noch so, sagte er.

»Nein«, rief Hannchen lachend, aber etwas schrill, »es geht *nicht.* Deinethalben vielleicht, aber meinethalben nicht.«

Die Hutkrempe hatte sich nämlich am Rand gelöst, das heißt nicht am innern, am äußern. Und amüsanterweise war ein schwarzer, etwas rostfleckiger Blumendraht dabei zutage getreten; und um den wieder in sein Versteck zurückzuscheuchen, fischte Hannchen Lindenberg aus einem Koffer ein Nähzeug heraus.

Eginhard Meyer war nämlich darin wenigstens noch ganz der Gelehrte alter Schule, daß er auf sein Äußeres wenig gab. Er war zu Hannchens Entsetzen pietätvoll seinen Kragen gegenüber und stets gleichmäßig unrasiert, so daß man annehmen mußte, daß er, vielleicht aus irgendeinem Aberglauben, *die* Tage, die er rasiert war, nicht unter Menschen ging.

Wenn Fritz Eisner schon meist sehr bummlig angezogen war, so übertraf ihn Eginhard Meyer darin, ohne die Entschuldigung zu haben, daß *er* sich seine Sachen selbst kaufen müßte, und daß sein Konto beim Schneider schon ziemlich überzogen wäre. Man verstand es eigentlich nicht recht, weshalb Eginhard Meyer schlecht angezogen ging oder nachlässig, da seine Brüder für jedes

Journal hätten Modell stehen können und lieber halbnackt als unmodern sich unter Leute gewagt hätten. Aber *er* war dafür nicht zu haben und gab darauf nichts. Und er setzte allen Versuchen, ihn menschlich möglich zu machen, eine passive, aber unbrechbare Resistenz entgegen. Selbst durch Hannchens wortreichste Ausführungen konnte er sich nicht bestimmen lassen, hiervon abzugehen. Eine Sache, die ebenso für wie gegen ihn sprach.

Aber Frau Luise Lindenberg war doch der Gedanke, mit Selma die Wohnung zu teilen, nicht angenehm. »Hört mal, Kinder«, sagte sie, »wie stellt ihr euch denn das vor mit dem jungen Fräulein? Tante Trautchen aus Melsungen wollte doch kommen, die Ärmste.«

Hannchen Lindenberg jedoch, die gerade ihre Blusen und Waschröcke in das Spind hing und sie säuberlich – sie war sehr eigen – vorher glättete, rief: »Aber, Mama, sie wird doch nicht heute und morgen kommen! Nein, Selma, nicht wahr, du bleibst bei uns?«

»Ja, wenn ihr es durchaus wollt«, sagte Selma.

»Aber ich habe doch an Tante Trautchen vorhin depeschiert« – das war wahr –, »solche Briefe wie sie schreibt man nicht aus heiler Haut.«

Es war nämlich Tante Trautchens Art, hin und wieder aus ihrem Hinterhalt in Melsungen Schreckschüsse nach Berlin abzufeuern. Nicht ein Vierteljahr, wo es nicht geschah, wo sie nicht behauptete, zusammenzubrechen und vor Katastrophen zu stehen.

Wenn Frau Luise Lindenberg – sie war doch eine gute Seele – dann ganz erschrocken hinfuhr, war sie mit hundert Leuten sinnlos quietschfidel; oder wenn man sie aufforderte und ihr das Fahrgeld schickte, kam sie angereist, juhutrara, und verlangte jeden Tag ein anderes Vergnügen, tadelte alles und war für nichts dankbar.

Und vorgestern hatte sie wieder aus ihrem Hinterhalt in Melsungen einen Schreckschuß abgefeuert, der Frau Luise Lindenberg so eingeschüchtert hatte, daß sie tränenden Auges der Ärmsten depeschiert und ihr das Fahrgeld in der gleichen Weise übermittelt hatte. Tante Trautchen aus Melsungen drohte also wirklich.

Plötzlich begann nebenan die Frau Baumeister wieder zu klimpern und zu singen: »Fliegenschmalz, Fliegenschmalz lülüü, lalaa, Fliegenschmalz lülüü, Fliegenschmalz lalaa.«

»O, hier musiziert *auch* einer«, meinte Annchen – was wirklich nicht schwer zu erraten war – und schubste ihre Blusen mit einem Knuff in den Schrank hinein.

Aber der Black-and-Tan-Terrier, der bisher ziemlich ruhig zwischen Kisten und Kasten umhergeschnuffelt hatte, fing plötzlich an, jämmerlich zu heulen. Er war wohl musikalisch.

»Hier ist doch ein Hund«, rief Frau Luise Lindenberg ganz erstaunt und hob aus der Kiste ein Pack mit Noten, um es auf das Klavier zu legen, »wo kommt denn der her?«

Hannchen sah Frau Luise Lindenberg an, als hätte sie nichts gehört. »Ach, Muttchen«, sagte sie schmeichelnd, »siehst du heute reizend und jung aus!«

»Was ist denn das für ein Hund?« rief Frau Luise Lindenberg schon weniger freundlich.

»Gott, das arme Tierchen«, meinte Annchen, »komm her, mein Mohrchen.«

»Er ist mir in Berlin nachgelaufen«, beichtete Hannchen, »er lag ganz jämmerlich und verhungert an einer Laterne, und da bin ich in einen Milchladen gegangen und habe ihm einen Viertelliter Milch gekauft. Und da ist er dann mitgekommen. Er war nicht loszuwerden.«

»Und nun wollen wir Mohrchen behalten«, begleitete Annchen.

»Hatte er denn keine Marke?« forschte Frau Luise Lindenberg.

»Nein, nichts, keine Marke, kein Halsband, keinen Maulkorb.«

Frau Luise Lindenberg setzte berechtigtes Mißtrauen in die Erzählung ihrer Tochter Hannchen. Denn sie wußte genau, daß die keinen Hund in Ruhe lassen konnte und mit der bösesten Töle sofort Freundschaft schloß oder eine Zankerei anfing, was ihr – sie konnte wundervoll bellen – leicht fiel. Aber Frau Luise Lindenberg kam nicht durch mit ihrem Protest.

»Man kann das arme Tier doch nicht in Nacht und Nebel auf die Straße jagen«, rief Hannchen.

Draußen ging gerade in wundervollen Farben die Sonne unter und füllte das Zimmer mit rotem Schein.

»Meines Nachbars Hund, und hätt' er mich gebissen,
Fänd' Platz in solcher Nacht an meinem Herd«

deklamierte Eginhard Meyer und wies mit dem Arm groß gen Westen. (Er war belesen und nicht witzlos.)

»Ach ja, Mohrchen, du bleibst bei uns«, rief Annchen und hob das Äffchen von der Konsole, ließ Mohrchen es erst anknurren und stubste ihm dann damit heimtükkisch auf die Nase, daß es zurückfuhr.

Aber Hannchen, die immer erziehen mußte, nahm sofort eine alte Zahnbürste und holte etwas Alaun aus der Hausapotheke, denn sie hatte gerade gelesen – sie gehörte zu denen, die immer alles gerade gelesen haben – daß man Hunden mit Alaun die Zähne putzt. Das soll ihnen gut tun.

»Hör' mal«, sagte Fritz Eisner zu Egi Meyer nachdenklich, »ich würde ihn nicht behalten.«

»Rechtlich *darf* Hannchen ihn behalten«, meinte der Cand. jur. Eginhard Meyer.

»Ja – aber – das – das ist doch gar kein Hund. Das ist ja 'ne Hündin.«

»Eigentlich soll man überhaupt einen fremden Hund auf der Straße nie locken«, meinte Egi Meyer mit einem Blick auf Selma, »denn es dauert wie beim Logierbesuch Wochen, bis man ihn wieder los wird.«

Aber Mohrchen war gegen Zahnbürste und Alaun und kroch unter das Sofa und wutschte dann durch eine Türspalte in das Nebenzimmer, das nach den ländlichen Nachbarn hinausging. Und da Annchen sich dort ihre fünfundsiebzig kleinen Nippsachen auf eine Kommode baute (Kätzchen mit wackelndem Kopf, die Cello spielten; Mokkatassen, Kleeblätter mit Marienkäfern darauf, täuschend; ein kleiner Seehund aus Katzenfell; zwei Mäuse in Porzellan *nach* Kopenhagen; eine Perlmuttermuschel mit Ansicht aus Binz und eine Holzschnitzerei vom Inselberg bei Friedrichroda, sehr niedlich; – »die Dinge sind nichts, aber *ich* habe sie gern und für *mich* bedeuten sie etwas«, sagte Annchen, und dagegen konnte man nichts machen) – ja so, also da war natürlich Fritz Eisner bei ihr, denn wie es ja auch schon im Buch Ruth heißt: Wo du hingehst, da will *ich* auch hingehen.

Und Annchen plauderte reizend von ihren Erlebnissen. Sie brauchte nämlich nur über die Straße zu gehen, so passierten ihr und anderen schon die wunderbarsten Dinge. Sie sah und hörte Herrlichkeiten – ich glaube, der technische Ausdruck ist dafür »Ergänzungsphilosophie« – die Dinge ereigneten sich wohl nicht, aber sie hätten sich doch ereignen *können.* Der Keim zu ihnen war irgendwie vorhanden. Und wenn sie sich *nicht* so entwickelten, so lag das nur an der langweiligen Bedingtheit des Erdgeschehens; und was schadete es, wenn das in lustiger Weise durchbrochen wird!

»Findest du nicht auch«, warf Fritz Eisner ein, um das

Thema zu heben, »wundervoll die ersten hundert Seiten von ›Dorian Gray‹? Jedes Wort ein geschliffener, ziselierter Dolch, mit dem man einen Menschen umbringen könnte, und von dem man doch sicher weiß, daß nur mit ihm gespielt wird, um ihn in der Sonne funkeln zu lassen.«

»Ach ja«, meinte Annchen, die die Bücher, die ihr Fritz Eisner brachte, nie las, aber begeistert lobte, »es ist sehr interessant. Ich bin da gerade ... aber hör' mal, Fritz, ich habe etwas mit dir zu besprechen, etwas sehr Ernstes: Hannchen ist sehr unglücklich.«

»Ach«, meinte Fritz Eisner erstaunt, »das sieht man ihr aber nicht an.«

»Ja, sie hat sich eben sehr in der Gewalt. Aber vorhin hat sie geweint. Sie hat lange geschwankt, ob sie den Brief nicht doch Egi zeigen soll. Sie schwankt sogar noch. Aber da habe ich ihr gesagt, *du* solltest ihn erst mal lesen und ihr raten. Mir tut der arme Mensch furchtbar leid. Aber lies ihn draußen, daß Egi ihn nicht zu sehen bekommt.«

Es war eigentlich kein Brief, sondern ein kleines, sauber geschriebenes Manuskript, und der Verfasser hatte sicher viel Mühe darauf verwendet. Erst frischte er gemeinsame Jugenderinnerungen auf: »Mein Kind, wir waren Kinder«, und dann erzählte er etwas von »Weiberschwur, dem er nicht mehr traue«, und rief weiter aus, auf Seite zwei, Mitte: »ich hab' dich geliebet und liebe dich noch, und fiele die Welt zusammen«. (Donnerwetter, sagte sich Fritz Eisner, das kommt mir doch bekannt vor.) Auf Seite drei, oben, aber stellte er fest: daß er Hannchen allnächtlich im Traum sehe; und weiter unten, daß es trotzdem besser für ihn wäre, wenn er die »hohe Herzenskönigin« nie gesehen hätte. (»Hohe Herzenskönigin«, meinte Annchen, »ist schön, das könnte direkt ein Dichter gesagt haben.«) Von Egi Meyer aber schien er auf Seite sieben – Zeile acht bis zwölf – keine hohe Meinung zu haben, denn er nannte ihn »den dümmsten der dummen Jungen«, behauptete: daß Hannchen aus Ärger den ersten besten Mann, der ihr in den Weg gelaufen wäre, genommen hätte, und apostrophierte die »Geliebte« dann: »Wenn er dich küßt, küßt mich der kalte Tod.« Langsam ging er zu »Wahnsinn und Mitternachtsgraus« über, und – Seite neun unten – nannte er das Leben »ein ewig Jammern und ein ewig Abschiednehmen«. Auf Seite zehn endlich erklärte er jedoch versöhnlich: daß, selbst wenn sein Herz bräche, er *nicht* grolle.

»Ja«, meinte Annchen, »der Brief hat mich tief ergriffen; aber was kann man da machen? Ich zerbreche mir den Kopf.«

»Ihm den Heine fortnehmen«, sagte Fritz Eisner.

Hannchen war auch auf den kleinen Hinterbalkon gekommen. Sie hatte ihre Freundin Selma so lange auf ihren Bräutigam gehetzt.

»Also, was sagt Fritz denn? Oder soll ich es besser mit Muttchen besprechen?«

»Um Himmels willen!« rief Fritz Eisner, »schreibe ihm doch einfach, daß du sein Andenken bewahren würdest – das verpflichtet zu nichts; – daß er noch jung wäre – und das ist unbestreitbar; – und daß er infolgedessen schon darüber hinwegkommen würde. Und außerdem gäbe es ja auch bei *dem* Dichter, der ihm so viel schon geschenkt hätte, noch ein sehr schönes Rezept für ihn: ›Wenn dir ein Mädchen untreu wird, so lieb' schnell eine andre!‹«

»Ja«, meinte Hannchen, »so ähnlich werde ich ihm schreiben«, denn Hannchen schrieb sehr gern, puffte stets Dutzende von Briefen in die Welt nach allen Seiten wie die Sonnen beim Monsterfeuerwerk.

Merkwürdig, merkwürdig. Mit was für ernsten und lebensentscheidenden Dingen Kinder doch oft spielen!

»Sieh doch mal Mohrchen«, rief jetzt Annchen ganz entzückt, »wie nett!« Mohrchen hatte sich nämlich ganz weit zwischen die Gitterstäbe gedrängt und wedelte kokett und zierlich mit dem Schwanz und ließ keinen Blick von dem Spielzeughund, der mit nennenswerten Kletterkünsten in seinem Drahtkäfig auf den höchsten First seiner Kiste hinaufgeklommen war und von dort aus, den Kopf gehoben, leise winselnd in der Hundesprache eine ganze Fuhre der allerverliebtesten Worte flüsterte. Und wie Frauen sind, gefiel das Mohrchen sehr.

Fritz Eisner nahm Mohrchen beim Ohr: »Hör' mal, Mohrchen, ich will dir mal was sagen: Eine anständige Dame aus gutem Haus benimmt sich nicht so kompromittierlich. Verstanden?«

Mohrchen sah Fritz Eisner mit seinen braunen runden Hundeaugen ganz unverschämt an und knurrte: »Red' du doch nicht!« Aber sowie Fritz Eisner Mohrchen losließ, drängte es sich von neuem durch die Gitterstäbe, soweit es ging. Für Moralpauken war es nicht zu haben.

Und dann rief Frau Luise Lindenberg zum Abendbrot. Wo sie es in dem Wirrwarr hergezaubert hatte, war ein Rätsel; – aber es war da.

»Es ist zu schade, Kinder«, sagte sie beim Essen, »daß ihr die Frau Kapitän noch nicht kennengelernt habt. Ich bin ganz begeistert von ihr.«

Kurz nach dem Abendbrot aber meinte Frau Luise Lindenberg ostentativ, daß sie der Tag doch sehr angestrengt habe, und daß *sie* wenigstens müde sei.

»Der letzte Zug geht doch erst um Zwölf«, riefen Annchen und Hannchen.

Frau Luise Lindenberg machte ein sauersüßes Gesicht wie eine gezuckerte Grape fruit. »Ich bin nun lange genug auf den Füßen. Aber ihr könnt ja noch aufbleiben.«

Ach Gott, sonst war das gerade immer so schön gewesen, eben die Nachtstunden zwischen Zehn und Zwölf. So in die Sofaecke eingekuschelt, wo man in zwei Stunden so viel verliebte Dummheiten sprach, wie man in zwei Jahren nicht verantworten konnte. Aber dann ringelte sich ja heute auch immer Selma, diese Banausin mit ihren Blindschleichenbewegungen – sie sprach mit den Schulterblättern – herum und wirkte überaus störend auf jegliches Tete-a-tete. Und Brautleute ohne solches sind wie Enten auf dem Land.

»Hör' mal«, sagte Egi, »ich glaube, man würde unsere Abwesenheit nicht übel vermerken.«

»Ja«, meinte Frau Luise Lindenberg, »*wenn* ihr aber gehen wollt, müßt ihr schnell machen, sonst bekommt ihr den Zug nicht mehr. Was soll ich euch nächsten Sonntag« – das sollte ein für allemal den Termin festlegen – »für den nächsten Sonntag kochen? Na, ich mach' euch was ganz Feines. Ob es schon Krebse gibt?«

Frau Luise Lindenberg hatte nämlich die vorzügliche Eigenschaft, was ihre Küche anbetraf, mit der Zeit nicht nur mitzugehen, sondern ihr voranzueilen. Über Krebse zu Spargel, über Spargel zu jungen Hühnern, Stachelbeertorteletts zu jungen Gänsen, über Feldhühner zu Hasenbraten, das ganze Jahr durch in nie endender kontinuierlicher Kette. Wer einmal ihre Krebssuppe gegessen hatte, verzieh ihr manches. Und Fritz Eisner und Egi Meyer hatten schon öfters ihre Krebssuppe gegessen.

Annchen und Hannchen kamen natürlich mit vor zum Bahnhof. Aber Selma auch. Hannchen ließ sie nicht von ihrer Seite. Die acht Tage waren ja noch nicht herum. Und Mohrchen, für das Hannchen schon eine famose Schlafecke improvisiert hatte, drängte sich auch mit hinaus.

Unten war sternklare Nacht und Mondschein; aber es war recht frisch geworden. Die Häuser geisterten in grünlichem Silber, und der Park atmete eine scharfe Kühle aus. Es war wie ein Gedicht von Eichendorff, auch wohl von Schumann vertont; – aber gesungen von einer achtunddreißigjährigen Lehrerin als Zugabe auf einem Vorstandskränzchen des Vereins »Jugendluft«.

Selma meinte, Mondschein wäre immer kitschig.

Hannchen dagegen, in der die erbliche Belastung von der Mutter immer wieder durchbrach, bekam deklamatorische Krämpfe, nannte es eine himmlische Nacht, sie möchte überhaupt Stunden noch gehen; und sie zitterte dabei wie ein afrikanisches Windspiel, denn sie prästierte stets mit Batistblusen die Abgehärtete. Sie war aus Prinzip für unzeitgemäße Bekleidung.

Eginhard Meyer sagte trocken: »Der sternenklare Himmel und der Mondschein dienen zur Verschönerung der Natur.«

Denn er war mißlaunig, daß Hannchen Lindenberg Selma fest untergefaßt hatte und nun neben ihrem lautlosen Sandalenschritt dianenhaft daherstapfte, statt sich bei ihm (wie Pflicht) einzuhängen. Es lag die Stimmung von Kabbelei zwischen ihnen in der Luft.

Annchen aber hatte sich bei Fritz Eisner verankert, weich und anschmiegsam, wie das ihre Art war, und sagte gar nichts.

»Hör' mal«, meinte Fritz Eisner plötzlich, »wo ist denn eigentlich das Mohrchen?«

Man pfiff und rief, lockte, blieb stehen, eilte fünfzig Schritte zurück – nirgends nichts zu hören noch zu sehen. Endlich schien es Fritz Eisner, als ob er da hinten drüben bei den Büschen am Park im matten Dämmerlicht so den Schatten von irgendeinem vierbeinigen Wesen huschen sah. Oder rannten da nicht überhaupt zwei Wesen?! Man konnte es nicht erkennen; und ganz aus der Ferne hörte man schon den Zug heranbrausen. Also marsch, marsch, vor zur Bahn.

Solch einen kurzen Abschied hatten Annchen und Fritz und Hannchen und Egi noch nie genommen. Sie kamen gerade noch in den Zug hinein. Aber es war doch nett, und es hob das Selbstgefühl von Fritz Eisner und Eginhard Meyer, wie da diese hübschen hellen Mädchen standen und ihnen nachwinkten und nachriefen. Sich sagen, daß so etwas einem selbst gilt und nicht irgendeinem x-beliebigen andern, ist doch sehr angenehm und schmeichelhaft, macht einen im Innersten warm und dankbar.

»Sie haben es jut, junger Mann«, meinte ein biederer älterer Fahrgast zu Fritz Eisner, »mir bringt keener mehr so zur Bahn.«

»Ja, das ist meine Braut«, versetzte Fritz Eisner stolz.

»Die Kleene oder die Jroße?« forschte der biedere Fahrgast.

»Die Kleine«, entgegnete Fritz Eisner.

»Ich bin och immer mehr for de Kleenen gewesen«, philosophierte der Biedermann nachdenklich, der anscheinend als Anhänger Haeckels eine physiologische Betrachtungsweise seelischer Dinge liebte.

»Sie ist heute mit ihrer Mutter und ihrer Schwester hier heraus auf Sommerwohnung gezogen.«

»So so, is uf Sommerwohnung jezogen, – wohin denn? Ich kenne doch so hier die Leute.«

»Nummer achtzehn. Das Haus gehört einer Kapitänswitwe.«

»Kapitänswitwe«, sagte der biedere Fahrgast, »is jut. Haben Sie eijentlich den Kapitän zu ihr gekannt?«

»Nein, wie ist das möglich?« rief Fritz Eisner. »Er ist doch schon vor sechs Jahren mit seinem Schiff untergegangen.«

»Sehen Sie, ick bin ein alter einjesessener Potsdamer … aber so hört man immer wieder mal Neuigkeiten. Also Sie haben den Kapitän nich gekannt? Na ick versichere Ihnen, ick habe sogar schon drei unterjejangene Kapitäne von Ihre Kapitänswitwe jekannt.«

Fritz Eisner war das nicht so recht klar. »Aber entschuldigen Sie«, sagte er, »die Frau Kapitän kann doch schließlich und endlich nicht mit der ganzen Woermann-Linie verheiratet gewesen sein.«

»Verheiratet is jut«, sagte der Biedermann so nebenher. »Und haben Sie denn schon den Onkel Fischer jetzt da jesehen? Der Olle hat ihr doch das Haus überschreiben lassen.«

»Och«, meinte Fritz Eisner ungläubig.

»Wissen Sie, det is en janz jroßer Blumenzüchter. Der schenkt wohl mal was weg, aber der verkooft nich een Stück. Der könnte en schönes Jeld verdienen; aber det hat der nich nötig. Wenn Sie ihn sehen, meinen Se, Se möchten ihm 'nen Sechser schenken. Nich wahr? Und dabei is er schwerreich.«

»Er ist wohl auch etwas sonderlich«, meinte Fritz Eisner.

»Wissen Se: danach, wie eener aussieht, darf man nie jehen. Wenn Sie ihn näher kennen, is det en janz famoser Mann, der Doktor Fischer.«

Rrrr, ging die Bremse. »Na, dann wünsche ick Ihnen ooch anjenehme Nachtruhe«, sagte der biedere Fahrgast und kletterte aus dem Zug.

Eginhard Meyer, den nur Bücher, aber keine Menschen reizten, war indigniert. Er war nicht dafür, sich mit all und jedem anzufreunden, und er sehnte sich nach einem Gespräch höheren Fluges. Er war für sein Alter ein Mensch von vielem Wissen. Aber er hatte in seiner Art etwas von den Pedanten, die Montaigne mit Vögeln vergleicht, die ein Korn vom Boden aufpicken und es eine Weile lang im Schnabel hin und her drehen, nur um es dann einfach wieder fallen zu lassen.

Er war wohl doch noch zu jung, um zu verstehen, daß das menschliche Wissen nach allen Seiten unabsehbar ist, und daß auch die Wissenschaft als ein großer Fabrikbetrieb sozialisiert ist, in dem jeder nur einen Handgriff tut. Und selbst wenn er das empfunden hätte, war er fest überzeugt, daß er, und gerade er, dazu berufen war, all die einzelnen Teile zu einem Ganzen zusammenzufügen. Jetzt schrieb er gerade Grundlegendes über die Notwendigkeit der Todesstrafe, das er Fritz Eisner mit vieler redegewandter Spitzfindigkeit auseinandersetzte.

Aber Fritz Eisner war anderer Meinung. Es gäbe kein Recht und kein Unrecht. Jeder hätte von sich aus recht, der Heilige so gut wie der Mörder. Er wäre ein verkappter Buddhist wie alle Schriftsteller. »Tatwam asi«, »das bist du«. Es wäre ja der eigentliche Sinn seines Berufes, in der Seele fremder Dinge, Landschaften, Menschen zu leben. Sein *nächstes* Buch ... Und Fritz Eisner verbreitete sich ausführlich über die Schönheiten und bis dato ungekannten, der Welt neu zu erschließenden Tiefen seines *nächsten* Buches.

Denn Fritz Eisner war wohl doch noch *zu* jung, um den Wahnsinn des ewigen Weitergehens in Kunst, Leben und Literatur zu empfinden. Auch war ihm wohl nicht klar, daß alle Bücher, die Menschen je geschrieben, mit einem Fragezeichen enden und letzten Endes doch nur zwecklos und episodenhaft bleiben. Er wußte noch nicht, daß jedes Buch nur im Augenblick des Entstehens allein ist und sich sehr groß vorkommt, daß im nächsten Jahr aber nicht mehr *das* Buch, sondern schon ein anderes neu sein wird. Und daß man eigentlich dann erst sieht, ob es wirklich oben schwimmt, oder ob es untersinkt. Und wenn es wirklich schwimmen können sollte, dann kann es schon froh sein, wenn es nicht viel schlechter schwimmt als zehntausend andere auch ... Ja, also sein neuer Roman würde den Naturalismus, der trotz aller Vertiefung des Weltbildes eine überholte Kunstform wäre, zwar nicht entthronen, aber durch eine Steigerung des Seelischen zu einer neuen Blüte anderer Art ...

Draußen jedoch vor dem Fenster ihres Abteils, der winzigsten, flüchtigsten Insel in Raum und Zeit, zog in Riesenflächen, nachtschwarz und mondbeschienen, die uralte, ewig rätselvolle Einsamkeit der Welt vorüber.

So ein richtiger Sonntag Mittag, da »bei« Potsdam dauerte für Fritz Eisner von zehn Uhr vormittags bis zehn Uhr nachts, ja selbst bis zwölf Uhr. Und er legte noch wie eine prosperierende Firma kleine Nachmittagsfilialen in der Woche an mit köstlichen Spaziergängen.

Für Eginhard Meyer war er nicht ganz so häufig, der Sonntag Mittag, und auch nicht ganz so ausgiebig.

Denn Egi Meyers Familie – die nähere! – redete stets gleich von Entfremdung, wenn er Sonntags fehlte. Und die weitere Familie im wohlsituierten Umkreis, die schon als Abzahlung auf die Hochzeitsgeschenke hin mit Einladungen nicht geizte, begann, wenn auch langsam und etwas skeptisch, Hannchen in ihren Kreis aufzunehmen. Was Hannchen eine Unmenge neuer Tanten und reizender Freundinnen einbrachte, zu denen sie mit Blumenbukettchen und Handarbeiten stürzte, und die sich nach ihr rissen, – wie sie glaubte.

Außerdem aber hatte sich Eginhard Meyer eine Doktorarbeit gewählt und bestätigen lassen, was ihm durchaus unmöglich machte, fürder im Hause seiner Eltern zu wohnen, allwo man auf einen geistigen Arbeiter keine Rücksicht nähme; – wie überhaupt die Eltern ihm in der tiefen Verständnislosigkeit, die einfache Seelen für das Genie stets haben, gegenüberständen. Und er hatte deshalb seine stille, abgeschlossene Arbeitsklause in der elterlichen Villa mit einer unsagbaren Studentenbude vertauscht, die nach Kohl und Kindern roch, eingekeilt zwischen den Behausungen zweier Skalen übenden Musikhochschülerinnen lag und nach einem Hof herausschaute, auf dem von morgens um Sieben bis abends um Neun Teppiche geklopft wurden.

Da Eginhard Meyer aber, um sechs Zeilen schreiben zu können, um die Inspiration sozusagen hierzu herbeizulocken, stets dreimal die Mauern der Stadt umkreise – Gedanken wollen ergangen und nicht ersessen sein! –, war er eigentlich hierdurch nicht allzu gestört. Beim Konzipieren selbst trug er außerdem Gummipfropfen in den Ohren.

Es würde von dem Raum dieses Romans nicht mehr viel übrig bleiben, wenn ich etwa ausführlich über die Bedeutung dieser Doktorarbeit mich vernehmen ließe, die in der wissenschaftlichen Welt nicht ihresgleichen finden dürfte und in etwas erweiterter Form sofort als Habilitationsschrift gelten sollte, ja Eginhard Meyer eine Professur in Aussicht stellen müßte, wenn nicht etwa die alten Perücken, die hierüber zu bestimmen hätten, ganz und gar vertrottelt und vermottet wären. Bei den außerordentlichen Werten, die hier für die internationale Wissenschaft auf dem Spiel standen, wird man entschuldigen und begreifen, daß Egi Meyer nicht mehr ganz die Zeit erübrigen konnte, sich ausreichend der Lappalie seines Brautstandes zu widmen.

Fritz Eisner hingegen, bei dem Beruf und Leben *nicht* getrennt, sondern aufs engste miteinander verflochten waren – denn sein Beruf war ja das Leben – tat das, wie schon oben bemerkt, skrupellos und in ausgiebigster Weise.

Und alles, was ihm der erste Rundgang versprochen, wurde eingelöst mit Zins und Zinseszins.

Der kleine Seitenweg, der von der breiten Lindenallee abzweigte, erwies sich als äußerst schätzenswert. Menschenfüße hatten ihn geschaffen. Er war nicht schön, er war ungepflegt, ging durch Buschwerk hin, an das nie eine Heckenschere gekommen. Er war auch nach dem Regen lange noch aufgeweicht; aber er hatte zwei Bänke aus Birkenästen, – und wilde Veilchen und Himmelschlüssel wuchsen an seinem Rand, die man sich anstecken lassen konnte. Und später dann, an Juniabenden zogen über die Silberteller der Holunderbüsche die Glimmerfünkchen der Leuchtkäfer in melancholisch schwerer Sinnlichkeit.

Und die Baumgruppen, die erst noch zerfasert waren im Park, wurden wie festgeschlossene hohe Burgen, einsame Plätze beschützend, die niemand fand als der, so sie kannte. Und Fritz Eisner und Annchen Lindenberg kannten sie bald.

Vorzüglich war da ein Platz bei einem kleinen, von Glyzinien überrankten Zierbau, den sie sehr liebten und immer wieder suchten. Über einem Marmorsarkophag, auf dessen Rand Masken mit erstarrten Schmerzensaugen lagen, und auf dessen weißem, stets von abgefallenen Blüten überschneiten Grund sich eine kleine, spielerisch bewegte Bronzegruppe mit den jagenden Seepferden des Poseidon hob, ... über dem hielten vier schwere dorische Säulen, stolz, hochragend, angetan eine Welt zu tragen, ein lockeres Dach luftiger Holzstäbe, auf dem die grünen flatternden Polster der Schlinggewächse ruhten. Lieblich und feierlich in eins war die Stelle, ausgesetzt Lüften, Winden und Regen, wundervoll unwirklich, wie der Traum von Heiterkeit und Schwermut, den der Mensch des Nordens von der griechischen Antike in seiner Seele trägt. Und nie kam jemand hier in diesen Parkwinkel.

Und die Maiblumenfelder warteten kaum ihre Zeit ab, um zu blühen, und dufteten aus tausend und abertausend ihrer weißen Glöckchen. In den Abendstunden jedoch (kurz bevor der alte Wächter das quarrende

Eisenpförtchen schloß) verschmolz dieser grelle Duft mit dem Trillern der Nachtigallen, die ringsum in den Büschen nisteten und sich eifersüchtig von hüben und drüben zu übertönen suchten in ihren Gesängen, die Lust, Schmerz und Wehmut mischten ... verschmolzen Duft und Klänge nun erst so nervenpeitschend, so wild und begehrlich, daß man doch die weise Vorsicht der Parkvorschriften zu verstehen begann, welche anordnet, daß mit Einbruch der Dunkelheit etwa noch im Park vorhandene Spaziergänger aus demselben zu weisen und die Pforten dieses Paradieses hinter ihnen zu schließen sind. Um die Gazellen nebenbei kümmerte sich Fritz Eisner kaum noch. Er übersah sie.

Ja und drüben, was gab es da alles für Wege! Durch den Wald, dicht an dem grasenden Damwild vorbei, das ein ganzes Stück mitzog, Waldwege, die schütter und licht waren wie die Frühlingsmorgen, und andere, dunkel wie eine Herbstnacht. Ein bißchen unheimlich. Da kamen gewiß die mächtigen Hirsche aus dem Dickicht. Erst neulich hatten sie wieder einmal einen Landbriefträger angegriffen. Auf die hatten sie es abgesehen. Sie hatten wohl keine guten Erfahrungen mit der Post gemacht. Aber gerade dann war es so nett, wenn ein anderes bei einem Hilfe suchte. Man hätte einfach das Tier beim Geweih gepackt und zu Boden gerungen. Sollte es nur kommen! Trotzdem atmete Fritz Eisner erleichtert auf, wenn man erst ein Stück weiter war.

Oder man erlebte die Begegnung mit hundert Fasanen, alten, glänzenden und bunten, und jungen, schmucklosen, grauen, die im welken Laub scharrten, und deren König ein merkwürdiger gelbhäutiger, starrhaariger Zigeuner war, in Schaftstiefeln, Schnürrock und mit einem betroddelten Deckelchen auf dem Kopf. Ein König, der als Zepter eine Rohrflöte führte, auf der er mit monotonen Trillern seine Untertanen lockte, ihm zu folgen.

Man sah den Kuckuck wie eine langgeschwänzte, unbehilfliche Taube über die Schonungen ziehen und zählte seine Schreie, bis es einem langweilig wurde. Gott, *so* alt *konnte* man doch gar nicht werden. Der Kuckuck aber brüllte immer weiter ... denn es war sein Beruf.

Und Wege erschlossen sich, von denen Fritz Eisner keine Ahnung gehabt hatte. Man konnte zum Beispiel herüber zu dem Berg gehen. Da war Dörflichkeit und ein Wirtshaus mit überragenden Schinkenbroten. Man konnte auch in einen Krug gehen, ein Sommerlokal, das an verschilfte schwere Wiesen grenzte, und von dem aus man über die Havel fort nach Werder mit seinen Fabrikschornsteinen hinübersah. Und auch hier saß man schattig unter alten Bäumen. Und wenn einem auch die Hühner den Kuchen wegpickten, sowie man sich umdrehte, so zahlten sie ihn bereitwillig in Eiern wieder zurück, groß, frisch und überaus preiswert.

Das Obst blühte allenthalben. Und nur Uneingeweihte suchten es drüben in Werder zwischen Staub, Lärm, Kremsern, Radfahrern, Fruchtweinen und Betrunkenheit. Fritz Eisner wußte, daß es am Pfingstberg und in der russischen Kolonie auf ihn und Annchen Lindenberg sittsam, strahlend und bescheiden wartete; – »wie Kinder, die mit Spruch und Strauß, so köstlich, blöd und dumm«, sagt Peter Hille von blühenden Kirschbäumen.

Da gab es ein paar Flecke, wo von der ganzen Welt nur der Rasen mit den gelben Miniatursonnen der Butterblumen und die weißen und rosigen Wolken der Obstblüten, soweit man blicken konnte, und der blaue Himmel darüber mit Schwalbenflug und Vogelgesang übriggeblieben war. Aber – was war das eigentlich gegen die Rotdornbäume in der Waisenstraße, die vor den alten gelben Bauten in ganzen Reihen sich hinzogen und so mit der Rotglut ihrer Blüten überschüttet waren, daß Ast, Zweig und Blatt darunter verschwanden? Er kam zusammen mit dem Flieder, der Rotdorn, Flieder, von dem man meinen konnte, daß er hier seine eigentliche Heimat hätte, so üppig war er. Und sie bereiteten eigentlich nur auf die Rosenzeit vor. Denn wegen seiner Rosenparterres war ja dieser Teil des Parks schon von alters her berühmt, und jeder riet Fritz Eisner, sich ja sie anzusehen. Das wäre das Schönste.

Aber man hätte das Fritz Eisner und Annchen Lindenberg gar nicht raten brauchen; sie versäumten schon so nichts. Denn vier Augen, und vier Augen, die verliebt sind, sehen vielleicht nicht *mehr* als zwei, die das nicht sind, aber sicher ist, daß sie das, *was* sie sehen, intensiver und leuchtender und strahlender erblicken als andere. Denn jeder blühende Zweig, jede weiße Wolke am Himmel, jeder taumelnde Falter über Beeten, jedes Flügelzittern der Libellen über dem Schilf, jeder Dufthauch des Flieders muß ihnen ja dazu dienen, ihr Glücksempfinden zu steigern, muß Resonanzboden für ihre Gefühle sein, der die schwingenden Töne ihres Ichs aufsammelt, nur um sie in verstärkter und vertiefter Klangfülle wieder zurückzuwerfen.

Natürlich war nicht immer schönes Wetter und eitel Sonnenschein. Es regnete auch mal, was vom Himmel wollte. Es gab sogar auch Tage, wo es nur einmal regnete, wie man sagt, nämlich von früh an bis spät in die Nacht hinein. Tage, die kühl und unfreundlich waren. Aber Regen, der in die Baumwipfel hineinsummt, der auf die Büsche tropft, dem das Gras sich entgegenstreckt, den der Boden trinkt, ist doch langen nicht so sinn- und hoffnungslos wie der Regen in der Stadt, der aufs Pflaster platscht, durch Dachrinnen gluckst, an

Scheiben trommelt und die langen Zeilen hasterfüllter Straßen mit seinen Flortüchern verhängt. Man blieb dann eben hier draußen zu Hause auf dem Balkon oder unten in der Laube unter den Bäumen, – und das war auch schön genug.

Annchen und Hannchen mußten abwechselnd die Wirtschaft führen und kochen; damit sie es lernten, wie Frau Luise Lindenberg meinte. Und während Annchen sich dieser Aufgabe intuitiv mit einer gewissen Genialität entledigte – (sie kaufte für billiges Geld die schönsten Dinge, die sie gern aß, und legte den Rest heimlich zu – fragte dann aber so lange, wie man sie zubereite, bis Frau Luise Lindenberg, die alles, nur nicht Fragen vertragen konnte, sie vom Herd wegstubste und mit geschürzten Ärmeln selbst sich an den Kochtopf stellte – worauf Annchen, scheinbar beleidigt, aber innerlich tief befriedigt, diese ihr unsympathische Arbeitsstätte verließ) ... betrieb Hannchen hingegen die Küche, wie alles, theoretisch: sie führte Buch in fünf Heftchen mit Bruchteilen von Pfennigen; bevorzugte den Materialwarenhändler, bei dem alles nach Petroleum schmeckte; erklärte, ein Mittagessen dürfte bei ihr später nie mehr als eine Mark siebenundzwanzig Pfennig kosten; und war stolz auf ein selbstkomponiertes Gelee, das dreizehndreiviertel Pfennig kostete, wie Tuschwasser aussah und genau so schmeckte, für menschliche Nahrung sich als ungeeignet erwies, von Mohrchen – der Rumtreiber hatte um zwölf Uhr an der Tür wieder gewinselt – von Mohrchen aber trotzdem mit Vergnügen verspeist wurde.

»Ihr füttert Mohrchen zu gut«, sagte Fritz Eisner, »das einzig Nette an ihm war seine schlanke Taille, und die hat es auch schon eingebüßt.«

»Ja, man wird«, meinte Frau Lindenberg nach einer bänglichen Pause, »den Hund weggeben müssen.«

Aber Hannchen erklärte, daß sie diese Roheit nicht überleben würde.

Auch Annchen meinte, sie wolle ihn behalten.

So sind Frauen, sagte sich Fritz Eisner. Erst wissen sie gar nicht, was sie mit solchem Tier aufstellen sollen, und nach vierzehn Tagen ist es ihnen schon über.

Überhaupt hatte sich manches im Hause geändert. Selma war verschwunden und, wie Hannchen nachher behauptete, mit ihr drei Paar seidene Strümpfe. Aber da die ganz ruhig in Berlin im Kasten lagen und überhaupt nicht mit hinaus in die Sommerwohnung gezogen waren, so brauchen wir dieser Beschuldigung kein Gewicht beizulegen. Immerhin ist festzustellen, daß Selmas Abgang von dieser Sommerbühne unter einer merklich kühleren Temperatur sich vollzog als ihr Auftritt, und daß kein Verehrer Kränze mit Schleifen warf.

Hingegen hatte Hannchen schon wieder eine neue Selma im Hintergrund, die demnächst in Erscheinung treten sollte, da Tante Trautchen vorerst geschrieben hatte, sie wollte doch noch erst das Sängerfest in Melsungen abwarten. Diese neue Selma hieß Lucie und hatte ein sehr schweres seelisches Erlebnis gehabt, wie sie es nannte; und es war deshalb nur Pflicht der Menschlichkeit, ihr Gelegenheit zu geben, hier in der schönen Umgebung über ihren seelischen Schmerz hinwegzukommen.

»Aber verzeihe, Hannchen, das ist doch nun bald ein Jahr her«, meinte Fritz Eisner.

»O, du meinst ja das von damals«, rief Hannchen mitleidig, »nein, das hat sie schon längst überwunden. Aber jetzt müßtest du das arme Mädchen einmal sehen. Überhaupt nur noch ein Schatten von dem, was sie früher war.«

Die brave Lucie ging nämlich alle Halbjahr an einem andern Manne seelisch zugrunde.

So lange aber, bis diese neue Selma in Sicht war, an der sich Hannchen mitfühlend als Vertraute bewähren konnte, hatte sich Hannchen einen erzieherischen Wirkungskreis an den Kindern der Kapitänswitwe geschaffen, die ja als Halbwaisen einer führenden Hand ganz besonders entbehrten. Denn die Kapitänswitwe schien Hannchen, wie sie in Gesprächen festgestellt, gänzlich ungeeignet zur Kindererziehung, über die sie sich auch theoretisch noch keinerlei Klarheit geschafft habe.

Über die Anlage der Kinder war sich zwar Hannchen nicht ganz im Reinen. So hatte sie Lieschen, den Südseetyp, neulich dabei überrascht, wie sie die Puppe ihrer Freundin während deren Abwesenheit heimlich aus dem Wagen nahm und verprügelte. Ein *gutes* Kind tut so etwas nicht!

Und Lottchen mit der mongoloiden Augenfalte hatte in ihr Poesiealbum die schönsten Verse geschrieben, die dicksten Oblaten dazu geklebt und die Namen von allerhand eigens zu diesem Behuf erfundenen Freundinnen daruntergesetzt; was nach Hannchens Ansicht einen zur Unwahrheit neigenden Charakter verriet.

Sie würde zwar vor nicht leichten Aufgaben stehen! Aber gerade das reizt ja die geborene Pädagogin besonders.

Hannchen beschäftigte sich also zuerst mit dem Südseetyp und versuchte ihn zu belehren, daß ein Sandhaufen etwas sehr Gleichgültiges wäre und zum Spielen nicht genüge, und daß rote und grüne Flechtbänder ihm vorzuziehen wären. Aber der Südseetyp glaubte es nicht. Dann ließ sie den Südseetyp nach gelben Papierbällchen greifen, was das Kind auch gutwillig tat, ohne recht zu verstehen, warum, weshalb und weswegen es das tun sollte. Hannchen jedoch ging theoretisch vor und begann bei diesem unverantwortlich vernachlässigten Wesen von der Pieke an ... mit den Übungen, die Fröbel für ein Kind im Alter von sechs bis neun Monaten vorschreibt. Nur so hoffte sie noch bei ihm – langsam sich steigernd – zu einem vollen Erfolge zu kommen.

Auch die Art, wie die Kapitänswitwe den Schulunterricht von Lottchen (mongoloide Augenfalte!) in abgekürzter Form bisher beeinflußt hatte, indem sie nämlich die Hefte ansah und ohrfeigte, wenn die Noten schlecht waren, schien Hannchen vom pädagogischen Standpunkte aus altmodisch und verwerflich. Und Hannchen übernahm deshalb die Leitung der Hausarbeiten, saß mit Lottchen Nachmittag für Nachmittag eine Stunde in der Laube und brüllte durch den Garten: »Sieben und fünf sind elf! Sieben und fünf sind elf! Sieben und fünf sind elf!«

Was Lottchen in der Meinung bestärkte, daß große Leute ihre durchaus eigene Rechenmanier hätten, die aber für Kinder, die keine Ohrfeigen zu Hause bekommen wollten, ungeeignet sei.

Auch dem Wikingerkind war Hannchen bei dem Aufsatz »Friedrich der Große und der Müller von Sanssouci« behilflich, was dem Wikingerkind, das bisher stets »eins bis zwei« unter seine Aufsätze bekommen, »vier bis fünf! – Stil!« einbrachte und Hannchen bewies, daß die Lehrerin der V° für ihren Beruf vollkommen unbrauchbar sei. Sie hatte das nebenbei schon von Anfang an vermutet.

Am schwierigsten jedoch wäre der Fall der Ältesten (der Mittelmeerrasse); denn gerade jetzt wäre der Augenblick in ihrem Dasein, da ungeeignete Lektüre einfach Verheerungen in der sich eben entfaltenden Frauenseele anrichten könne. Hannchen beschloß, nicht die Lektüre zu überwachen (das wäre unklug), sondern sie zu beeinflussen, ... indem sie dem jungen Wesen die passenden Werke der Literatur in die Hände spielte, wie sie in vorzüglicher Zusammenstellung für ihr Alter vom »Kunstwart« und vom Hamburger Lehrerverein geboten würde, von Jeremias Gotthelf, Otto Ludwig und Luise von François, die dem halben Kind sicherlich verständlicher wären, als »Im Liebesrausch« von Heinz Tovote, das sie, lesehungrig, wie sie wohl war, der Mutter heimlich entwendet hatte.

Annchen schätzte diese Tochter der Mittelmeerrasse schon richtiger ein, indem sie sie belehrte, daß, wenn man das Haar halb offen trüge, es *noch* eindrucksvoller wäre, eine Strähne davon nach vorn über die linke Schulter zu nehmen. Aber auch Annchen unterschätzte – wie wir noch sehen werden – die Tochter der Mittelmeerrasse; wie es ja überhaupt öfter vorkommen soll, daß begabte und gut veranlagte Schüler weiter vorgeschritten sind als die Lehrer.

Frau Luise Lindenberg aber meinte, sie sollten sich doch nicht so viel mit den Kindern der Kapitänswitwe abgeben, da wären die von der Frau Direktor doch ein ganz anderer Schlag.

Fritz Eisner konnte das nicht finden, denn das waren armselige, vermickerte und verputzte Äffchen, quarrig und für alle kindlichen Betätigungen immer zu fein angezogen, in Seidenröckchen und Hängelöckchen; Kinder, mit denen die Mutter nicht direkt verkehrte, sondern denen sie nur ihre Wünsche durch eine gelbe Französin übermittelte, die sie recht unfreundlich mit »va vite« durch die Welt stubste.

Frau Luise Lindenberg war nämlich gerade auf die Kapitänswitwe nicht sonderlich gut zu sprechen. Das wäre eine Kanaille, meinte sie. Er, Fritz Eisner, erinnere sich doch deutlich, wie die Glocke und Zylinder von dem Gasarm ausgesehen hätten.

»Ja«, meinte Fritz Eisner, »ganz genau.« (Keine Ahnung!)

Also, es wäre doch wahrlich ganz billiger Schund gewesen. Und jetzt hätte die Kapitänswitwe für ihre Rechnung eine Glocke gekauft, die schönste, die in ganz Potsdam aufzutreiben gewesen wäre, mit einer Rosengirlande und tanzenden Engelchen. Und einen ganz teuren Marienglaszylinder mit 'nem Rädchen darüber ...

»Nächstens wird sie noch das Haus für meine Rechnung streichen lassen.«

»Ja«, meinte Fritz Eisner, »und auch sonst scheint sie mir etwas fraglich. Ich glaube, mit dem Kapitän, da stimmt irgend etwas nicht. Jedenfalls fuhr ich da neulich abend mit einem Potsdamer, der solche Andeutungen machte.«

»Ach Gott«, meinte Frau Luise Lindenberg etwas spitz, »die Leute reden ja über jeden. Und über niemand lieber als über eine arme alleinstehende Frau. Das weiß ich am besten. Das ist nun mal eben nicht anders. Ich habe mir das eine mit den Jahren angewöhnt: nie auch nur das geringste auf den Klatsch und das Gerede der Leute zu geben. Und wenn du keine üblen Erfahrungen machen willst, Fritz, so trage nie das Gerede der Leute weiter!«

Fritz Eisner war einigermaßen erstaunt, gerade aus dem Munde von Frau Luise Lindenberg diese Weisheit zu vernehmen, deren sie selbst in so hohem Grade bedürftig war. Denn das hatte Fritz Eisner schon herausbekommen, daß Frau Luise Lindenberg bei ihrer regen Anteilnahme an Personen die Toten und die Lebenden miteinander verklatschte. Naja – endlich kann der Mensch doch nicht lauter gute Eigenschaften haben!

Fritz Eisner schwieg mißlaunig, und die Stimmung wurde etwas angebrannt.

»Ach hört doch mal«, rief Annchen lachend, »also ratet mal, wen ich heute hier gesehen habe! Ganz früh. Wer sich in aller Herrgottsfrühe schon hier herumgedrückt hat? Ich habe mich sicher nicht getäuscht. Er war sogar unten im Garten. Was *der* wohl hier draußen will?«

»Wie sollen *wir* das wissen, wen *du* gesehen hast?« rief Hannchen, nachdem sie verschiedentlich – etwas ängstlich (warum nur?) – vorbeigeraten hatte.

»Also der kleine Doktor Martini. Du weißt doch: der von dem Ball des ANV., der die ganze Nacht nur mit mir getanzt hat.«

»Doktor Martini«, meinte Frau Luise Lindenberg nachdenklich, »ach, das wird wohl doch nur ein Irrtum von dir gewesen sein. Was soll der wohl um diese Zeit hier wollen? Hat er dich denn gegrüßt?«

»Nein«, meinte Annchen, »aber *gesehen* hat er mich. Sicher. Ich hab's ja gemerkt, wie er zusammenfuhr. Aber dann hat er getan, als kenne er mich nicht. Ich finde das sehr albern von dem Menschen. Wenn ich mich jetzt nicht mit *ihm* verlobt habe, deswegen sind wir doch keine Feinde, da kann er mich doch grüßen.«

Fritz Eisner war das Gespräch unsympathisch. Er stand überhaupt den früheren Tänzern Annchens mit ausgesprochener Abneigung gegenüber. Wenn er auch, so er gerecht sein wollte, sich sagen mußte, daß seine Verlobung für Annchen unmöglich ein Gesetz mit rückwirkender Kraft sein könne.

Da schlug Mohrchen an. Wachsam war es. Es klopfte, und die Kapitänswitwe rauschte herein. Sie rauschte unterirdisch mit Knitterröcken. Sie hatte ein wundervolles rotes Sammetkostüm mit Stuartkragen und Schinkenärmeln an, einen schrägen Rembrandthut und ein kleines sandfarbenes, bekurbeltes Cape über den breiten Schultern. Sehr teuer alles. Sie sah aus wie eine Königin darin – aber wie eine aus einer Maskengarderobe.

»Ich komme gerade einen Augenblick hier vorbei«, sagte die Kapitänswitwe, »ich will nämlich nachmittag in die Loge gehen.«

Wie sie da bei Lindenbergs, die über ihr wohnten, vorbei mußte, war unklar, da die Loge ja nicht auf dem Trockenboden lag.

»Und bei der Gelegenheit können wir doch gleich das einmal besprechen, was Sie neulich anregten, gnädige Frau. Sie meinten, ob Sie nicht noch einen Raum für Ihren Logierbesuch im Haus bekommen könnten. Und ich sagte damals, daß es leider *nicht* ginge. Und denken Sie, wie glücklich sich das jetzt fügt: Heute bekomme ich einen Brief von den Mietern aus dem Gartenhaus, sie könnten leider den Sommer zum Angeln nicht mehr herauskommen. Die Dame hat Gelenkrheumatismus. Und da der Herr selbst Arzt ist, so sagte er: er könne Angeln für seine Frau keinesfalls mehr verantworten. Es wäre direktemang Gift für sie.«

»Wie hieß der Herr doch?« fragte Frau Luise Lindenberg.

»Das war ein Doktor M... Meyer. Sie werden ihn nicht kennen. Ein älterer Herr. Es gibt ja in Berlin so viele dieses Namens. Ja, aber was die Hauptsache ist, da der Doktor schon die ganze Saison vorausbezahlt hat, so stehen mir natürlich jetzt die Zimmer zu jedem Preis zur Verfügung. Was der Herr Doktor herausbekommt, ist für ihn gefunden. Aber ich möchte Ihnen gern den Gefallen tun. Vor allem, da ja auch Ihr Fräulein Tochter immer so liebenswürdig sich meiner Kinder annimmt.«

Frau Luise Lindenberg griff natürlich mit beiden Händen zu, und unter vielen Verbeugungen verabschiedete man sich.

»Die Kapitänswitwe ist doch eine entzückende Frau, geradezu eine Dame«, rief Frau Luise Lindenberg, als die Königin herausgerauscht war. »Hätte das wohl eine einfache Vermieterin gemacht, diese selbstlose Großzügigkeit?«

Draußen tropfte der Regen in das bunte Frühlingslaub der Parkbäume vor dem Fenster, und Annchen setzte sich ans Klavier und spielte, von einem ins andere kommend, nett und unterhaltsam. Sie hatte jede Note im Kopf und in den Fingern, die sie jemals gespielt hatte, und verstand über Schwierigkeiten, die ihr entfallen, so hinwegzutäuschen, daß es immer voll, rund und angenehm klang. Auf sehr sauberes Spiel legte sie keinen Wert, aber Musik lag bei ihr in jedem Anschlag und in jedem Übergang. Sie empfand eben das Wesenhafte der Musik. Für Fritz Eisner war das eine neue Welt, denn er hatte wenig Musik in seinem Leben gehört und nie selbst welche getrieben. Er erinnerte sich ganz dämmrig, daß man ihn auf den Schoß genommen und mit seinem Finger so lange auf den schwarzen und weißen Zähnen des Palisanderungeheuers umhergetippt hatte, bis aus dem Klingklang, das erst gar keinen Sinn gab, plötzlich ein Lied geworden war, zu dem man singen konnte: »Mein Hut, der hat drei Ecken, drei Ecken hat mein Hut«. Und das hatte ihm Spaß gemacht. Dann aber war bald danach bei dem Zusammenbruch des Elternhauses auch das Klavier mit fortgekommen, und damit war seine musikalische Erziehung ein für allemal beendet gewesen. In der Schule hatte er nicht mal die Noten lesen gelernt.

Und nun, da sein ganzes Leben bisher ohne Musik verflossen war, gab es da so plötzlich jetzt Melodien, die ihn wundersam erregten, Melodien wie von Wassertropfen, die in ein silbernes Becken fielen. Und das war Mozart. Und andere kamen daher wie Herbststürme durch den Forst, und es klang dazwischen, als ob ein Mann in der Nacht einsam weinte und sich doch seiner Tränen und seines Schluchzens schämte. Und das war Beethoven. Und andere, als ob ein Fieberkranker am frühen grauen Morgen von seiner Liebsten Abschied nehmen will und sich immer doch wieder in ihre Arme wirft, wie wenn er darin vergehen müsse. Und das hieß dann: Chopin.

Aber Frau Luise Lindenberg meinte, Annchen sollte etwas singen: die teuern Stunden, und sie verlerne es. Sie wollte »la brune Thérèse«, »Thérèse ma mignonne, tu deviendras baronne« von ihr hören und »Übers Jahr, mein Schatz, übers Jahr« von Meyer-Hellmund. Auch schwärmte sie für die Rosenlieder, besonders für das eine: »Aus des Nachbars Haus trat mein Lieb heraus, hielt ein Rööschen in der Hand«. Und da Fritz Eisner das Verlogene in diesen Dingen fühlte, so ging er hinaus auf das eiserne Vogelnest von Balkon, das durch irgendein kümmerliches Aperçu von Markise – es war aus einem alten gestreiften Bettbezug improvisiert – so halb und halb gegen den Regen geschützt war.

Hier war schon Hannchen, die die Straße herabblickte, als erwarte sie jemand dort zu sehen und erwarte es doch wieder nicht – es gibt solche Art des Sehens – und die merkwürdig zusammenschrak, als Fritz Eisner hinter sie trat. Was hatte sie denn?! Egi kam doch heute nicht heraus. Er hatte geschrieben, daß er sich einer Fahrlässigkeit schuldig mache, die er vor ihrer Liebe nicht verantworten könnte, wenn er sich seiner Arbeit, die gerade in eine wichtige Phase trete, auch nur für Stunden jetzt entzöge.

Auf der anderen Hälfte des Vogelnestes aber stand die Frau Baumeister mit einem Kind auf dem Arm, einem kleinen Wesen von neun, zehn Monaten, das eben gerade so sitzen konnte, wenn man es gut stützte, und das mit großen, ernsten, aufgerissenen Augen, die wie von tiefem Staunen und von tiefem, letztem Verstehen erfüllt waren, in die Absonderlichkeit der Erdenwelt starrte. Und die Frau Baumeister schäkerte mit dem Kind, preßte es an sich, wuschelte sich an das weiche Köpfchen, küßte es und blickte es dann wieder an, traurig und glücklich in eins. Aber das kleine Wesen ließ all das über sich ergehen und verzog nur hin und wieder zu einem leisen schmerzlichen Gegenlächeln den Mund. Es war wie ein Christkindlein auf alten deutschen Bildern, das auch immer so abgründig ernst dareinschaut, als wüßte es schon um all das Elend der Welt, das es auf seine kleinen schwachen Schultern genommen hat.

Und wie Fritz Eisner jetzt zu der Frau Baumeister hinüberblickte, da wurde es ihm plötzlich klar, wie hundertmal er doch Marienbildern – von frühchristlichen Elfenbeinen, mönchischen Buchminiaturen an bis zu Raffael und Michelangelo – betrachtet und in den Seminarien kunsthistorisch seziert hatte (Kind auf dem linken Arm oder auf dem rechten? Die starre romanische Gebundenheit setzt sich hier zuerst zaghaft in eine Antipostenbewegung der beginnenden Gotik um!), hundertmal betrachtet, beurteilt und besprochen hatte, ... und wie er dabei doch gar keine Ahnung von dem eigentlichen Sinn und Wesen des Marienbildes gehabt hatte. Wie so eine von Liebe, Glück und Angst durchseelte Bewegung einer jungen Mutter tausendmal mehr sagt als die schönsten Kommentare und Spitzfindigkeiten vor Photographien und in Museen, und eigentlich alles in Trümmer schlägt, was selbst das höchste menschliche Können danach sich zusammenbuchstabiert hat.

Herr Gott: die Frau Baumeister! – Fritz Eisner hatte sie noch nie gesehen und in letzter Zeit war auch ihr

»Fliegenschmalz, Fliegenschmalz lalüü lalaa« durch die Wand immer seltener, leiser und scheuer geworden – die Frau Baumeister war doch noch ein ganz junges Ding, sicher nicht älter als Annchen. Sie war sehr schlank und sehr anmutig, von der kühlen, silbrigen Anmut eines Seerosenblattes und mit großen, braunen, seitlich geöffneten Augen unter hohen, geraden Brauen, die nach den Schläfen zu sich verbreiterten; den Augen des achtzehnten Jahrhunderts, den Augen Bouchers und Tiepolos, Augen, wie sie das erstemal bei den Gespielinnen der Leda von Correggio in die laubgrüne Welt blicken. Ein schönes, großgliedriges Menschenwesen war es, mit kleinem Köpfchen auf schlankem Hals, ganz fertig und ganz scheu und schüchtern dabei: ein Mensch, der sehr früh Kummer gehabt hat und nun immer um sein bißchen bescheidenes Glück bangt.

Fritz Eisner verstand nicht recht, warum eigentlich Frau Luise Lindenberg stets so wenig freundlich von der Frau Baumeister sprach, sie eine gewöhnliche Person nannte und sagte, sie begriffe nicht, wie ein Mann wie der Baumeister sie hätte heiraten können – denn das wäre doch ein durchaus vornehmer Mensch. Das sähe sie auf den ersten Blick, wenn sie auch noch nie mit ihm ein Wort gewechselt hätte. Und außerdem hätten sie ja ein *unglückliches Kind.*

Nun ja, sie war wohl nicht aus so etwas, was man gemeiniglich ein *Haus* nennt, war wohl eher von ganz einfacher Herkunft: die *Frau* Baumeister. Aber es war doch über sie so viel weiche und liebenswürdige Anmut ausgegossen, so viel natürlicher Adel, daß man schon ziemlich hart über Menschen urteilen mußte, wenn man sich diesen Argumenten verschloß. Aber Frauen urteilen über Frauen ja immer ungerecht.

»O«, sagte die Frau Baumeister zu Hannchen mit einer

weichen, sich wie entschuldigenden Stimme, »bei Ihnen wird so schön musiziert.«

»Das ist meine Schwester«, meinte Hannchen, »vielleicht kommen Sie ein wenig zu uns herüber« – denn Hannchen forderte jeden sofort auf. Aber obgleich Hannchen mit der Baumeistersfrau sprach, verwandte sie dabei keinen Blick von der Straße.

»O, wenn der kleine Schreihals hier zur Ruhe ist«, versetzte die Baumeistersfrau und wiegte das Kind auf den Armen hin und her, das gleich wie eine welke Blume das Köpfchen auf die Seite legte und die Lider vor die ernsten großen Augen zog. »Sie warten wohl auf Ihren *Herrn* Bräutigam?«

»Herr Bräutigam« sprach für Fritz Eisner ohne Kommentare. Er war im Bild.

»Ich warte auch auf den Herrn ... auf ... auf meinen Mann ... er hat geschrieben, er wollte kommen, aber er hat wohl zu tun. Und das ist der Herr Bräutigam von Ihrem Fräulein Schwester – nicht wahr?«

Hannchen stellte vor und Fritz Eisner verneigte sich. Povretta, dachte er. So etwas könnte man nun vierundzwanzig Stunden am Tag streicheln. Man wüßte gar nicht, was man sonst damit tun sollte.

Da kam Annchen heraus: wo sie blieben, es gäbe gleich Kaffee; sie hätte eigens vom Konditor Weiß noch Kuchen geholt. Bis zum Wilhelmsplatz wäre sie hereingelaufen, heute vormittag.

Die Frau Baumeister wollte zuhören, wenn sie spiele?

Sie solle auch zum Kaffee herüberkommen, und Annchen drängte sich an die hölzerne Scheidewand und versuchte, herumgreifend, das kleine Wesen zu streicheln, das schon in ruhigen Atemzügen ganz eingebettet in die Arme der Mutter – sie hatten sich weich wie ein Schmeichelwort um das Kind gelegt – in die letzte weiße Dämmerung seiner kleinen Kinderseele hinabgeglitten war. Denn Annchen hatte an Kindern ein rein subjektives Interesse, während das von Hannchen mehr objektiv und theoretisch war.

»Ach«, rief Hannchen, »seht mal, da unten kommt Lucie«, und zeigte auf eine kleine junge Dame, die mit einem grauen Staubmantel durch den Regen daherstapfte und mit einem Ledertäschchen nach oben winkte, als wollte sie sagen: »Freut ihr euch nun? Da bin ich!«

»Also, Frau Baumeister, Sie kommen dann gleich herüber«, rief Annchen und huschte herein, denn es galt, Frau Luise Lindenberg schonend auf Lucie vorzubereiten. Hannchen aber blieb auf dem Balkon und sah immer noch mit der gleichen halb ängstlichen Aufmerksamkeit wie vorhin auf die nasse Straße hinab.

Frau Luise Lindenberg, die jetzt die Zimmer dieses ominösen Doktors Meyer – wie war sie nur auf Martini gekommen? – mit zur Verfügung hatte, zeigte sich Lucie gegenüber umgänglicher, als Annchen und Hannchen erwartet hatten. Denn da Frau Luise Lindenberg, wie sie sich einredete, in ihrer Jugend eine unglückliche Liebe gehabt hatte, so brachte sie den Seelenschmerzen Lucies nachfühlendes Verständnis entgegen.

Lucie selbst bestand nur aus Augen und Löckchen. Alles an ihr war Augen und Löckchen, oder auf Augen und Löckchen gestimmt. Sie war sehr gut gekleidet, hatte Stil im Reden, in Mienen und Bewegungen und hatte auch einige Bildung, da sie mit ihrem dritten Freund – das heißt von rückwärts gezählt – (welche Zahl er erhielt, wenn man von vorwärts zählte, wußte niemand außer ihr selbst) – heimlich in allerhand Vorlesungen der Universität gelaufen war. Aber das schwamm nur obenauf wie ein paar unzusammenhängende Fettaugen auf einer

Wassersuppe. Ihr Vater war nach ihren Aussagen ein Tyrann, ein verständnisloser Emporkömmling, der die Individualität seiner Kinder nicht achtete und sie mit seiner Rücksichtslosigkeit aus dem Haus trieb.

In Wahrheit war es ein kleiner, bescheidener Mann, dem sie tiefen Kummer bereitet hatte und immer wieder von neuem bereitete, der aber sie überreichlich mit Geld unterstützte und gleichmäßig freundlich blieb, was sie auch anstellte. Jetzt war sie für Befreiung der Frau aus dem Joche des Mannes, sagte, die Frau müsse einen Beruf haben, und war seit einem Jahr beschäftigt, sich einen solchen zu wählen. Da ihr das zu Hause unmöglich war, war sie vorerst in eine Pension gezogen. Sie schwankte noch zwischen Sängerin und Bibliothekarin. Frau Luise Lindenberg trug den unerquicklichen Verhältnissen im Elternhaus, unter denen das arme Mädchen litt, voll Rechnung.

Lucie hatte die Kunst, für jeden sein Gespräch in petto zu haben. Mit dem Mediziner sprach sie von Schutzimpfung, mit dem Maler von der Sezession, mit dem Ingenieur von Überlandzentralen oder Dynamomotoren, mit dem Architekten über Frührenaissance unter besonderer Berücksichtigung Pietro Lombardis, und den Bankbeamten fragte sie, was Terminhandel eigentlich sei. Und sie machte das so, daß sie zuerst ihre paar Kenntnisse als Köder auswarf, dann aber den andern reden ließ und, mit dem Kopf nickend, zuhörte, so daß der zum Schluß die Meinung hatte, daß sie doch eine sehr gebildete und interessierte Person sei, ... reizend, ... geschaffen zur Mitarbeiterin des Mannes ... ein ernstes Wesen und kein Durchschnitt ... kurz ein durchaus »wertvoller Mensch«; indem er ganz vergaß, daß sie ja eigentlich gar nichts gesprochen, sondern nur mit Augen und Löckchen Zustimmung genickt hatte. Bei dem nächsten aber hatte sie ihren Köder wieder um einige Bröckchen bereichert.

Fritz Eisner gegenüber hieß dieser Köder nun sofort Literatur. Und Lucie prasselte mit einem Feuerwerk von Namen gegen ihn los, wie ein Verlagskatalog; zum Ärger von Annchen, die die Absicht spürte, daß sie ausgestochen werden sollte, und die Lucie zu hassen begann; zur Freude von Hannchen, die es nur gerecht fand, wenn ihrem Schwager einmal bewiesen würde, wie ungebildet doch eigentlich ihre Schwester sei; und zum Entzücken von Fritz Eisner, der sofort begeistert einschnappte, Bücher empfahl, lobte, über Bücher verachtungsvoll absprach und tief bedauerte, nicht schon lange dieses feine, ästhetisch durchgebildete Mädchen näher kennengelernt zu haben.

Die Frau Baumeister aber saß dabei, angstvoll und verschüchtert, dankte für jedes Stückchen Kuchen und wagte nicht recht den Mund aufzutun. Denn d'Annunzio, Shaw, Gorki und was da alles umherflog, waren ihr böhmische Dörfer und nicht mal unter den Pferdenamen begegnet, auf die der Baumeister Geld setzte.

Nur wenn Hannchen sie belehrte, daß jetzt bald die geistige und Willenserziehung ihres Kindes zu beginnen habe, und Frau Luise Lindenberg sie tröstete und ihr versicherte, daß sie bei Hannchen, die auch nicht recht gedeihen wollte, mit Nestles Food und Doktor Amrains Knochennahrung die besten Erfahrungen gemacht hätte (natürlich gegen den Willen des Arztes; wenn sie auf den gehört hätte, hätte sie das Kind *nie* groß bekommen: »Und sehen Sie, da ist es, Gott sei Dank!«) – nur dann wagte sie schüchtern und lächelnd ein Wort einzuwerfen. Aber sie wäre ja eigentlich gekommen, um ein bißchen Klavierspielen und Singen zu hören. Das frische sie auf, und Fräulein Annchen möchte nachher noch etwas spielen.

Und dann setzte sich Annchen an das Klavier und schüttete das bunte Füllhorn ihrer musikalischen Erinnerungen aus, was ihr einfiel. Ihr Kopf war ein Notenschrank, aus dem man herausziehen konnte, wonach man Lust verspürte: Mendelssohn und Schumann, Griegs »Peer Gynt«, Tschaikowskys »Chansons triste«, Rubinsteins »Melodie« oder Offenbachs Ouvertüren – er lag ihr sehr – Straußsche Walzer und Nicolais »Lustige Weiber«, … was man immer nur wollte an melodiösen Dingen.

Die Frau Baumeister saß in einem der abgenutzten Sessel des Salons – es waren, wie gesagt, Möbel mit Erlebnissen – und nahm ihre großen, halb schalkhaften, halb angstvollen Rokoko-Augen nicht von Annchens Händen, die mal langsam, mal schnell, mal wirbelnd über die Tasten tanzten. Sie hörte ganz still zu, während Frau Luise Lindenberg und Hannchen durch jahrelanges Training gewöhnt waren, das Spiel Annchens vollkommen zu überhören, und Lucie nach rechts und nach links irrlichterierte wie eine Maus in der Falle. Weiß der Teufel, was in ihrem kleinen und verderbten Köpfchen gerade vorging.

Fritz Eisner aber bedauerte, sein Gespräch mit diesem mitfühlenden Wesen vorerst nicht weiterführen zu können, denn er war gerade bei dem für ihn interessantesten Teil der modernen deutschen Literatur angelangt, bei seinen eigenen Werken – nicht etwa denen, die er geschrieben *hatte* (das wären nur halbmißglückte Versuche), sondern bei denen, die er noch zu schreiben gedächte.

Hannchen aber ging merkwürdigerweise hin und wieder an den Tisch, nahm einen Teller und trug ihn hinaus und verweilte bei der Rückkehr aus der Küche stets einige Augenblicke, wie um Luft zu schöpfen, auf dem

Balkon. Was hatte sie nur? Sie hoffte wohl, daß Egi doch noch herauskäme, meinte Fritz Eisner. Und als es jetzt draußen schellte, fuhr sie mit einem leisen Schrei vom Stuhl auf.

Aber es war nur der Baumeister. Er entschuldigte sich wegen der Störung; er hätte drüben umsonst geklingelt und hätte sich gleich gedacht, daß seine Frau hier wäre; denn sie hätte Musik so gern.

Der Baumeister war ein großer, schwerfälliger Mann von vielleicht einigen vierzig Jahren, mit dem kleinen wolligen Kopf des Herkules Farnese. Er machte den Eindruck eines Menschen, der von jung an schwer körperlich gearbeitet hatte, und seine Hände waren groß, rot und mächtig, hatten wohl nie eine Reißfeder, einen spitzen Faberstift, sondern höchstens mal einen breiten Zimmermannsblei gehalten. Sein grobzügiges, gutmütiges Gesicht hatte den Ausdruck, wie man ihn bei einem Jungen findet, der in der Schule Sorgen hat und sich vor dem Zensurentag ängstigt, den auch die Lehrer nicht recht mögen, der aber bei seinen Mitschülern als verläßlicher Kamerad gilt. Er war ein einfacher Mann, das hörte Fritz Eisner, sowie der Baumeister den Mund auftat, ein Maurerpolier wohl, der jetzt selbst baute, irgendwie zu Geld gekommen war, oder von irgendeiner Terraingesellschaft geschoben wurde, so lange bis sie ihn fallen ließ; und der sich nun »Baumeister« nannte. Aber er wußte sich doch leidlich zu benehmen und vergaß nie »gnädige Frau« zu sagen.

Die Frau Baumeister aber – doch ein seltsames Paar, dachte Fritz Eisner –, die bisher von der kühlen, silbrigen Anmut eines Seerosenblattes gewesen war, wurde plötzlich wie eine Lotosblume von einem rosigen Lächeln überhaucht, und ihre eben noch traurigen großen Augen wurden ganz warm vor Glück. Es war reizend zu sehen, wie sie, trotzdem sie ganz, ganz ruhig im Stuhl blieb und dem Baumeister kaum die Hand reichte, doch diesem großen, schwerfälligen Menschen, mit allem, was sie war und hatte, entgegenflog und sich an ihn schmiegte. Man fühlte, so lange war das Zimmer für sie leer gewesen. Und auch der Baumeister suchte über alle fort ihre Blicke und streichelte sie mit den Augen, halb verzagt und schuldbewußt und halb froh, mit mehr Weichheit und Zartgefühl, als man diesem schweren, äußerlich etwas brutalen Manne zugetraut hätte. Es war ein stummes, unauffälliges Spiel zwischen ihnen, und man mußte schon ziemlich grobe Nerven haben, wenn man seinem Zauber verschlossen blieb.

Lucie überlegte eben, ob sie nicht mit ihrem Gespräch Nummer vier (Frührenaissance: Pietro Lombardi) den Baumeister attackieren sollte, und es wäre ganz lustig gewesen, denn der hätte gewiß *sehr* erstaunte Augen gemacht, von diesem merkwürdigen Kollegen zu hören, der noch vor der Erfindung der sechsten Hypothek, der Rabitzwände und des Schiebevertrages sich im städtischen Bauwesen ausgezeichnet hatte – als die Baumeisterfrau meinte, sie müsse jetzt hinübergehen und das Kind zur Nacht zurechtmachen.

Hannchen bat, ihr zeigen zu dürfen, wie man das in ihrem Kinderhort gehandhabt hätte: – »antiseptisch«. Annchen sagte, sie liebe Kinder; und Frau Luise Lindenberg meinte, sie könne vielleicht mit ihren Erfahrungen in der Kinderpflege – was man zu geben hätte, um dem Kleinen aufzuhelfen – der jungen Frau zur Seite treten. Lucie aber, die sich aus Kindern gar nichts machte, im Gegenteil sie als irreale Werte betrachtete, von denen es höchst peinlich sei, wenn man sie als reale Werte in Rechnung stellen müsse, blieb zurück. Und ebenso Fritz Eisner, der durch Geschlecht und Zivilstand als Bräutigam bei solchen Dingen vorerst durchaus noch ausgeschaltet war.

Fritz Eisner war teilweise erfreut und teilweise doch etwas bänglich berührt ob dieses plötzlichen Alleinseins mit Lucie. Es war leer im Zimmer, unheimlich leer und still. Und Lucie mit ihren Augen und Löckchen verstand es vorzüglich, solche Stille noch saugender und prickelnder zu machen, sie ganz mit den Ausstrahlungen ihres Wesens anzufüllen. Immerhin war Fritz Eisner der Meinung, mit der Fortsetzung des literarischen Gesprächs von vorhin – und es fehlte ja noch der wichtigste Teil: die eigene künstlerische Produktion – dieser etwas fatalen Stimmung Herr zu werden. Aber Lucie war durchaus *der* Meinung, daß jedes Ding an seinen Platz gehöre, und daß sich ein gesellschaftliches, vorbereitendes Gespräch keineswegs für eines unter vier Augen eigne. Und sie ermordete es also mit brüsker Hand schon im Keime.

»Ich bin sehr unglücklich«, sagte sie, stand auf, seufzte mit Mund, Augen und Löckchen und stellte sich vor Fritz Eisners Sessel. »Sie ahnen gar nicht, *wie* unglücklich ich bin«, fuhr sie fort, während sie sich mit halbem Körper so ganz leise auf eine Sesselwange (sagte ich nebenbei schon: es waren Sessel mit Vergangenheiten; davon bleibt etwas haften!) halb setzte, halb lehnte. Denn Lucie hatte eine köstliche Art, Männer, sowie sie mit ihnen allein war, verständnisvoll zu behandeln.

»O«, sagte Fritz Eisner.

»Sie glauben gar nicht, wie schwach ich bin.«

»Nein«, sagte Fritz Eisner.

»Mich müßte auch einmal einer nehmen und leiten, wie Sie es mit meiner Freundin Annchen tun.«

»Ja«, sagte Fritz Eisner.

»Mein Wesen ist im Kern enklitisch«, – das war eine Reminiszenz an den dritten Freund von rückwärts gezählt – »ich brauche einen männlichen Geist, an den ich mich lehnen kann«, und damit rutschte Lucie langsam von der Sessellehne herunter auf Fritz Eisners Schoß.

»Wenn ich Ihnen meine Geschichte erzählte«, sagte Lucie und schob ihren rechten Arm hinter Fritz Eisners Nacken, »da könnten Sie auch ein Buch darüber schreiben.«

»Ich weiß nicht«, sagte Fritz Eisner.

»Man hat immer verständnislos an mir gehandelt. Und gerade *die* Männer, denen ich meine ganze Seele, denen ich alles gegeben habe, was wir armen Frauen euch geben können ...« Lucie brachte den Satz nicht zu Ende. Die Erinnerungen waren zu stark, sie überwältigten sie.

»Ich denke –«, sagte Fritz Eisner, nicht ohne Befangenheit.

»O, nur einmal ganz still wie ein Kind in dem überlegenen Geiste eines Mannes ruhen können«, rief Lucie, und damit legte sie auch den anderen Arm fest um den Nacken Fritz Eisners, kuschelte sich an ihn und tat es wirklich.

Und da es ihr nicht gelang, Fritz Eisners Kopf zu sich herunterzuziehen, so zog sie den ihrigen in langsamem Klimmzug an ihm hoch und brachte Augen und Löckchen langsam in überaus verwirrende Nähe zu ihm. Alles Körperliche war für Lucie wohl nur ein Symbol für das Seelische.

Fritz Eisner kam sich ziemlich dumm vor. Die Lage war peinlich. Nicht etwa, daß er sich nicht als der überlegene männliche Geist fühlte, in dem Lucie ganz still wie ein Kind ruhen könnte; aber der Zeitpunkt schien ihm dafür ebenso falsch gewählt wie der Ort. Und richtig, da hörte man *schon* draußen Schritte.

Lucie war im Augenblick von Fritz Eisners Schoß herunter, und alsbald hatte sie Mohrchen, das in der Ecke faul auf einem Kissen lag, gepackt und kugelte und zergelte und zog sich mit ihm im Zimmer herum, daß ihre Löckchen und Mohrchens Schlappohren nur so durcheinanderflogen unter Gebläff und Koseworten, ganz verjachert und atemlos, als ob sie überhaupt seit zwei Stunden nichts anderes getan hätte; während Fritz Eisner ganz vertieft einen Artikel in der Sonntagsbeilage der »Voß« über die Hochzeitsgebräuche der Kamtschadalen und Tungusen las. Auf einer hohen sittlichen Stufe schienen beiläufig, wie der Verfasser schamhaft andeutete, in diesen Dingen weder die Kamtschadalen noch die Tungusen zu stehen. Feine Leute waren das anscheinend nicht.

Annchen aber kam zu Fritz Eisner und tippte ihn auf die Schulter.

»Hör' mal«, sagte sie mit etwas veränderter Stimme, »könnte ich dich mal einen Augenblick allein sprechen?«

Fritz Eisner folgte Annchen sehr bedeppert in das Nebenzimmer, wo im fahlen Halblicht die Betten geisterten. Also wirklich, er war doch ganz unschuldig dazu gekommen. Das mußte Lucie ja bezeugen können.

Aber Fritz Eisner kam gar nicht dazu, sich in wohlgesetzter Rede zu verteidigen, denn Annchen sagte: »Du tätest mir einen großen Gefallen, wenn du mal Hannchen einen Augenblick begleiten wolltest. Es will sie da jemand sprechen, und ich möchte sie mit diesem Menschen nicht allein lassen.«

»Wer ist es denn?«

»Ach Gott, weißt du, es ist ein Jugendfreund von Hannchen« (Hannchen hatte deren ja ein ziemlich reich assortiertes Lager), »und möglich, daß Hannchen ihm wirklich versprochen hat, ihm treu zu bleiben, bis er so weit ist, daß er sie heiraten kann; möglich, daß dieser verrückte Mensch sich das nur einredet; aber nun hat er depeschiert, er käme heute abend, und sie solle ihn erwarten. Und wenn sie nicht käme, würde er sich etwas antun. Und da muß doch Hannchen zu ihm heruntergehen. Und eben hat er schon ein Kind mit einem Zettelchen heraufgeschickt. Hannchen ist sehr unglücklich. Sie weiß gar nicht, was sie machen soll. Wenn sie nicht geht, schießt er *sich* vielleicht tot; – und wenn sie geht, schießt er *sie* vielleicht tot. Aber sie hat gesagt: sie *geht.*«

»Ist denn das immer noch der Heinrich Heine redivivus von neulich?« fragte Fritz Eisner.

»Wo denkst du hin?« rief Annchen lachend, »der hat sich ja letzten Montag mit Emmchen Liebmann verlobt, und heute steht's schon richtig in der Zeitung.«

»Ließe sich das mit dem Herrn da unten nicht vielleicht brieflich abmachen?« meinte Fritz Eisner unschlüssig. Er hatte eine tiefgehende Abneigung gegen Revolver.

»Das habe ich ja Hannchen auch gesagt«, meinte Annchen, »aber sie will nicht. Sie behauptet, es wäre ihre Pflicht, diesem Menschen Rede und Antwort zu stehen. Und du weißt doch, wenn Hannchen sich mal so etwas in den Kopf gesetzt hat, dann redet sie sich in solche Sache so hinein, daß man weder mit Gutem noch mit Bösem bei ihr etwas ausrichten kann.«

»Aber was soll *ich* denn dabei tun?« meinte Fritz Eisner unsicher. (Zu was man doch alles kommen kann, wenn man Bräutigam spielt.)

»Meine Schwester schützen!« rief Annchen mit Nachdruck.

»Also gut«, meinte Fritz Eisner, »dann werde ich Hannchen schützen!«

Und er suchte sich auf dem Flur seinen dicken Eichenstock mit der langen Eisenspitze, der noch aus seiner

Turnerzeit stammte, ihn sonst nur auf nächtlichen Wanderfahrten begleitet und nun hier draußen für Wege über Land eine Unterkunft gefunden hatte. Den aber nahm er fest in die Faust.

»Ach Gott«, rief Hannchen draußen und reckte sich, »ich bin den ganzen Tag heute nicht an die Luft gekommen. Ich halte das nicht aus. Ich muß noch ein bißchen heruntergehen bis zum Abendbrot. Ich bin bald wieder da. Kommst du mit, Annchen?« Diese Frage war rhetorisch gemeint, indem Hannchen keine Antwort erwartete. »Na, dann begleite du mich ein bißchen, Fritz? – ja?«

»Aber kommt bald wieder«, meinte Annchen, »denn ihr wißt ja, Muttchen wird sehr ungnädig, wenn die Kartoffeln kalt werden.« Und Annchen sah den beiden mit einem traurigen Blick nach, denn sie wußte ja gar nicht, ob sie sie nicht nur noch in ramponiertem Zustand wiedersehen würde.

Hannchen lenkte ihre Schritte ziemlich gerade über die Straße fort ihrem Schicksale entgegen, nach dem gußeisernen und quietschenden Parktürchen, und sie patschte unbekümmert – trotzdem die sprühende Nässe von oben schon genügt hätte – mit ihren kleinen Halbschuhen durch die Wasserlachen, die reichlich auf dem Wege standen ... wie ein Soldat auf dem Marsche, der weiß, daß es drei Tage Kasten gibt, wenn er einer Pfütze etwa feige und unmilitärisch ausweicht. In Hannchens Antlitz bebte unter der Maske heroischer Entschlossenheit eine nur schwer verhaltene Erregung. Aber da Hannchen Sensationen liebte und jegliche Art Aussprache aus einem seelischen Bedürfnis heraus stets suchte und herbeisehnte, so war ihr das nicht einmal unangenehm. Man konnte, wie Jacobsen in »Niels Lhyne« von der Frau Boje sagt, auch von Hannchen sagen: eigentlich liebte sie Szenen! Was sie zu Fritz Eisner in Gegensatz brachte, der Szenen haßte.

Drüben hinter dem Parktürchen ging ein verregneter junger Herr mit einem verregneten Strohhut mit großen Schritten und Gesten auf und nieder. Er war ein harmloses kleines Individuum, überaus dürftig körperlich, und Fritz Eisner bedauerte, den eisenbeschlagenen Knüppel mitgenommen zu haben. Das sah so nach Angst aus. Immerhin, man müsse ihn vielleicht doch unschädlich machen, um ihm die Mordwaffe zu entwinden.

»Gestatte, daß ich dir meinen Schwager vorstelle: – Herrn Fritz Eisner«, sagte Hannchen und schnitt damit die schöne Rede ab, die der verregnete junge Mann mit dem verbogenen Strohhut, von dessen der Form einer Acht angeähnelter Krempe es sacht kluckernd tropfte, sich soeben zum siebenten Mal halblaut hergesagt hatte. Schwäger aber waren in seinem Voranschlag nicht mit einbegriffen gewesen und waren angetan, ihn vollkommen umzustoßen.

Der Name Fritz Eisner war dem jungen Herrn nicht fremd. Denn es ist merkwürdig, daß junge Kerle, die versuchen, die verrammelten Tore der Literatur sich aufzustoßen, und von denen sonst kein Mensch auch bisher den Namen gehört hat, von ihresgleichen immer gekannt und beachtet werden. Und auch Fritz Eisner erinnerte sich, von jenem gehört zu haben und den Namen Johannes Hansen – es war ein Pseudonym für einen Namen, der aus weit südlicheren Ländern stammte – vernommen zu haben ... als von einem etwas wirren jungen Herrn, der, von vielem Idealismus erfüllt, irgendwo in Süd- oder Westdeutschland mit Hilfe eines Druckers (der ihn mörderlich übers Ohr hieb und ihm tausendmarkscheinweise sein väterliches Erbe für dünne, schlechtgedruckte grüne Heftchen aus der Tasche zog) eine Zeitschrift herausgab, die sich zur Aufgabe gemacht hatte, die Kultur zu fördern, und die dieser Aufgabe dadurch gerecht zu werden glaubte, daß sie alle vierzehn Tage, also in jeder Nummer, mit einem neuen Programm und mit Kulturmanifesten, in denen viel von der gärenden Zeit gesprochen wurde, sich an die harmlose Menge wandte ... ein Programm, das sich – wie die meisten ihrer Art – weniger durch Klarheit der Ziele als durch eine trunkene Überschwenglichkeit des Stils auszeichnete, der zum Selbstzweck geworden zu sein schien.

Und der kleine verregnete Herr stand also nun vor Fritz Eisner, schüttelte ihm kommentmäßig die Hand und erklärte, er wäre, wie er versichere, eigens die Nacht über aus Frankfurt am Main heraufgereist, um sich Klarheit zu schaffen, wie es um Hannchen und ihn stände.

Und Johannes Hansen bemerkte nun würdig – im Glacéhandschuhton, jeder Zoll ein Kavalier –, daß es ihm lieb wäre, wenn er einen Augenblick Fräulein Hannchen Lindenberg unter vier Augen sprechen könnte, da er einige über Sein und Nichtsein entscheidende Fragen an sie zu stellen habe. Fritz Eisner entgegnete ebenso, daß er das nicht zugeben könnte, und sah sich schon ohne Hannchen zurückkehren, während die bestürzte Frau Luise Lindenberg und Annchen weinend in seine Arme sanken ... als wider Erwarten Hannchen mit der Miene eines geschulten Duellanten ihn bat, einen Augenblick beiseite zu treten, da sie diesem Herrn durchaus Rechenschaft schuldig wäre.

Also – was blieb Fritz Eisner anderes übrig, als einige Schritt von den beiden Aufstellung zu nehmen und, den Stock fest in der Hand, im Halbdunkel unter tropfenden Bäumen auf den Augenblick zu harren, wo der alias Johannes Hansen sein grauses Mordwerk beginnen würde. Jedenfalls hatte er sich rechts von ihm gestellt, um zu-

zuspringen und den Arm hochzuschlagen, wie er das immer so schön auf den Umschlägen der Nick-Carter-Hefte gesehen hatte: »Hallo, alter Freund«, rief der berühmte Detektiv jovial und schlug mit Blitzesschnelle den Browning des roten William nach oben, »goddam, das hätte beinahe jemand treffen können!«

Aber der Johannes Hansen tat zwar nichts dergleichen, war aber, soweit Fritz Eisner hörte, sehr wortreich, wenn sich auch Fritz Eisner, der nur Brocken des leisen Gesprächs vernahm, kein rechtes Bild machen konnte, um was es sich denn eigentlich drehte. Denn es vertrug sich doch nicht recht miteinander, wenn Johannes Hansen erst in tiefer Zerknirschung bemerkte, daß er stets gewußt hätte, daß er Hannchens unwürdig wäre, und dann in gleichem Atem emphatisch ausrief, daß er Hannchen verachte. Und ferner fand Fritz Eisner die Anrede »Ungetreue« etwas theatralisch. Auch schien es ihm nicht klar, warum Hannchen mit tränenerstickter Stimme feststellte, daß das Schicksal stärker sei als sie; – etwas, das keineswegs besonders neu ist und jeder auf sich anwenden kann – und dabei ihren rechten Arm traurig auf alias Johannes Hansens Schulter legte, den dieser mit brüsker Bewegung abschüttelte, nur um mit wilder Glut im nächsten Augenblick Hannchens Hand zu ergreifen und an seine Brust zu pressen. Er sagte etwas von: »höhnend dein Andenken aus dem blutenden Herzen reißen« und dann: »nie vergessen können, was du meinem Leben bedeutet hast«; während Hannchen etwas von »glatter Lebensrechnung« sprach, und wünschte, man möge »*ihr* nie etwas vorzuwerfen haben« (was zweifelsohne etwas viel fordern hieß), und des weiteren der Hoffnung Ausdruck gab, er würde »ihr Bild in Reinheit bewahren«.

Von Hannchens Bräutigam Eginhard Meyer hatte dieser alias Johannes Hansen aber – genau wie Heinrich Heine redivivus – eine wenig gute Meinung. Was sie nur alle gegen Egi Meyer hatten! Aber er nannte ihn einen »chronischen Analphabeten« und gleich darauf einen »Kulturkretin von bourgeoiser Dünkelhaftigkeit« (das war ungerechtfertigt und zu viel!) und bemerkte fürder, daß es nur »wahnsinnige Verblendung« sein könnte, wenn man Eginhard Meyer einem Manne wie *ihm* vorzöge. Dann spielte er den unbekannten, grauen Fremden aus der »Frau vom Meer« – was ihm nicht mißlang, denn er sah wirklich wie aus dem Wasser gezogen aus – und erklärte, daß heute nacht elf Uhr siebenundzwanzig Minuten sein Zug noch nach Frankfurt am Main zurückführe; und er stellte Hannchen vor die Entscheidung, ob sie ihm aus freier Entschließung für dieses Leben folgen wolle oder nicht.

Was Hannchen leise, traurig, aber bestimmt – sich auf die Pflichten ihrem Bräutigam gegenüber berufend – ablehnte.

Das wäre der kritische Augenblick, meinte Fritz Eisner und trat unwillkürlich einen Schritt näher, wie er das immer auf den Umschlägen von Nick-Carter gesehen hatte: »Good evening, old boy.«

Aber Johannes Hansen meinte, kühl und wieder ganz Weltmann, daß *er* dann Hannchen nichts mehr zu sagen hätte; was nun Hannchen wieder nicht wahrnehmen wollte, sondern sich bei ihm einhing und meinte, daß ihre *seelische* Freundschaft davon unberührt und für ihr späteres Leben erhalten bleiben müsse.

Alias Johannes Hansen aber begann, langsam zum dämmrigen Park hinauswandernd, zu Fritz Eisner von den Kulturaufgaben seiner Zeitschrift zu sprechen. Er würde sich freuen, ihn im Kreise seiner Mitarbeiter begrüßen zu können, vorerst mit Berichten über die Ereignisse im hiesigen Kunstleben ... unter besonderer Berücksichtigung südwestdeutscher Künstler.

Und händeschüttelnd und unter dem Ausspruch gegenseitiger Hochachtung nahm man befriedigt voneinander im Regen Abschied, nicht ohne, daß Fritz Eisner noch einmal diskret zur Seite trat und in andere Richtung blickte, um Hannchen und alias Johannes Hansen das Wort, oder was sie sonst noch wollten, zu einem letzten Lebewohl zu geben. Alle drei kamen sich in diesem Augenblick sehr groß vor.

Als sich aber Fritz Eisner wieder umdrehte, da leuchtete schon die geschweifte Krempe des Strohhuts des Johannes Hansen in der dämmrigen Ferne der Straße.

Hannchen aber war ganz vergnügt, frisch und munter. Diese Aussprache, sagte sie, hätte ihr wohlgetan. Nun hätte sie mit allen, aber auch mit allen, eine glatte Rechnung, und nichts mehr könne sie von dem Wege abbringen, den sie zu gehen hätte.

Da aber die Zeitschrift mit der übernächsten Nummer ihr Erscheinen einstellte (Frau Jakob, der Mutter von Johannes Hansen, war die Sache doch zu dumm geworden, und sie sperrte mit Hilfe eines Gerichtsbeschlusses ihrem Sohne die Gelder), so sah Fritz Eisner leider nie die Früchte seiner Bemühungen um die südwestdeutsche Kultur, die aus diesem Grunde vielleicht noch heute etwas im argen liegt.

»Wo seid ihr denn so lange bei dem Regen gewesen?« rief Frau Luise Lindenberg, »die Kartoffeln sind schon ganz kalt.«

»O, es ist sehr schön unten«, rief Hannchen, »es war eine wundervolle Luft.«

Aber Frau Luise Lindenberg war mißgestimmt. »Kalte Kartoffeln« war das Stichwort, auf das sie unausstehlich wurde. Und sie sprach von der armen kleinen Baumeistersfrau, die ihrer Meinung nach eine ganz gewöhnliche Person sei und das Kind in unverantwortlicher Weise vernachlässige.

Und als Annchen einwarf, daß doch fast alle Tage der Arzt zu dem Kleinen käme, rief Frau Luise Lindenberg mit Emphase: daß ein Arzt *niemals* die Liebe einer *Mutter* ersetzen könne. Und damit ging sie deklamatorisch in das Gebiet des Sentimentalischen über und plätscherte wohl- und selbstgefällig darin umher: sie hätte auch ihr Leben sich anders gestalten können, wenn nicht eben die Rücksicht auf ihre beiden Kinder … und so weiter, und so weiter.

Lucie aber, mit ihren Augen und Löckchen, lag Hannchen im Arm. Fritz Eisner mit seinem überragenden Geist des Mannes schien für sie nicht mehr vorhanden zu sein. Als er aber bat, Annchen möchte noch etwas spielen, wurde er überstimmt. Man hätte genug Musik heute gehört, und so gingen Fritz Eisner und Annchen auf den Balkon hinaus unter das improvisierte Regendach und blickten zusammen über den dunkeln, dampfenden Park mit seinen sich leise in sich rührenden Laubmassen hinweg. Hin und wieder wimmerte ein Waldkauz in der Ferne, und ein Vogel zwitscherte drüben im Schlaf. Für Nachtigallen war es wohl zu kühl heute.

Wo die Schlösser lagen, war ein Lichtschein, und die abgerissenen Klänge einer altmodischen Militärmusik schwirrten in Abständen, monoton sich immer wiederholend, herüber, die Töne irgendeines seltsam-primitiven und doch zwingenden Marsches, unter dem vielleicht einst friderizianische Bataillone in die feuerspeienden Spontons russischer Stellungen gelaufen waren, und der manchem gewiß schon zum Trauermarsch geworden war – ehern, urtümlich in seinen harten Tonbildungen, und den man doch nie vergessen konnte, wenn man ihn einmal gehört hatte.

Auf der andern Hälfte des eisernen Vogelnestes sprachen ganz leise und scheinbar sehr bekümmert der Baumeister und die Baumeistersfrau. Die Baumeistersfrau schien sogar zu weinen. Sie hatte wohl Sorge um das Kind, das ja nicht gedeihen wollte, meinte Fritz Eisner. Ach nein, sie sprachen ja von etwas anderem. »Und was hat denn nun deine Frau da gesagt?« schluchzte die Baumeistersfrau.

(Gott – das arme Ding!)

Dann aber wurde nebenan die Tür geschlossen, und man hörte das Rascheln sich vorziehender Gardinen. Für ein Brautpaar aber ist es nicht angenehm, wenn nebenan ein Ehepaar die Fenster schließt und Nacht macht. Nein, angenehm ist das nicht.

»Hör' mal, Fritz«, sagte Annchen, »fahr' lieber mit dem nächsten Zug! Du kommst mit dem letzten Zug wieder so spät nach Hause, und Mutti ist schlechter Stimmung. Da ist es am besten, sie kommt früh zu Bett. Wir haben es nachher nur auszubaden. Und wir müssen auch noch Lucie unterbringen. Immer Hannchen mit ihren abscheulichen Freundinnen. Ich mache mir gar nichts aus Lucie.«

Und Fritz Eisner ging hinein, um sich zu verabschieden.

Nein, Annchen solle aber bei dem Regen ja nicht mit zur Bahn gehen, rief Frau Luise Lindenberg; sie neige sowieso zu Erkältungen.

Dann also auf Wiedersehen.

Unten im Halbdunkel neben dem Haus an der Gartentür, dort wo es von den Bäumen bung, bung, bung, bung auf die vier Laubendächer tropfte – der Regen selbst hatte inzwischen seine Tätigkeit eingestellt – standen die Kapitänswitwe und Doktor Fischer. Sie schienen eine sehr erregte Auseinandersetzung gehabt zu haben. So etwas merkt man an der Art des Schweigens.

»Und ich kann dir ja den Brief der Frau Major von Dorgelow morgen zeigen, wenn du es nicht glaubst«, sagte die Kapitänswitwe etwas schrill. »Aber jetzt habe ich keine Zeit mehr. Ich muß auch noch zur Apotheke, bevor ich zu ihr gehe.«

Und damit wandte sich die Kapitänswitwe, ging fort und ließ den Doktor Fischer stehen, ohne sich noch einmal nach ihm umzublicken. Sie war wohl eine etwas energische Dame.

Fritz Eisner aber zog den Hut, um an Doktor Fischer vorbei auf die Straße zu gelangen, der da mit breiten Schultern und dem mächtigen Kopf, von dem die Haare lang herabhingen, wie immer in seinem langen halboffenen Flauschmantel und seiner Samtweste schwerfällig und melancholisch im Halblicht stand.

»Sie gehen zur Bahn vor«, sagte er müde. »Sie haben noch Zeit, junger Freund. Ich werde ein Stück mitkommen. Wer spielt bei Ihnen so hübsch Klavier?«

»Das ist meine Braut«, sagte Fritz Eisner mit mehr Stolz, als wenn er es selbst wäre.

»So? Sie wollen heiraten? Sie haben Mut.«

Fritz Eisner lachte.

»Ja, die Ehe ist ein Arbeitshaus für den Mann, eine Leibrente für die Frau und eine Futterkiste für die Kinder. Wozu wollen Sie ins Arbeitshaus gehen?« Er sprach so ernst, monoton, knurrend und schwer, wie er selbst war.

»Aber, wenn man eben ein Mädchen so gern hat, daß man …«

»Ich habe noch keine Ehe gekannt, die gut war. Entweder ist die Frau tüchtig, gescheit, modern, dann geht die Ehe kaputt. Oder sie ist es nicht, dann geht der Mann kaputt.«

»Aber es heiraten doch trotzdem immer wieder …«

»Das beweist doch nur, daß die Menschen unverbesserlich sind. Alle großen Dinge dieser Welt, an die sie glauben, sind doch ein Bluff und ein fauler Schwindel, wenn man dahinterkommt. Das werden Sie auch noch sehen, junger Freund. Die Wissenschaft ist eine euphemistische Umschreibung für die menschliche Unkenntnis. Das Vaterland ist ein von den Regierungen erfundenes Ammenmärchen.«

»O«, rief Fritz Eisner ungläubig. Er verachtete zwar alle Politik, aber das stimmte wohl doch nicht so ganz.

»Ja, das einmal so und einmal anders erzählt wird, je nach Nützlichkeit. Die Erwachsenen unterscheiden sich von den Kindern gerade durch den Mangel an Anteilnahme für die wirklich erlebenswerten Dinge des Daseins; Mangel an gutem Willen und Mangel an Anständigkeit der Seele … das sehe ich täglich vor mir … und durch ein Übermaß an all jenen Gaben, die sie den Kindern abzuerziehen versuchen. Die meisten Erwachsenen sind einfach entgleiste Kinder. Die Liebe jedoch ist eine Mausefalle. Wenn man endlich mal herauskommt aus ihr, ist man müde und weh, nur noch eine einzige schrindende Wunde. Die Ehe aber frißt einen Mann stückweise auf. Sie ist einfach dem Tod gleichzusetzen. Das einzig Versöhnliche an der Ehe ist, daß der Mann meist vor der Frau stirbt.«

»Sie ermuntern mich gerade nicht, Herr Doktor.«

»Was sind Sie doch?« meinte Doktor Fischer, in seiner schwerfälligen Art ganz langsam dabei einen Fuß vor den andern setzend.

»Ich bin Schriftsteller.«

»Sie haben studiert, Herr Eisner?«

»Ja, ich habe mich besonders mit Kunstgeschichte ...«

»O, das ist schön.« Fritz Eisner sah, wie die schwarzen großen Leonberger Augen Doktor Fischers Feuer bekamen. »Man sollte für den Denkmenschen, den sich auf sich selbst besinnenden Schreiber Klöster bauen, hochgelegen, mit einem Blick über Wälder, Flüsse und Städte fort. Sie können dort hingehen, aber sie können auch jede Minute wieder in die Welt zurückkehren. Zellen müßten die Klöster haben. Refektorien, Bibliotheken, Kreuzgänge und Gärten, Gärten vor allem. Frauen wäre jeder Zutritt verboten ... aber jede Zelle müßte eine Hintertür haben, eine ganz geheime Hintertür, die zu einer ...«

Doktor Fischer schwieg. In der Ferne hörte man den Zug heranbrausen. Er heulte immer wie eine Sirene durch das letzte Stückchen Wald. Sie waren noch weit vom Bahnhof.

»Ich muß mich aber sehr eilen, wenn ich den Zug noch –«

»Lassen Sie nur, junger Freund, Sie bekommen ihn doch nicht. Den nächsten bekommen Sie dafür sicher. Wozu wollen Sie eine komische Figur werden? Der Mann, der den Zug versäumt, ist immer eine komische Figur. Sehen Sie mich an! Kommen Sie! Gehen wir noch!«

Also, es war wirklich zu spät für den Zug. Fritz Eisner hätte nur allein eine Stunde auf der Bahn warten müssen. So hatte er wenigstens Gesellschaft.

»Sie machen sich wohl auch nicht viel aus Büchern?« begann Doktor Fischer wieder. »Das tun die meisten, die bildende Kunst lieben. Ich finde, die jeweilige Literatur ist vor allem der Dolmetscher für die Erotik ihrer Zeit. Alles andere kommt für sie erst in zweiter Linie. Und das ist mir eigentlich zu wenig.«

Aber Doktor Fischer solle doch nur an die Großen von

heute denken, an Tolstoi und Ibsen mit der Vielseitigkeit ihres Weltbildes; an Goethe oder etwa an Schopenhauer, was sie uns geben.

»Ob das wirklich so viel ist?« meinte Doktor Fischer und blieb stehen und atmete in tiefen, hörbaren Zügen zwischen den Sätzen. »Mit den meisten Großen geht es doch dem Bewunderer, wie es Faust in der Walpurgisnacht geht, als die nackte Schöne mit geschlossenen Füßen an ihm vorübertreibt und er meint, es wäre sein Gretchen – denn jedem kommt sie wie sein Liebchen vor. Jeder findet sich nur in seinen Großen wieder, sucht sich ein Eckchen, ein Winkelchen, einen Ausschnitt von ihm. *Seinen* Goethe, *seinen* Nietzsche, *seinen* Schopenhauer. Und auch dieses Winkelchen formt er noch nach seinem Bilde. Und kaum einer fühlt, daß da nackt und unverhüllt die uralte, geheimnisvolle, tausendspältige Lilith an ihm vorübergezogen ist, die den Kopf auch unter dem Arm tragen kann. Denn eigentlich kennt unser Leben ja doch nur *eine* Frage. Der junge Mensch stellt sie, der Mann stellt sie, und der Greis stellt sie. Es ist immer die gleiche Frage; nur der Ton, mit dem wir sie vorbringen, ändert sich. Je näher wir der Antwort kommen, desto leiser und unsicherer wird er.«

»Aber«, warf zaghaft Fritz Eisner ein (diesem Mann steht doch das Wort seltsam zur Verfügung: das muß auch einer vom Bau sein!), »unsere Dichter ...«

»Nennen Sie Dichter die, die Bücher schreiben und Verse machen?« rief Doktor Fischer in die Nacht hinaus. Sie waren jetzt über den Bahnhof hinausgekommen und gingen auf der Landstraße, die in die Dunkelheit führte. »Sie glauben wohl auch, wie die meisten jungen Menschen, daß Dichten darin bestände, daß man Verse mache? Sie halten sich wohl auch für einen verhinderten Goethe?«

»Ich mache keine Verse«, sagte Fritz Eisner trotzig.

»Ich habe eigentlich nur *einen* Dichter kennengelernt in meinem Leben«, rief Doktor Fischer (was erregte den Mann nur so?), »das war ein Dachshund. Ich hatte da in der Gärtnerei eine Hündin, ein hübsches Luder, aber sie taugte nichts. Und immer brannte sie durch des Nachts, und immer mußte man irgendwelche Spitze oder Doggen mit Stöcken aus der Gärtnerei jagen und alle paar Tage mal die Löcher flicken, wo sie durch den Zaun krochen. Nur *ein* Dachshund lag Tag für Tag draußen – verstehen Sie, draußen auf der Straße – matt, müde, melancholisch, ungepflegt, mit hängenden Ohren, ein ziemlich altes Tier schon. Immer wenn ich vorbeiging, kam es herangekrochen und ließ sich bemitleiden und sagte mit den Augen: Schicksalsgenosse! Das ist der einzige Dichter, den ich je kennengelernt habe.«

Fritz Eisner verstand zwar nicht, was jener Doktor Fischer eigentlich damit meinte, aber ihn begann dieser unheimliche, unglückliche Mann zu interessieren. Der Literat in ihm wurde hellhörig. Das war ja geradezu eine »Figur«.

»Welch eine Narrheit eigentlich«, rief Doktor Fischer und blieb wieder stehen. »Wir streiten um Höchstes, um Besitz, um Erkenntnis, um den Kitzel der Kunst und gehen an dem Tier in uns, an der Unmöglichkeit, das Leben ohne jenes andere Tier mit den langen Haaren, das von allen jenen Dingen *nichts* weiß, zu ertragen, daran gehen wir zugrunde.«

Fritz Eisner (er wußte ja noch sehr wenig vom Leben: kaum ein paar Zitate und Randbemerkungen) hatte das unabweisbare Gefühl, als ob das, was dieser etwas skurrile Herr da vorbrachte, in irgendeinem unklaren Zusammenhang mit der Kapitänswitwe stehen müßte.

»Sie haben Ihre Braut aufrichtig gern, nicht wahr?«

rief Doktor Fischer, »und wie könnten Sie auch jetzt schon verstehen, daß man eine Frau bis zur Raserei lieben und bis zum Ekel dabei verachten kann! Ich wünsche Ihnen, daß Sie es nie verstehen lernen. Gott ja, zum Schluß liegt es wohl in uns, daß wir das hassen müssen, was wir anbeten. Gott ja, Gott ja, ich begreife: es ist wohl Apachenart, einem ins Gesicht zu treten, wenn man ihn niedergestochen hat. Aber ein anständiger Mensch begnügt sich doch eigentlich damit, den anderen einfach hinterrücks niederzustechen.«

Doktor Fischer schwieg. Eine ganze Weile ging er dann stumm, schwarz und schwer neben Fritz Eisner, der auch nicht recht wußte, was er sagen sollte. Endlich war der Mann da neben ihm doch fünfundzwanzig Jahr älter als er. Vielleicht war er auch noch gar nicht so alt, war nur ein früh gealterter Mensch. Das empfand Fritz Eisner. Aber sie konnten doch nicht zueinander, wenn auch Fritz Eisner so dumpf etwas fühlte und verstand von dem, was da in dem drüben vorging. Denn Gefühl ist ja die unter dem Bewußtsein sich vollziehende Denkäußerung der Seele. Nein – sie konnten nicht zueinander, denn man kann nicht über zwei Jahrzehnte springen.

»Man will doch saubere Finger haben. Ich bin gegen Mord. Nur *einen* Mord könnte ich begreifen.« Das aber sagte Doktor Fischer mehr für sich als zu seinem Weggenossen.

Fritz Eisner spitzte die Ohren. »Sie sollten sich losmachen und fortreisen. Sie sind doch unabhängig.«

»Ich reise nur noch einmal ... nach Hamburg ... bevor ich den Rest meines Daseins in einer Konservendose verbringe, nicht viel größer als eine solide Zweipfundpackung von Stangenspargel ... Es gibt in Geschäften, die Bettfedern verkaufen, solche Glastrommeln, die immer rundherum gehen und die Federn sinnlos durcheinanderwirbeln. Davor bleibe ich stets stehen. Das ist das Leben. Man wird sinnlos herumgeschleudert, bis man liegen bleibt. Und dabei nehmen wir uns doch so unendlich wichtig, wie Kinder, die Mühlräderchen im Bach bauen und sich und andere glauben machen, sie brächten wirklich etwas zuwege. Kennen Sie das Wort: ›Wer sich der Einsamkeit ergibt, ach, der ist bald allein?‹«

»Ja, gewiß«, lachte Fritz Eisner.

»Ach nicht, daß Sie es gelesen haben und wissen, wo es steht; das weiß jeder Backfisch. Ob Sie es verstanden haben? Der Begriff der Zeit ist ein anderer, wenn man allein ist, als wenn man zu zweien ist oder mit vielen zusammen. Aber den Morgen einsam in der Gefängniszelle eines Hotelzimmers in einem Hotelbett erwachen, zwischen hundert Menschen, die man nicht kennt, und wenn der Regen dann noch gegen die Scheiben trommelt, ebenso gut könnte man *schon* in seinem Grab liegen.«

»Sind Sie viel gereist, Herr Doktor?« sagte Fritz Eisner. Er fühlte, das Gespräch hatte den Berg überschritten und wandte sich langsam zur gleichmäßigen Ebene.

»O ja, aber ich reise jetzt anders. Wenn ich in meinem Warmhaus ein Adiantum – Sie kennen Pflanzen? – oder irgend solch ein exotisches Farren zur Hand nehme und es betrachte, und nachher zu meinen Chrysanthemen hinübergehe, dann bin ich durch Hunderttausende von Jahren gereist. Früher war ich viel in Italien, und ich denke sehr oft daran. Aber ich möchte es nicht mehr wiedersehen. Wenn ich Dichter wäre, würde ich ein Gedicht machen auf die Mädchenköpfe, die in Italien von Mori an bis nach Syrakus auf den Bahnhöfen oben aus den Fenstern sehen. In dem kleinsten Nest, überall eins oder ein paar, und immer andere. Nie daß eine dein Lächeln erwidert. Sie beachten dich nicht; sie beachten niemand. Aber sie sehen jeden. Sie sind alle verschieden. Und sie sind meist sehr jung. Ich möchte wissen, was in ihren Köpfen hinter den hohen Stirnen da ist. Oder ich möchte ein Gedicht schreiben auf einen melancholischen Abend bei Messina, wie so langsam sich das Trajekt vom Hafen löst und drüben die Küste sucht, während die Reihe von Palästen vor uns in das Nichts zurückgleitet. Ja, ich möchte einmal doch wieder das Museum in Neapel sehen. Ich möchte nicht hinreisen, ich möchte da sein. Alle anderen Museen der Erde sind endlich nur ein paar letzte verklungene Töne einer verhallten Zeit. Das ist noch eine ganze Welt: mit seinen Bronzen, Marmorbildern, Fresken und Mosaiken; und es gibt nichts, das über sie hinausreicht.«

Wundervoll, das war ja ein Kunstgespräch! Und Fritz Eisner hakte erleichtert ein.

Wirklich, er könne das kaum glauben. Wie seltsam – ob ihm das einmal aufgefallen – überhaupt das Gefühl in den Dingen der Kunst: Es gibt etwas, das über sie hinausweist. Was wir gerade sehen, lesen, hören, ist *nicht* das Letzte, das Vollendetste. Woraus schließen wir das? Haben wir in uns die Vorstellung des Diamanten? Wissen wir von Urbeginn an um den feinsten Klang der Worte, der Töne, um den verborgenen Rhythmus, der im Leben und in den Dingen steckt?

Und von da kam Fritz Eisner auf den Naturalismus. Er haßte alle Stilisten und Ästheten, von denen er sagte, daß sie im besten Fall nur die eine Form gefunden hätten, nämlich die sich lächerlich zu machen. Es war seine Puschel, daß es keinen Stil gäbe, und daß man die Kunst immer wieder neu aus dem Leben ableiten müsse. Nur so könne man sie und sich vor Erstarrung bewahren. Und Fritz Eisner tat sich viel darauf zugute, trotzdem er so ganz geheim sich doch sagen mußte, daß Dürer und Leonardo vor ihm das Gleiche schon besser ausgesprochen hatten.

Aber der Doktor lachte breit und schwerfällig, reichte Fritz Eisner eine Zigarre und brannte sich selbst eine Zigarre an. Jetzt war er ein ganz anderer.

Fritz Eisner gefiel dieses Lachen nicht. Dieser Mann nahm anscheinend *seinen* Naturalismus nicht ernst. Er war eben wohl doch etwas unmodern, gehörte zum alten Eisen. Aber der Doktor lachte immer noch.

»Junger Herr, Sie haben ganz recht«, rief er. »›Kunst und Natur sei eines nur.‹ Ich hatte das nie so recht begriffen. Aber plötzlich verstand ich es. Es war damals in Rom. Eine Malerin stand da unten vor dem Portal des Französischen Instituts, auf dem Platz direkt über der Spanischen Treppe. Klein, schwarz, lachend, vollbusig, mit Schnecken und einem kleinen Malkittel, beschmiert, beklext, betupft in allen Farben des Regenbogens, von oben bis unten, vorn und hinten. Und die war umstanden von dreiundzwanzig spitzbärtigen Malkollegen, den zukünftigen Bonnats und Gérômes Frankreichs – denn die Manets kriegen keine Staatspreise –, die alle mit großen Handbewegungen ein eifriges Kunstgespräch mit ihrer Kollegin führten und alle doch nur die Natur meinten. ›Denn das Naturell der Frauen ist so nah mit Kunst verwandt!‹«

Langsam gingen sie wieder – Fritz Eisner wußte gar nicht, wo sie durch die Nacht hingelaufen waren – gingen sie wieder zum Bahnhof zurück, dessen Lichter wie ferne Zeichen winkten.

Der Doktor Fischer sprach wenig, wie einer, der das Gefühl hat, daß er zu viel gesprochen habe.

»Gott«, sagte er mehr für sich, »endlich gibt es doch Blumen, denen man gut sein kann und die dankbar sind und Kinder. Wozu also? ›Il faut cultiver son jardin‹, das war schon Voltaires letzte Weisheit.«

An dem Bahnhof aber reichte er Fritz Eisner die Hand: »Wenn Sie einmal für Ihre Braut ein paar Pflanzen haben wollen, so was Besonderes, was Sie nicht bei jedem Gärtner kriegen, kommen Sie ruhig zu mir. So oft Sie wollen. Ich habe immer was für Sie.«

Und damit – hinten kam wieder der Zug mit Sirenengeheul durch den letzten Waldstreifen gebraust – wandte sich Doktor Fischer und tappte in seinem riesigen Flauschmantel mächtig und schwerfällig davon.

Fritz Eisner war müde und doch nicht müde, war überrege. Dieser ganze Tag, und der Mann dann noch mit seiner Verbissenheit und seinem Unglück (denn er war unglücklich, es klappte da irgend etwas nicht) hatten seine Nerven in Schwingungen gebracht, daß sie nicht so bald zur Ruhe kamen.

In Potsdam stieg noch ein Bursche mit Kränzen von Kirschlorbeer ein und brachte zudem noch den Geruch von Friedhof, den jeder haßt, der ihn kennt, in den Abteil, in dem sonst nur noch ein abgeflattertes, letztes Pärchen müde weiterduselte und kaum ein Wort und einen Blick füreinander fand.

Als aber Fritz Eisner nachher noch seine Schritte – es war zwölf Uhr in der Nacht – in irgendein Beisel von Café lenkte, wo allerhand bescheidene und noch völlig unabgestempelte Bohème verkehrten, in deren Mitte Fritz Eisner sich heimisch fühlte, da saß dort mit unruhigem Augenzwinkern hinter seinen Kneifergläsern Egi Meyer und spielte wieder einmal hoffnungslos verbiestert Schach. Er hatte das seit drei Uhr nachmittags getan.

Da für Fritz Eisner aber Geld immer noch, wenn er es auch nicht gern eingestehen wollte, ein sehr unregelmäßiges, schwer abzuwandelndes Zeitwort war mit Aoristen und heimtückischen Konjunktiven, wie »würde gehabt haben«, so konnte er doch keineswegs so viel zu Annchen nach Potsdam hinüberfahren, wie er es gern mochte. Und wenn schon einmal ihm ein paar Goldstücke in den Beutel geflogen waren, so wußte er immer noch nicht, aus welcher Ecke Berlins oder Deutschlands die nächsten heranfliegen würden. Und in letzter Zeit hatten sie gerade sich in ihrer Flugtätigkeit außerordentlich schwerfällig gezeigt.

So also kam es, daß Fritz Eisner nicht dabei war, als Lucie das Zeitliche segnete, weil sie einem ihrer Freunde, nachdem er sich vorzeitig oben bei Lindenbergs verabschiedet hatte, noch ein Plauderstündchen bis halb Drei nacht in ihrem Gartenhause gewährt hatte, von wo er dann – ungeschickt genug – unter vergnügtem Klingeln und Absingung eines derben Wanderliedes auf seinem Rade davonfuhr.

Frau Lindenberg meinte: früher wäre so etwas unmöglich gewesen; aber die Menschen wären eben heute sehr frei in solchen Dingen, – ohne sich dabei etwas zu denken. Ihrer Meinung nach wäre ja sicher nichts Schlechtes vorgekommen, aber man könnte es doch vermuten, und es schickte sich eben nicht, wenn Lucie bei ihr als Logierbesuch wäre, wo sie sogar *zwei* Bräute im Hause hätte. Und unter dem Vorwand, daß Tante Trautchen jede Stunde eintreffen könne – dabei war das

Sängerfest in Melsungen erst am Zehnten –, erklärte Frau Luise Lindenberg kategorisch, daß es ihr unendlich leid täte, daß sie aber das Gartenzimmer jetzt unbedingt benötige. Was Lucie – es war ihr wohl schon Ähnliches begegnet – verstand und alsbald samt Augen und Löckchen unter Küssen von Frau Luise Lindenberg, Annchen, Hannchen und Mohrchen Abschied nahm.

Ja – und was gab es noch? Richtig: Als dann Fritz Eisner das nächstemal herauskam, da war der Witwenkongreß, der da in dem Schaufenster der Putzmacherin stand, um ein ganz bescheidenes kleines Hütchen, das billigste wohl von allen – es hatte kaum eine Kreppprüsche und ein ganz kurzes Tüllschleierchen – ärmer geworden. Keines, das mit dreifach wehenden schwarzen Fahnen in der Mitte des Fensters prangte und prunkte, schwer wie ein Beethovenscher Trauermarsch, fehlte; keins, das etwa ein Loch in die Auslage gerissen hätte. Nein, nur so ein ganz bescheidenes aus der Peripherie war verschwunden. Und es war zu der Frau Baumeister gewandert, die doch bei der Beerdigung des Kindes wenigstens einen Trauerhut aufhaben mußte. Gerade an dem sammetblauen Morgen, da vor dem Fenster die rote Kastanie aufbrach mit den glühenden Kerzen im dunklen lackigen Laub – dieser wundervolle Baum, den der Maler Renoir so liebt –, gerade an *dem* Morgen war der dünne zitternde Lebensfaden gerissen, und die großen dunkeln Augen dieses altdeutschen Christkindchens, das so früh schon um allen Kummer der Welt wußte – hatten sich, vor der Zeit vom Leben ermüdet, geschlossen … vom Leben ermüdet, das ohne sie weiterglühte und sie sehr, sehr schnell vergaß.

Wahrlich, es wurde nicht sehr viel Aufhebens davon gemacht.

Der Baumeister hätte nicht einmal einen Trauerflor

am Arm getragen, meinte Annchen, Verwandte wären gar nicht zur Beerdigung gekommen, und nur drei Kränze hätte es gegeben. Einer von den Eltern. Einer von ihnen. Und ein sehr schöner mit großen Veilchen- und Maiglöckchentuffs vom Doktor Fischer. Der Baumeister wäre jetzt wenig draußen, und die junge Frau wäre sehr unglücklich und weine viel. Sie, Annchen, könne deshalb nicht einmal Klavier spielen. Denn das müsse ihr doch schrecklich sein. Sie selbst möchte einmal kein Kind haben, wenn sie es doch wieder hergeben müsse.

Egi Meyer meinte etwas roh, daß auch bei den Deutschen die paternité incerte wäre, denn man sage doch: er ist zu seinen Vätern versammelt worden.

Aber das sind so juristische Witze fortgeschrittener Semester.

Mit dem wilden, lockenschüttelnden Abgang des hechtgrauen Fremden Johannes Hansen war nebenbei eine schöne Ruhe in Hannchens Leben gekommen, die nur gestört wurde durch die Phasen der hoffnungslosen Verzweiflung und des weltbewegenden Jubels, die sie mit ihres Bräutigams Eginhard Meyer Doktorarbeit zu durchleben hatte. Sonst ging ihr alles nach Wunsch.

Das heißt: mit den kleinen Mädchen der Kapitänswitwe aber hatte Hannchen keine guten Erfahrungen gemacht. Der Südseetyp – er spielte jetzt mit Vorliebe taubstumm, denn er war in einer Kindergesellschaft mit einem taubstummen Kind zusammengewesen, und das hatte ihm sehr gefallen – der Südseetyp entzog sich Hannchen durch eilige Flucht und erklärte ihr rund heraus: sie wolle nichts lernen. Nachher stürbe man, und dann könne man es doch nicht mehr brauchen.

Eine Erkenntnis, die dem Südseetyp anscheinend durch den Tod des kleinen Baumeisterkindes (die Kapitänswitwe hatte es ihr gezeigt) gekommen war, und der man eigentlich kaum mit Vernunftgründen widersprechen konnte.

Lottchen aber mit der mongoloiden Augenfalte war unter Hannchens Nachhilfe in der Schule, in der es ihr bisher doch ganz gut gegangen war, bedenklich heruntergekommen, so daß sie auf alle Fragen, wo sie säße, nur noch »ans Fenster« antwortete. Was die Kapitänswitwe darin bestärkte, von der neumodischen Theorie des Fräuleins Hannchen wieder zur altmodischen Ohrfeigenmethode zurückzukehren, mit der sie auch schon bei den beiden Älteren (Wikingertyp und Mittelmeerrasse) vorzügliche Resultate erzielt hatte. Die Mittelmeerrasse behauptete nebenbei, daß man die Bücher, die ihr Hannchen aufgeschrieben, in der Leihbibliothek bei Schnabel nicht bekäme, und daß ihr der Mann statt dessen »Yvette« von Guy de Maupassant gegeben hätte – und das wäre himmlisch!

Und so kam es wie von selbst, daß sich Hannchen mehr Blanche und Anatole näherte, den vermickerten »va vite«-Kindern der Frau Direktor Liebenthal. Der Herr Direktor selbst war leider immer noch im Sanatorium, und es war gar nicht abzusehen, wann seine Gesundheit sich so weit gestärkt haben würde, daß ihn der dirigierende Arzt mit gutem Gewissen entlassen könnte.

Die Frau Direktor schien oftmals darüber recht verstimmt zu sein. Denn man hörte sie ziemlich lange und erregte Gespräche mit ihrer Mutter, einer gleichgültigen Dame, deren Gesicht nur aus Falten bestand, führen.

Frau Direktor Liebenthal und Frau Luise Lindenberg gingen zwar höflich grüßend vorerst noch umeinander herum, beschnuffelten sich vorerst noch nur aus der Ferne; aber es war klar, daß sie binnen kurzem sich in die Arme fliegen mußten, um die Saison über durch rücksichtsvolle Freundschaft verbunden zu bleiben, da sie doch beide eigentlich den gleichen Kreisen angehörten (sicherlich hatten sie sogar gemeinsame Bekannte, denn den Namen Direktor Liebenthal erinnerte sich Frau Lindenberg irgendwo schon gehört zu haben). Und da sie beide hier unter Menschen lebten, von denen sie doch fühlten, daß sie gesellschaftlich ihnen nicht ganz ebenbürtig wären, so war das, was sich zwischen ihnen vollziehen mußte, einfach das Experiment mit den beiden magnetischen Nähnadeln, die man ganz vorsichtig auf eine Wasserfläche legt, allwo sie so lange umhertreiben, bis sie plötzlich aufeinander zustreben, sich Seite an Seite legen und untrennbar scheinen. Nur dieses letzte geheimnisvolle movens fehlte noch, aber es mußte jeden Augenblick kommen. Das fühlte jedes von ihnen.

Und dieses letzte geheimnisvolle movens kam eines Tages sozusagen eruptiv – mit Naturnotwendigkeit. Man hätte Tag und Stunde vorherbestimmen können. Nur vollkommene biologische Unkenntnis nämlich konnte auf die Dauer annehmen, daß einzig das überreichliche Futter – Frauen verstehen ja Hunde nie zu behandeln – daß einzig das verantwortlich zu machen sei dafür, daß das Mohrchen so zusehends von Woche zu Woche an Körperfülle zunahm und an Schlankheit der Figur – sie aber war das hübscheste an ihm gewesen – einbüßte. Mal mußte die Erkenntnis jedem kommen, daß es sich hier doch um höchst geheimnisvolle und ungeklärte, stets von neuem wundersame Lebensvorgänge handelte, deren Gefäß das Mohrchen geworden war.

Je nach dem Temperament nahm jeder anders dazu Stellung.

Frau Luise Lindenberg und Egi Meyer waren für Entfernung Mohrchens durch den Milchmann. Fritz Eisner begnügte sich damit, Mohrchen eine jener Reden zu halten, deren szenische Wiedergabe wir oft in den holländischen Gemälden des siebzehnten Jahrhunderts finden, die in den Museumskatalogen schamhaft unter der Spitzmarke »Väterliche Ermahnung« geführt werden. Hannchen und Annchen erklärten aber, daß sie sich gerade jetzt um keinen Preis von Mohrchen trennen würden; und Hannchen begann schon im Konversations-Lexikon nachzulesen und sich nach der Adresse eines Tierarztes zu erkundigen.

Nur der zunächst Beteiligte, das Mohrchen, war ganz ruhig, ließ es sich nicht anfechten und tat, als ginge es die Sache gar nichts an. Es hüpfte, sprang, wedelte, gab Pfote wie stets, war vielleicht einmal etwas weniger munter als sonst, lag auch am *Tage* mal faul in seinem Korb herum; aber es beklagte sich auch nicht mit dem kleinsten Mauzen und Winseln über sein Schicksal. Nein, Mohrchen benahm sich vorbildlich anständig; und eines schönen Morgens – keiner hatte etwas davon gemerkt – lagen neben ihm fünf kleine Hunde im Korb, die Mohrchen sorgsam von Kopf bis Fuß ableckte mit Ernst und Gewissenhaftigkeit, wie jemand, der sich voll bewußt ist, daß er nun vor neuen Lebensaufgaben steht.

Die Kinder der Kapitänswitwe hatten schon öfters junge Hunde gesehen. Außerdem sagten sie: die wären nicht rasserein. Und damit hatten sie recht. Sie waren geradezu in sich ein Merkblatt für Hundezüchter. Keins war wie das andere, und jedes trug die Spezimina von mindestens drei Gattungen.

Es müßte das irgendwie am Hause liegen, meinte Fritz Eisner, denn auch die Kinder des Kapitäns waren ja so seltsam rasseverschieden.

Die Kinder der Frau Direktor Liebenthal jedoch hatten noch *nie* junge Hunde gesehen; und so hockten Blanche und Anatole mit runden schwarzen Augen stundenlang oben vor dem Korb, in dem die Kleinen, mit Gummibeinen krabbelnd, übereinanderpurzelten, liefen immer wieder hinauf und waren gar nicht fortzubekommen. Worauf sich Frau Direktor Liebenthal benötigt sah, zu Frau Luise Lindenberg zu bemerken: sie möchte nur ruhig die Kinder hinausjagen, wenn sie störten. Worauf Frau Luise Lindenberg sich genötigt sah zu bemerken: sie störten gar nicht; im Gegenteil, es mache ihr Freude, wie die Kinder sich freuten; sie wären reizend. Worauf Frau Direktor Liebenthal erwiderte: die Kinder könnten vor Aufregung kaum einschlafen des Abends, und sie spielten abwechselnd Tante Annchen und Tante Hannchen und Mohrchen und Pussy. Blanche wollte immer Mohrchen sein; aber Anatole weigere sich, das Gesicht sich von Blanche ablecken zu lassen. Sie habe es ihr auch verboten. Worauf das Gespräch, sich in angenehmsten Bahnen bewegend – wenn es auch etwas sprunghaft von jungem Gänsebraten zum Zoologischen Garten ... vom Zoo zum Justizrat Sommerfeld, der auch aus Crossen stamme, und den sie doch kennen müsse ... und von dem zum »Johannes« von Sudermann, über den man sich – das heißt über den erstgenannten – einigte, daß er pervers wäre, irrlichterierte – das Gespräch nun ein und eine Viertelstunde lang auf dem Treppenabsatz weiterging und noch fürder viele gleichanregende Fortsetzungen in der Laube Lindenberg und Liebenthal oder auf den Balkons fand.

Da man aber doch unmöglich die Wohnung auf die Dauer in einen Hundezwinger, in ein Zahan, in ein »aut Cæsar aut Minka« verwandeln konnte, so beschloß man, Mohrchen mit drei Jungen an einen apostolischen Schuster – seine Mutter kam zu Lindenbergs für die grobe Arbeit als Aufwartung – zu geben, der mit Christuskopf, Wollhemd, Knickerbocker und Wadenstrümpfen inmitten von Hunden, Hühnern und Katzen ein sehr seltsames Anachoretenleben führte; Pussy aber – er war einfach süß, sah aus wie ein Bastard zwischen einer Ratte und einer Stiefelbürste – zu behalten und den kleinen Spielzeughund mit den braunen, wie angenähten Ohren, der immer mucksmäuschenstill stand, daß man glaubte, er hätte Räder unter den Füßen oder wäre auf ein Brett aufgenagelt, an Blanche und Anatole zu geben, um den Kindern eine Freude zu machen. Allwo er jedoch keine bleibende Stätte fand: denn Blanche und Anatole hatten trotz der Französin und »va vite« über die Frage, wer den Spielzeughund ins Bett nehmen sollte, ein solches Gebrüll erhoben, das in eine wilde Keilerei ausartete, daß Frau Direktor am nächsten Morgen den Spielzeughund samt einem harten Taler dem Milchmann aushändigte.

Von Pussy ist zu bemerken, daß er trotz Schwefelblüten, die Hannchen reichlich seinem Futter zusetzte (oder vielleicht gerade durch sie) der Staupe nicht entging und in ihr verblieb. In seiner kurzen Lebenszeit aber konnte er sich mit dem ausgestopften Äffchen von der Konsole ebenso wenig anfreunden wie seine Mutter, trotzdem ihm Annchen oft genug damit auf die Nase stubste und ihm unter versteckten, bauchrednerischem Gebläff und Gewinsel einzureden versuchte, daß der Lar, der da mit Engländerzähnen an der Haselnuß herumknackte, ein lebender Konkurrent von ihm wäre.

So war zwar die Familie Mohrchen nach allen Seiten alsbald verweht und in die Brüche gegangen; aber gleichsam über ihren Grabstein fort hatten sich Frau Direktor Liebenthal und Frau Luise Lindenberg in Freundschaft die Hände gereicht.

Und sie waren wirklich aufeinander angewiesen. Denn es regnete ziemlich viel in diesem Frühling. Das Land war mit seinem Regen wie ein Kind, das Ball spielte. Alle zwölf Stunden einmal warf es das Wasser in Form von Nebel in die Luft, und alle zwölf Stunden fing es das Wasser wieder auf mit den geöffneten Händen der Felder, Wälder und des breiten Flusses. Und wie ein Kind nicht müde wird sein Spiel zu wiederholen, so wurde das Land dieses Spiels nicht müde. Ja es zählte ordentlich, wie oft es das Wasser hochwerfen und wieder fangen könnte, ohne auch nur einmal zu pausieren und sich zu verschnaufen ... eine, zweie, dreie, viere und so fort. Es setzte scheinbar seinen Stolz darein.

Aber die Natur ließ sich dadurch nicht stören. Sie blühte weiter, sie wuchs weiter, sie reifte weiter.

Es kamen Spargel, und es gab die ersten Werderschen Erdbeeren und die ersten Werderschen Frühkirschen. Und Frau Luise Lindenberg, die sich wieder nur allein der Küche widmete – sie sei gesegnet dafür – kaufte sie auf dem Markt drinnen in Potsdam unter dem Obelisken und vor dem Rathaus, wo sie alte Frauen mit Wachstuchhüten feilboten, fein säuberlich, immer abwechselnd eine Kirsche und eine junge Schote an weiße Stöckchen gebunden: ein eßbarer Wedel aus Saftgrün und Hellrot.

Und Fritz Eisner und Annchen Lindenberg ließen sich auch nicht stören durch den Regen. Es war so schön, wenn sie gingen, und die Wolken kamen aus der Erde herauf, stiegen schwer hoch aus den Wäldern und zogen ohne Verweilen weiter. Und sie hingen noch herab wie das graue Schultertuch einer Riesin, das bald herabgefallen über den Boden streift, das mit tänzelnden Bändern enteilenden Schritten nachgezogen wird, während es drüben doch schon wieder blau wurde, blauweiß wie Phlox in den Sommergärten der Bauern. Und während dann die paar letzten grauen, tanzenden Fransen hinweghuschten, jauchzten schon alle Fernen unter der neuen Sonne, und der ganze Wald grünte wieder auf in Hunderttausenden von smaragdenen Flecken.

Fritz Eisner und Annchen Lindenberg kamen dann beide erhitzt und unmöglich aussehend zum Mittagessen mit einem ununterdrückbaren Glanz in den Augen, der selbst unter den strengen Blicken der Frau Luise Lindenberg aus dem scheinbar gebändigten Ernst ihrer Gesichter immer wieder in gleichen Abständen hervorquoll mit dem plötzlichen Aufblitzen eines Blinkfeuers.

Frau Luise Lindenberg aber gefiel das durchaus nicht, und sie sagte ihnen, daß jetzt Tante Trautchen käme, und daß sie in Rücksicht darauf ein mehr gesittetes Benehmen zur Schau tragen müßten, denn sie wünsche nicht, daß einer ihrer Töchter etwa in ganz Melsungen Übles nachgeredet würde. Annchen und Fritz Eisner könnte das ziemlich gleichgültig sein, aber es würde in Melsungen auf *sie* zurückfallen. Ihr jedoch wäre das nicht gleichgültig.

Und Fritz Eisner und Egi Meyer wurden beordert, beim Empfang Tante Trautchens vorhanden zu sein, damit sie ihr sofort vorgestellt werden könnten. Und außerdem schicke sich das. Denn sie käme vorzüglich ihretwegen, um sie kennenzulernen. Eine diplomatische Bemerkung, die sich wie die meisten ihrer Art nicht mit den historischen Tatsachen deckte.

Fritz Eisner kam ziemlich früh, an einem Montagmorgen, denn Tante Trautchen war wie bei einer Durchquerung Afrikas in Etappen gereist, und sie hatte vorher noch einmal bei Verwandten in Kreiensen und einmal bei Verwandten in Magdeburg übernachtet.

Es war ein schöner blauer Junimorgen, und die noch ungekehrten Stufen der Bahnhofstreppe zeigten das gleiche Stilleben wie an jedem Montag früh hier draußen:

– einen Kiefernzweig, eine Haarnadel und einen Blusenknopf in traulichem Beieinander.

Annchen, die – das lag hier so in der Luft – ihr königstreues Herz entdeckt hatte, strahlte: sie hätte Glück gehabt. Sie wäre vorher drüben mit anderen auf das flache Dach eines Hauses geklettert, und sie hätte von da ganz genau beobachten können, wie der Kaiser, der fortreiste, von seiner Familie Abschied nahm. Es wäre hochinteressant gewesen. Und das Reizendste dabei, daß weder er, noch seine Frau, die Kaiserin, noch die Prinzen sich hierbei anders benommen hätten, als es bürgerliche Menschen in der gleichen Lage auch tun würden. Das aber wäre gerade das Überraschende gewesen.

Egi Meyer, der den Zug versäumt hatte, war noch zuerwarten, und Hannchen verteidigte ihn: er käme sicher mit dem nächsten Zug, der ja auch gleich eintreffen würde. Ihre Mutter müsse doch wirklich einsehen, daß die Morgenstunden seine beste Arbeitszeit wären, und jetzt, da außerdem mit seiner Doktorarbeit seine ganze zukünftige Existenz auf dem Spiele stände usw. usw. ... Innerlich aber weinte Hannchen fast: so war das nun immer!

Und der Zug kam wieder mit Sirenengeheul durch den Waldstreifen (und ganz von fern hörte man auch schon den von der anderen Richtung kommen). Und als er hielt, entstieg ihm als einziger Fahrgast eine kleine Dame in einem spinatgrünen Sammetrock und in einer fliederfarbenen, straffen Musselinbluse mit mächtigen Schinkenärmeln. Um den Hals aber, über den gewölbten Rücken hatte sie ein helles kurzes, seltsam gezacktes und bekurbeltes Cape mit Stuartkragen – solche Art von Halsschild irgendeines vorweltlichen Reptils. Auf dem Kopf jedoch hatte Tante Trautchen einen schrägen, großkrempigen Rembrandthut, gleichfalls aus grünem Samt mit einer leuchtenden weißen Straußenfeder.

Aber Annchen, Hannchen und Frau Luise Lindenberg hatten sich noch nicht von den Quadratküssen von Tante Trautchen erholt – Fritz Eisner war bisher nur mit einer bestickten Reisetasche belastet, aber noch keiner Ansprache gewürdigt worden –, als auch schon der Zug von der anderen Richtung kam und Egi Meyer entließ. Egi Meyer war auf besondere Karte Hannchens hin in strahlend gestärkter Wäsche und so glatt rasiert wie ein neugeborenes Kind. Er trainierte damit sich wohl schon auf das Examen. Aber es gelang ihm noch nicht so recht, denn in den Rillen zwischen Ohr und Kinn war ihm der Seifenschaum vom Rasieren noch stehengeblieben und hob sich in amüsanter Linie ab, so wie ein Streifen Schnee in einer Ackerfurche, wenn alles sonst schon abgetaut ist.

»Sage mal, kennst du die eigentlich?« sagte Fritz Eisner nachdenklich.

»Gott sei Dank noch nicht«, versetzte Egi Meyer.

»Aber ich«, meinte Fritz Eisner wieder, »ich muß sie schon irgendwo früher gesehen haben. Ach ja, jetzt weiß ich, jetzt erinnere ich mich deutlich. Das ist ja die Königin von Hawaï aus dem Schaubeckschen Briefmarkenalbum. Zwei Cents, weinrot, 1869.«

»Wirklich«, rief Egi Meyer, der als Junge auch Marken gesammelt hatte, »natürlich, das ist sie. Ich glaube, sie heißt die Königin Likataua oder so ähnlich.«

Für Egi Meyer, der demnächst seinen Doktor machte und Jurist war, wie Frau Luise Lindenberg erklärte, schien die Königin Likataua sogleich viel übrig zu haben. Denn Tante Trautchen hatte des öfteren bei kleinen Beleidigungsprozessen (jede Freundschaft artete zum Schluß bei ihr in eine nicht zu bändigende Klatscherei aus ... die Prozesse endeten nebenbei alle – bis auf eine Geldstrafe – mit Vergleich) in Melsungen mit Juristen zu tun gehabt. Und ein wichtiger Abschnitt ihres Lebens, ihre Ehe, hatte sich zum größten Teil unter der Assistenz von Juristen abgespielt.

Tante Trautchens verflossener Mann war nämlich nach kurzer, aber sehr bewegter Zeit mit ihrer Mitgift und einem einfachen Mädchen aus dem Volke nach Amerika durchgegangen – der Lump. Das heißt, wenn man Tante Trautchen sah, mußte man zugeben, daß das zweite immerhin entschuldbar war, während man das erste kaum verteidigen kann. Nebenbei hatte er später die Mitgift, die er wohl nur als ein unfreiwilliges Darlehn ansah, gutwillig wieder herausgegeben, und – er war überhaupt und von je ein anständiger Kerl – das einfache Mädchen aus dem Volke als braver Handschuhfabrikant auf dem Broadway in Neuyork noch geheiratet, nachdem längst Verjährung eingetreten war. Tante Trautchen aber war der festen Meinung, daß sie ihre paar tausend Taler nur den vorzüglichen Melsunger Juristen verdanke, sah Juristen deshalb als sehr notwendig im Staat an und ließ auf Juristen durchaus nichts kommen.

Für Fritz Eisner hatte sie weniger übrig. Für romantische Berufe war sie nicht. »Hören Sie mal«, sagte sie, »bei mir werden Sie nicht viel Glück haben. In mein Haus kommt's ganze Jahr kein Buch.«

Aber Annchen behauptete, daß die Bücher ihres Bräutigams sehr »schön« wären (ihre schmückenden Beiworte waren stets ziemlich undifferenziert), und daß Tante Trautchen sie unbedingt lesen müsse, sie nähme es sonst übel.

Tante Trautchen aber versprach gar nichts derart; sondern begab sich (sie hätte Hunger!) im schnellsten Schritt nach Hause. Sie zog Frau Luise Lindenberg ordentlich nach sich. Denn Tante Trautchen hatte, so klein und bucklig sie auch war, einen überraschend schnellen Gang am Leibe.

»Herrgott, rennt die aber«, meinte Fritz Eisner, der mit der gestickten Tasche – sie steckte wohl voll von Geschenken – kaum folgen konnte.

»Ja«, entgegnete Annchen, »das tut sie immer. Sie wird deshalb in ganz Melsungen nur das ›Unglück‹ genannt, weil doch schon Schiller sagt: ›nur das Unglück schreitet schnell‹.«

Fritz Eisner und Egi Meyer begannen Sympathien für Melsungen zu fassen.

Als man zu Hause ankam, stand schon die Frau Direktor Liebenthal am Fenster und nickte verbindlich, denn sie war nicht nur in Kenntnis gesetzt, sondern auch für den Nachmittag zum Kaffee gebeten worden.

Die Kapitänswitwe kam sogar auch auf den Treppenabsatz in einem sandfarbenen Reitkleid und machte die Honneurs als Wirtin und Besitzerin. Tante Trautchen aber bat sich oben gleich die Reisetasche aus – ihr Koffer schwamm noch, mußte aber auch bald eintreffen – und packte die Geschenke aus, um sie gut wegzulegen: gestickte Deckchen, Filetarbeiten, Pulswärmer, Schlüsseltaschen, Briefpapier mit Ansichten vom Unterharz, ja sogar einen kleinen Schinken und ein paar Würste, die schon alle mit kleinen Zettelchen versehen waren, damit keine Verwechslung statthätte, und von denen jedes für einen anderen Verwandten in Berlin bestimmt war. Der angenehmen homerischen Sitte der Gastgeschenke schien sie aber nicht zu frönen. Hannchen äußerte, sie hätte sie wohl noch im großen Koffer.

Frau Luise meinte, daß sie doch manches mit Tante Trautchen zu besprechen hätte, was die Kinder nicht interessiere, und die sollten nur den schönen Tag – es war ein Himmel wie eine blaue Sammetdecke, die gegen den

Strich gebürstet war – benützen und bis Mittag spazierengehen. Nachmittag bliebe man zu Haus, und des Abends wollte man einmal ins Theater gehen. Man verkomme ja hier ganz!

Egi Meyer protestierte. In ein historisches Stück brächten ihn nicht zehn Pferde. Er hasse »Wämser«. Aber Frau Luise Lindenberg versicherte, daß sie ein reizendes Lustspiel gäben, das gewiß auch den Beifall ihrer literarisch so verwöhnten Herren Schwiegersöhne finden würde. Denn sie hätte es von ganz anderen Menschen noch loben hören.

Und Fritz Eisner und Egi Meyer faßten ihre Mädchen unter und zogen los durch die blühenden, gepflegten, vormittäglich stillen Parkwege. Gerade an hellen Vormittagen haben Parks etwas so Unwahrscheinliches, Nutzloses, Theaterhaftes. Was wollen sie eigentlich, und wozu sind sie da, die grünen verlogenen Lebenskulissen des Reichtums? Aber für Brautpaare, die spazierengehen wollen, sind sie ein reizender Hintergrund. Sie können sich nichts Besseres ersinnen. Denn im letzten Grunde sind ja beide einander so ähnlich mit ihren theaterhaft verspielten, angenehm verlogenen Kulissen eines vor der Wirklichkeit nur allzu schnell zerstiebenden, nur für kurze Dauer erliehenen Reichtums der Seele.

Egi Meyer hatte nicht viel Natursinn. Er sah die Welt nur und ausschließlich durch das Medium der Bücher, solange er sich erinnern konnte. Und trotzdem er zwischen Grün und Bäumen im Landhaus seiner Eltern aufgewachsen war, war er doch so ganz und durchaus Großstädter und geistiger Arbeiter, daß er Einzelheiten in der Natur keinerlei Beachtung schenkte. Über die gröbsten Unterscheidungen von Baum, Busch, Gras, Blume, Morgen, Mittag, Abend war er kaum je hinausgekommen und wünschte es auch nicht. Und es ist fraglich, ob er den sommerlichen Anstrich der Welt nicht als eine Naturnotwendigkeit nahm, über die es sich erübrigte, mit seinen Empfindungen in irgendwelche Debatte zu treten.

Hannchen stand hingegen der Natur deklamatorisch gegenüber, mit großzügigem Pathos, da ja die Liebe zur Natur auch als ein Moment der Pädagogik nicht zu unterschätzen sei.

Fritz Eisner hatte eine Puschel für Botanik und ließ andere gern in dem Glauben, er verstände etwas von ihr, was in Wahrheit keineswegs der Fall war. Er sah Einzelheiten, wurde aber lästig dadurch, daß er sie anderen zeigte, die sie doch in fünf Minuten wieder vergessen hatten und für die komplizierten Vorgänge der Blütenbiologie an Sauerdorn, Salbei oder Orchideen vollendete Gleichgültigkeit hatten.

Annchen hingegen liebte die Natur mit einer aufrichtigen Zuneigung und konnte sich ihr lachend und liederträllernd ganz hingeben, gleichsam angenehm und völlig gedankenlos in ihr ruhend wie in den Tönen und Rhythmen eines Musikstücks, das sie gefangennahm. Denn endlich steht trotz allen Geredes von verfeinerten Nerven und verfeinertem Empfinden des Mannes die Frau doch der Natur näher, eben weil sie ein Radius ist, während der Mann nur eine Tangente zum Kreis des Lebens darstellt.

Und Fritz Eisner und Annchen Lindenberg freuten sich, den anderen alles zeigen zu können, führten sie zu den geheimsten Winkeln, versteckten Ecken mit alten Denkmälern und Grabsteinen von Pferden, die einst den Alten Fritz durch den Kugelregen getragen, zu vergessenen Tempelchen und Lauben, zum Römischen Haus und zu kleinen, ganz vermoosten und verwunschenen Wasserarmen voller Seerosen, auf deren Blättern kleine

Libellen wie Smaragdnadeln saßen. Sie zeigten ihnen Gartenhäuser, die ganz in Rankenwerk eingesponnen waren, und alte Sonnenuhren, die längst ihren Beruf verfehlt hatten, denn es kümmerte sich niemand mehr um sie. Sie führten sie neben den Terrassen des Schlosses hinauf und machten sie aufmerksam auf echte Kastanien, die eben blühten. Und sie gingen mit ihnen die schönen Gartenrampen der Galerie entlang, die schon mit ihrem Schnörkelweg und ihren Sandsteingruppen von Negerkindern Menzel entzückt hatten; um sie dann besonders auf die Muschelgrotte fern am Eingang hinzuweisen, auf dem stets die blendenden Marmorgötter so wundervoll und köstlich von den grüngoldenen Sonnenlichtern überfunkelt und gefärbt werden.

Aber die Doktorarbeit war auch bis hier heraus hinter dem Cand. jur. Eginhard Meyer hergelaufen, und die ganze Zeit setzte er Hannchen auseinander, weshalb und warum er Abschnitt drei und Abschnitt vier austauschen möchte, welches zwar scheinbar der Disposition der Arbeit widerspräche ... aber auch nur scheinbar.

Und Hannchen, die im letzten Sinne kein Wort von alledem verstand, hatte sich fest bei Egi Meyer eingehakt und himmelte mit ihren großen Augen elegisch von der Seite zu ihrem Bräutigam hinüber, denn die Mitarbeit an den Werken ihres zukünftigen Mannes sollte ja – wie sie sich ausmalte – mit den schönsten Teil ihres späteren ehelichen Lebens bilden. Und damit kann man nicht früh genug beginnen. Hannchen wollte eben keine »Frau« sein, sondern ein »denkender Mensch«. Und so etwas ist immer ein Unheil.

Als die vier heimkamen, zitterte Frau Luise Lindenberg schon, daß die Suppe etwa zu lange auf dem Feuer gestanden haben könnte. Denn das darf sie wieder auch nicht.

Tante Trautchen hatte es sich – der Koffer war inzwischen eingetroffen – bequem gemacht, ganz als ob sie zu Hause wäre. Und sie hatte ihre kleine, breite, ein wenig verwachsene Gestalt in eine Matinee gehüllt, die aus einem alten türkischen Longshawl mit tellergroßem Granatäpfelmuster entstanden und reichlich und überreichlich mit unechten Spitzen besetzt war. Ihre Kehrseite zeigte durch diese Umhüllung eine solch erstaunliche Breite, daß Fritz Eisner Egi Meyer verwundert fragte: ob er es für möglich hielte, daß das wirklich nur vier Buchstaben wären.

Tante Trautchen hatte schon ein Programm für die nächsten Tage ausgearbeitet, was sie alles in Berlin und Potsdam sehen müsse; denn ihre Nerven waren so beschaffen, daß sie zwar unter einem Minimum von Arbeit zusammenbrachen, aber ein Maximum von Vergnügungen, dem selbst ein Herkules erlegen wäre, mit spielender Grazie bewältigten.

»Weißt du, Tante Trautchen, du solltest überhaupt nach Berlin ziehen«, meinte Hannchen nicht ohne Doppelsinn, als die Königin Likataua ihren Feldzugsplan eröffnete.

»Nein, Dummchen«, entgegnete Tante Trautchen – auf Ironie war ihr immerhin einfacher Geist nicht eingestellt – »in Berlin sind mir doch zu viel Menschen. Ich wundere mich überhaupt immer, daß jeder weiß, wo er hin will. Und dann, so schön es ist: nach Berlin möchte ich doch nicht hinziehen, da würde ich zu ungern sterben. Und ich sage mir immer: was man versäumt, ist gewonnen.« (Ohne Zweifel ein nettes und tiefes Wort – auch wenn man *nicht* danach handelt.)

Wie es aber manchmal vorkommt, daß ein Dichter ein Gedicht schreibt, ein Maler eine Studie macht, die eigentlich für ihn zu gut ist, einer höheren Klasse angehört, außerhalb der Grenze seines Könnens liegt, und über die er eigentlich sich keine Rechenschaft ablegen kann, so hatte auch die Kochkunst der Frau Luise Lindenberg Stunden und Tage einer geheimnisvollen Weihe, in denen vielleicht der durch die Zeiten irrende Geist eines Vatel, eines Lavarenne, Maître Close oder eines Jean Carême über sie kam und ihre Kochinspirationen über sich selbst hinaustrug. Und solch ein Glückstag war heute für sie gewesen. Eine Krebssuppe hatte sie komponiert, die vor Schönheit einfach nicht aus den Augen gucken konnte. Und während Fritz Eisner und Egi Meyer sozusagen, in stille Andacht versunken, sich dahinein knieten (man darf dieses Bild schon wegen der Fettflecke in den Beinkleidern nicht wörtlich nehmen, so ungefähr wie die irischen Mönche des zehnten Säkulums, die Vergleiche und Metaphern der Bibel gegenständlich versinnbildlichten und, sagen wir, den brüllenden Löwen zeichneten, der umherirrt, während ihm die halbe Seele des verschlungenen Gottlosen zum Maule heraushängt) ... also sich andachtsvoll dahinein knieten, und Annchen und Hannchen des Lobes voll waren: *so* würden sie das nie lernen! stand doch Tante Trautchen der Krebssuppe kritisch gegenüber, sagte, es fehlte etwas daran, jedenfalls mache man sie in Melsungen anders. Melsungen war nämlich für Tante Trautchen der Maßstab für die Welt.

Das verstimmte jedoch Frau Luise Lindenberg. Denn jeder Künstler will, daß man sein Werk lobt. Und außerdem fühlte sie sich mit ihrem Kochen als Märtyrerin, die sich für die Ihrigen aufopferte. Denn Frauen sehen stets ihre Arbeit als Aufopferung an und die der Männer als Selbstverständlichkeit.

Und als dann eine junge Gans auf den Tisch flog, zart, nußbraun und knusprig, von Fett träufelnd, deliziös –

aber doch von der Größe einer Gans, die nicht das Vollgewicht gesetzteren Alters erreicht hatte (sie glich die fehlenden Pfunde durch wirkliche Gemütsvorzüge aus), da begann Tante Trautchen statt allen Urteils von einer Pute zu erzählen, die sie noch vor sechs Wochen gehabt hätte, und die unersinnbar ausgiebig gewesen sei: je mehr man davon abgeschnitten hätte, desto größer wäre sie geworden.

Frau Luise Lindenberg liebte es aber durchaus nicht, daß man in Gegenwart ihrer jungen Gans von den ehemaligen Vorzügen einer verflossenen Pute sprach, und wenn sie auch noch so märchenhaft gewesen sein mochte. Und ihre verwandtschaftlichen Gefühle begannen sich merklich abzukühlen. Denn daß die Verwandtschaft unser Essen lobt, ist doch die simpelste Voraussetzung; irgendeine angenehme Seite muß sie doch auch haben.

Und erst als Tante Trautchen dem Zitronenauflauf – das heißt, sein Name deckten noch fünfzig geheime Ingredienzien – Gerechtigkeit widerfahren ließ, denn er war wirklich in der Bratröhre prächtig aufgegangen, und als man mit dem Löffel in ihn hineinstach, sank er langsam mit leisem Klageton in sich zusammen, wie das aufgeblasene Gummischweinchen vom Weihnachtsmarkt, wenn es seinen Geist aufgibt … erst dann glätteten sich allmählich die verärgerten Züge von Frau Luise Lindenberg wieder. Denn – man mag es eingestehen oder nicht – endlich wärmt uns doch nichts so innerlich wie das Lob unserer Familie. Vor den anderen ist es sehr leicht, den großen Mann zu spielen; aber die Familie durchschaut einen und hat außerdem, da sie einen von den Windeln an kennt, äußerst selten die nötige Achtung vor uns. Nach dem Essen aber begann Tante Trautchen die Chronique scandaleuse der weiteren Verwandtschaft vor den Tischgenossen auszubreiten. Als Tante

Pauline eben gestorben, wäre Tante Klara hingekommen und hätte zum Dienstmädchen gesagt, es müßten doch noch die Mandarinen da sein, die sie ihrer armen Schwester gestern mitgebracht hätte. Sie möchte sie wieder mitnehmen. Und der Tod von Onkel Oskar hätte sich auch besonders tragisch gestaltet. Er hätte doch so schlecht mit seiner Frau gelebt, die seiner unwürdig gewesen wäre. Und er hätte deshalb dem Arzt im Krankenhaus eine Photographie überreicht mit dem Bemerken: »Wenn diese Dame kommen sollte, so lassen Sie sie bitte nicht zu mir.« Eine tief ergreifende Geschichte, die leider das mit vielen historischen Geschichten gemeinsam hatte, daß sie ein Treppenwitz war und auf freier Erfindung beruhte.

Da Fritz Eisner jedoch einsah, daß Tante Trautchen, wie man sagt, Generationen mit ihrer Langenweile ersäufen könnte, so bat er Annchen, etwas Musik zu machen.

Er hätte es nicht tun sollen. Denn das war Wasser auf die Mühle von Tante Trautchen, die sich des öfteren noch in Wohltätigkeitskonzerten in Melsungen vernehmen ließ und irgendwelche geheimnisvollen Beziehungen zu einer privaten Operngesellschaft unterhielt. Dank einer merkwürdigen Verschiebung ihres Organs konnte Tante Trautchen auch die männlichen Tenorpartien zur Geltung bringen, und so forderte sie sogleich Annchen zu Duetten heraus, nahm in ihrer Matinee mit dem Türkenshawl mit dem Granatapfelmuster neben dem geöffneten Klavier Aufstellung und tremolierte mit offenem Munde, daß ihr Haarbeutel – sie trug einen Chignon – wackelte, aus der Oper »Romeo und Julia«.

»Vor Romeos Rächerarmen soll kein Good, kein Good, dich schüützen.«

Und sie hielt nur inne, um zum »Täubchen, das entflattert ist« sich zu wenden; und scheinbar zusammenhanglos von ihm auf das süße Lied überzugehen, das verhallt, während sie zum erstenmal allein sind.

»Ich weiß mit der mexikanischen Göttersage nicht genau Bescheid«, meinte plötzlich nachdenksam Egi Meyer, der, wie schon bemerkt, gern in allen möglichen Wissensgebieten sich umtat. »Aber ich erinnere mich so dunkel, daß die alten Mexikaner – oder waren es die Inkas – eine Göttin der Kuppelei hatten. Ich muß doch mal im Völkerkunde-Museum anfragen, ob von ihr Bildnisse existieren.«

Wer weiß, was noch Tante Trautchen alles vom Stapel gelassen hätte, denn sie wandte sich eben zu »Figaros Hochzeit«: »So lang' hab' ich geschmachtet, ohn' Hoffnung dich geliebt«, und Annchen antwortete: »Die wird gar oft verachtet, die sich zu früh ergibt«, wenn nicht Frau Luise Lindenberg geschickt eingegriffen und sie in die Flucht geschlagen hätte.

Um Himmels willen, Tante Trautchen müsse sich ja noch umziehen. Die Frau Direktor Liebenthal käme gleich zum Kaffee; und so sie zu empfangen wäre ebenso unehrerbietig wie etwa zu spät zu kommen. Beim Kaffee finge man sofort an.

Und als Frau Direktor Liebenthal klingelte, erschien mit ihr zugleich Tante Trautchen, wieder in grünem Samt und violettem Musselin. Nur daß jetzt ein schwarzer Kantenshawl, den sie über den gewölbten Rücken gezogen hatte, ihre Absicht kundgab, daß sie nachher noch ins Theater gehen wollte.

Frau Luise Lindenberg ließ raten, welcher Napfkuchen vom Konditor Weiß wäre und welcher der selbstgebackene. Und sie war stolz, daß man es nicht herausfand. Frau Direktor Liebenthal war sehr gut angezogen, lächelnd, reserviert wie jemand, der doch immerhin einen anderen Zuschnitt der Geselligkeit gewöhnt ist, aber hier, sich bescheidend, vorlieb nimmt.

Und da in einer Gesellschaft immer der Neue das Wort führt, so sprach und erzählte sie unausgesetzt. Die Aufführung von Rostands »Cyrano« könnten hier nur *die* gut finden, die eben die Aufführung in Paris nicht gesehen hätten. Es wäre ja schwer, dort Billets dazu zu bekommen, es würden Tausende von Francs dafür geboten; aber sie hätten durch ihren Freund, den Direktor des Grand Hotel, für verhältnismäßig billiges Geld – das heißt, sie haben noch genug gekostet! – ein paar wundervolle Logenplätze bekommen, direkt neben der Loge der Comtesse de Noailles. Es wäre das aber nicht zu viel von dem Mann gewesen, denn sie wohnten jedes Jahr noch aus alter Anhänglichkeit bei ihm, bevor sie nach Monte gingen, trotzdem das Grand Hotel keineswegs mehr aller-, allerersten Ranges wäre. Ob sie nebenbei dieses Jahr noch den Sommer reisen könne, wisse sie nicht bestimmt, hoffe es aber. Jedenfalls wolle sie mit ihrem Mann, sobald er aus dem Sanatorium käme, noch zur Nachkur nach Sankt Moritz gehen. Dort oben wäre gerade die vorgeschrittene Saison die schönste, und dann wäre da auch das gewöhnliche Publikum schon fort. Bucher-Durer hielte ihnen immer ein paar Südzimmer reserviert, und wenn er sie gerade vergeben hätte, mache er sie für sie frei.

Vor solcher Vornehmheit verstummte selbst Tante Trautchen aus Melsungen, und Frau Luise Lindenberg, die so etwas auch nur als Zaungast kannte, fühlte sich innerlich erhoben, daß ein Besuch aus solchen ihr doch geldlich weit überlegenen Gesellschaftsschichten an ihrer einfachen Kaffeetafel sich niedergelassen hätte. Das heißt, so einfach, sagte sich Frau Luise Lindenberg, war doch die Kaffeetafel gar nicht, und auch vor der Frau Direktor konnte sie sich wohl blicken lassen und in Ehren bestehen.

Annchen und Hannchen, Fritz Eisner und Egi Meyer aber fanden an der ein wenig materiell gefärbten Unterhaltung der Frau Direktor keine Freude. Denn die Jugend ist ja im allgemeinen mehr dem Ideellen zugewandt. Fritz Eisner aber, der als kaum geheilter Bohémien noch den Bourgeois instinktiv als den Feind empfand, schlug wütend eine Sezession auf den Balkon vor. Im Zimmer wäre es so heiß, und draußen wehe doch ein Lüftchen. Frau Luise Lindenberg hatte nichts dagegen, denn sie fand, daß die Kinder überhaupt störten.

Und so nahmen sie die vier Stühle heraus und verteilten sich, so gut es ging, auf das halbierte eiserne Vogelnest. Der Tag war immer noch wunderbar blau, ohne eine Wolke, eitel blau und Sonne; und die Straße und alle Wege unten im Park waren mit hellgekleideten Mädchen garniert. Aus den Lauben hörte man die Kinder der Frau Direktor und die beiden Jüngsten der Kapitänswitwe, den Südseetyp und Lottchen mit der mongoloiden Augenfalte, die ihren Puppen ein Kaffeekränzchen gaben und dazu mit verstellten Stimmen wie die Großen sich gegenseitig becourten. Sie machten es aber mit ihren Puppen wie die Priester mit ihrem Gott. Sie gaben ihnen scheinbar etwas zu essen und steckten dann die Brocken selber in den Mund. Da sie sich aber – ähnlich wie die Priester – über die Verteilung nicht einig werden konnten, so kamen die verschiedenen Parteien und Bekenntnisse – genau wie diese – hierbei des öfteren lärmend aneinander.

Unten am Zaun aber suchte eine Dame mit einem großen Federhut nach dem Eingang und rüttelte mit ringbesetzten, dicken Fingern, von denen die Diamanten blitzten, unwillig an der verschlossenen Gartentür. Daß da nie jemand sogleich den Eingang finden konnte!

»Höre mal«, sagte Egi Meyer, »was ist das eigentlich für eine Frau Direktor Liebenthal?«

»Ich weiß auch nicht«, meinte Fritz Eisner, »jedenfalls sehr unangenehme Protzen. Der Mann ist, glaube ich, Direktor irgendwelcher großer kaufmännischer Gründungen, die irgendwie mit der Börse zusammenhängen. Aber er soll sehr überarbeitet und nervös sein und in einem Sanatorium stecken. Das ist alles, was ich gehört habe – hier beim Einzug von der Kapitänswitwe.«

»So?« meinte Egi Meyer, »so – Liebenthal? – Direktor Max Liebenthal? Da fängt doch jetzt der Prozeß in der nächsten Schwurgerichtssession an, in vierzehn Tagen. Eine ganz große Sache, ein Millionenschwindel. Ein Bukketshop-Manöver mit südafrikanischen Goldshares, die überhaupt nicht existieren sollen. Jedenfalls sind sie an der Londoner Börse nicht zugelassen. Wir haben hier so etwas noch gar nicht. Das ist neuester englischer Schwindelimport. Ich will sogar zusehen, ob ich zur Verhandlung mal Karten bekommen kann. Das muß sehr interessant werden. Der Mann hat die ersten Verteidiger Deutschlands. Er hatte ja eine Riesenkaution gestellt, ich glaube dreimalhunderttausend Mark, damit sie ihn aus der Untersuchungshaft lassen. Aber wenn *ich* der Staatsanwalt wäre, würde ich mich auch hüten. Der Mann ginge ihm glatt durch die Lappen. Das gibt einen Monsterprozeß, sage ich dir. Dreihundertzwanzig Zeugen sind geladen. Ich bin fest überzeugt, die Sache wird 'ne Sensation ersten Ranges.«

»Glaubst du wirklich, daß das die sind?« meinte Fritz Eisner. »Na ja, Sanatorium und überarbeitet ist *schon* oberfaul.«

Während der letzten Worte hatte man aus der Nebenwohnung, deren Fenster offenstanden, einen ziemlich erregten Disput gehört, der vorerst doch so leise geführt wurde, daß man nicht recht verstehen konnte, um was es sich drehte. Was war denn da? Zankte sich da etwa der Baumeister mit seiner Frau? Aber nein, – das waren ja zwei Frauenstimmen; eine leise, weich und schluchzend, die kannte Fritz Eisner; und eine grell, schrill und unangenehm, eine Hökerinnenstimme oder eher die Stimme einer Schlächtermamsell – (sie war fettiger). Und je leiser die eine Stimme wurde, desto lauter, schriller und durchdringender wurde die andere, bis sie sich in der Höhe beinahe überschlug. Die aber kannte Fritz Eisner nicht. Es mußte zweifelsohne eine etwas robuste und vierschrötige Dame sein.

»Was, Sie glauben nich, daß das meine Wohnung ist? Na denn, Fräuleinken, kieken Sie mal hierhin, wenn Sie lesen können! Auf wessen Name ist denn der Mietsvertrag ausgestellt? Na, Fräuleinken, auf meinen oder auf den von meinem Mann; – auch wenn den mein Mann unterschrieben hat? Des darf er, des hat er gerichtlich.« Sie schnappte nach Luft. »Und nun will ick Ihnen nochmal eins sagen: Nun reden Sie mal keinen Muck mehr, und packen Sie Ihre Siebensachen; sonst schmeiß' ick se Ihnen nach und mache Sie noch wegen Hausfriedensbruch haftbar. Wissen Se, Se sind mir ja viel zu ordinär, sonst würde ick janz anders mit Ihnen reden. So so, Sie dachten, daß mein Mann nich verheiratet is? Ach so, Sie wußten das jar nich?«

Herrgott im Himmel, die Szene wurde sehr peinlich. Die Dame mit den Brillantringen, die wirkliche Baumeistersfrau, war wohl doch keine sehr feine Dame, denn sie brauchte sehr unfeine Worte, seelisch und materiell unfeine. Wahrhaftig, sie nahm kein Blatt vor den Mund. Sie ließ sich gehen. Sie gab sich ganz aus bis zu dem letzten

Winkel ihres brutalen Wesens. Sie war die Stärkere, die Rohere. Sie war als Tochter eines Großschlächters aus einer sehr lebenskräftigen Familie, während die andere mit ihrem süßen Rokokoköpfchen als Kind eines armen, kleinen, frühverstorbenen Provinzschauspielers einer vielleicht weicheren und feinnervigeren, aber keineswegs einer besonders zähen und widerstandsfähigen Rasse angehörte. Die Schlächterstochter war die Siegerin, und da wollte sie doch ihren Triumph wenigstens auskosten. Es hätte nicht viel gefehlt, und sie hätte das arme Ding noch geschlagen, das, ganz still vor sich hinschluchzend, aus ein paar Schüben und Schränken ihre Blusen und Röcke und ihr bißchen Wäsche zusammensuchte und heimlich ein Kinderjäckchen dazwischenwarf. Denn sie wußte doch nicht, ob es ihr eigentlich gehörte. Von *ihrem* Geld hatte sie es nicht gekauft.

»Nun mal dalli, dalli, dalli, aber rechnen Se nich bei der Anjelegenheit auf meinen Mann mehr! Reden Se sich das nur nich in! Der is Brot gewöhnt. Wenn ick nur pfeife, denn kann der morgen wieder als Polier auf en Bau gehen. Des weiß er janz jenau.«

Es war wirklich eine sehr peinliche Szene. Sogar die Kapitänswitwe ging hinauf und bat die Dame mit den drei Pleureusen auf dem Hut, sie möchte, wenn sie hier etwas zu ordnen hätte, es in aller Stille tun. Denn das störe die anderen Mieter. In ihrem Hause wäre so etwas nicht Mode.

Und alle waren froh, als die kleine Baumeistersfrau (die erste) wie ein abgelohnter Dienstbote mit einem Schächtelchen unter dem Arm und ihrem bescheidenen schwarzen Trauerhut – dem aus der Peripherie des Witwenkongresses – abgezogen war. Es war doch sehr, sehr häßlich gewesen und paßte gar nicht zu einem so wundervollen blauen Tag mit Spaziergängen, Krebssuppe, junger Gans und sogar dem Theater noch in der Perspektive.

Die richtige Baumeistersfrau aber setzte sich auf den Balkon und fächelte sich, – immer noch erregt, aber doch schon etwas ruhiger, – mit einem Spitzentuch, wie jemand, der sagt: Es war zwar ein hartes Stück Arbeit; – aber nun ist es geschafft.

Die drei Damen, Frau Direktor Liebenthal, Frau Luise Lindenberg und Tante Trautchen, waren auch auf den Balkon herausgekommen, um zu hören, was es da eigentlich gäbe. Und sie urteilten verschieden, aber im ganzen eigentlich ziemlich gleich darüber.

Die Frau Direktor Liebenthal sagte: sie hätte dieses Mädchen nie beachtet; – denn mit solchem Volk gäbe man sich doch nicht ab.

Frau Luise Lindenberg meinte: sie hätte das leider seit langem kommen sehen. Sie bedaure, daß ihre armen unschuldigen Töchter das hätten mitanhören müssen; aber die sogenannte Frau Baumeister wäre – das hätte sie gleich bemerkt – eine ganz gewöhnliche Person gewesen. Männer aber lieben ja merkwürdigerweise so etwas.

Tante Trautchen – sie hatte vielleicht persönliche Erinnerungen – aber rief: sie wäre an Stelle der Dame noch ganz anders mit diesem elenden Geschöpf umgesprungen (Fritz Eisner glaubte ihr das ohne weiteres), und solche Geschöpfe, die sich in gemeiner Weise in eine glückliche Ehe hineindrängen und nur ihren Vorteil suchen, verdienen es auch nicht anders.

Immerhin hatte die Stimmung des sonst so ausgeglichenen Tages durch diesen Zwischenfall gelitten, und alle atmeten auf, als sich die Frau Direktor Liebenthal verabschiedete und man gleich mitging, um ganz langsam und gemächlich in die Stadt hinein, in das Theater zu pilgern. Ja, es wäre sogar kein großer Umweg und sicher kühler und weniger staubig, wenn man noch einmal durch den Park ginge.

Es war ein herrlicher Spätnachmittag, und der Park duftete in jedem Winkel anders.

Frau Luise Lindenberg und Tante Trautchen schritten voran, untergefaßt; Fritz Eisner und Annchen und Egi Meyer und Hannchen folgten gleichfalls paarweise und untergefaßt in geringem Abstand. Alle waren sehr würdig, und es sah ganz nach verlobt und öffentlich aus. Nicht Liebespaare waren das mehr wie am Vormittag, sondern zwei richtige Brautpaare mit Konzession unter Führung strahlender, einverstandener Anverwandter.

Die Gärten waren reich belebt von den alltäglichen Potsdamer Spaziergängern und von Fremden, denen polyglotte Führer mit Blechschildern am Rock allerhand erstaunliche Märchen erzählten. Ihr Gebiet war nicht die Kunst, nicht die Architektur, nicht die Geschichte, sondern die unverbürgte Anekdote, die die Großen dieser Welt dem Volk menschlich näher bringt.

Tante Trautchen zeigte für nichts sonderliche Anteilnahme. Sie kannte zwar das Wort nil admirari nicht, aber sie handelte danach; sie hatte wohl auch das Gefühl, daß sie sich eine Blöße gäbe, wenn sie irgend etwas ungewöhnlich fände. Nur eine Marmorwanne, die irgendwo im Garten stand, erregte ihre geheimnisvolle Neugier; und als Egi Meyer ihr aufband, daß der Alte Fritz jeden Sonnabend um halb Sieben hier in dieser Marmorwanne öffentlich in Champagner gebadet hätte, sperrte sie Mund und Nase auf.

Und dann kam mit ihren schon abendlich bestrahlten köstlichen Häuserreihen und grünen Laubwänden an trägen, schwanenbeschwommenen Kanälen die Stadt, die Tante Trautchen nebenbei arg enttäuschte. Sie hätte nach dem, was die Leute immer reden, eine großartige Sache sich vorgestellt. Aber das wäre doch ein altmodisches Nest. Da wäre Melsungen mindestens ebenso schön.

Das Theater war wundervoll. Die Restauration bestand aus einem Holzlädchen, das aufgeklappt wurde und zwei Gläser mit sauersüßen Bonbons zur Schau stellte. In den Parkettreihen und in den Logen saßen alte Damen in schwarzen Moireekleidern und mit Pompadours und häkelten in den Pausen Streifen für den Wäscheschrank. Und die jungen Mädchen saßen dabei, häkelten zwar noch nicht, aber kicherten und sahen lieb, blond und neckisch aus ... wie aus Ottilie Wildermuth.

Mitten im Stück flog ein halbes Dutzend Schmetterlinge, die irgendwie ohne Billett in das Theater Einlaß gefunden, die in Regentagen hier irgendwo Zuflucht gesucht hatten ... flogen, aufgescheucht durch Licht und Lärm, Füchse, Admiräle und Pfauenaugen, über den Rahmen der Bühne hin, flatterten über die Papierrosen der öligen, zittrigen Kulissen und kreisten unstet und ziellos hin und her über der Versenkung des Orchesters.

Im ersten Akt gab es ein fürstliches Zimmer mit gerafften Gardinen und mit vergoldeten Stühlchen, die voll Troddeln hingen. Und der Gutspark im zweiten Akt war ein tropischer Urwald mit dem Manzanillabaum aus der »Afrikanerin« und mit armdicken, braunen, großblumigen Lianen, die wie eine Boa Constrictor sich herabzusenken schien auf jedes Liebespaar des Stücks, das da auf der weißen Gartenbank Platz nahm.

Und nun erst das Stück selbst. Man spielte irgendein ganz verschollenes Lustspiel aus einer besseren Zeit, in der noch alle Menschen genau so waren, wie sie sein mußten. Die Väter scheinbar hart, unbeugsam und verfluchend, aber doch im Innersten gut und mit Herzen weich wie Wachs. Die Mütter aber – man sprach sie damals anscheinend nur mit »lieb Mütterlein« an, arbeit- und tugendsam und von Sentenzen überfließend. Die Onkel jedoch gingen im Schlafrock, rauchten lange Pfeifen und waren sehr komisch – in der Rolle mußte man Herrn Stolzenberg sehen! –, hatten sich aber trotzdem noch durchaus in den Kopf gesetzt, die Nichte zu heiraten. Was sie nebenbei nachher schön bleiben ließen, aber ihr erklärten, daß sie mal alles erben würde. Eine dürre Engländerin gab's sogar, die nicht Deutsch sprechen konnte, aber es trotzdem tat und deshalb in aller Harmlosigkeit Dinge sagte, die recht shocking und doppeldeutig waren. Ein Leutnant kam natürlich auch vor. Ganz genau der Natur abgelauscht, wie eben Leutnants sind. Also: sehr adlig, sehr scharmant, sehr näselnd, sehr leichtsinnig, sehr sporenklirrend, mit sehr viel Schulden und stets bei köstlichem Humor. Und dabei Herzensbrecher nach allen Windrichtungen. Das heißt: später würde er treu sein. Und sein Bursche. Also direkt abkonterfeit, wie Offiziersburschen sind: gut und dumm. Und das junge Mädchen erst. Genau so, wie junge Mädchen sind. Blond und blöd mit flächsernem Hängezopf (die Perücke saß schief), neckisch und verliebt wie ein Bettschatz, und dabei keusch und züchtig wie eine Pensionsvorsteherin. Also, wenn sie dem Leutnant, der ihr den ersten Kuß raubte, schämig mit dem Finger drohte und »ei, ei« sagte, da wurde einem ordentlich warm ums Herz. Aber die jugendliche Naive war auch eine zu süße Person in dieser Rolle. Sie sprach wie ein Papagei jede Silbe einzeln. Auch ein biederer Handwerker konnte nicht umgangen werden, der die Kammerzofe liebte, der der Offizier »in die Backen gekniffen« hatte: arm, aber ehrlich!

Und zum Schluß war alles restlos glücklich. Die Figuren des Dichters, daß sie sich trotzdem alle richtig bekommen hatten; die Schauspieler, daß sie sich abschminken konnten; das Publikum, das mit kaum zu überbietender Begeisterung klatschend für den genußreichen Abend dankte; unsere Brautpaare, die sich noch vor Lachen schüttelten; und selbst Tante Trautchen, die meinte, eine so vollendete Aufführung bekäme man doch nur in der Großstadt zu sehen.

Nur ein Mann, ein Familienvater, den Frau und sechs Kinder vergebens zu beruhigen versuchten, war nicht glücklich. Denn sein Hut war in der Garderobe vertauscht worden. Und während das kleine Hütchen, das er dafür erworben, auf seinem mächtigen Schädel hin und her tanzte wie ein Fischerboot bei Windstärke sieben, hieb er mit der Faust auf den Holztisch der Garderobiere und schrie einmal über das andere, er würde nicht eher weggehen, bis er seinen neuen Hut wiederhätte. Das wäre ja noch schöner. Da aber kein Männerhut mehr da war, so war es mehr als fraglich, ob die Garderobenfrau den Wünschen des Herrn entsprechen konnte.

Fritz Eisner hätte zu gern das Ende der anregenden Szene noch abgewartet, aber die anderen drängten zum Aufbruch.

Und langsam – der klare Junitag hatte sich in eine noch klarere silberfarbige Mondnacht gewandelt, die immer noch von hellgekleideten Mädchen garniert und voll von Lachen, Gesang und Geflüster war – ging man heim. Nein, Egi Meyer und Fritz Eisner wollten noch nicht von hier fahren; sie wollten wenigstens ihre Mädchen nach Hause bringen.

»Höre mal«, sagte Fritz Eisner zu Frau Luise Lindenberg, »was ist denn das eigentlich für eine Frau Direktor Liebenthal? Da erzählt doch Egi, daß nächstens ein großer Prozeß vor den Geschworenen beginnen soll gegen einen Direktor Max Liebenthal, der Riesenschwindeleien mit falschen südafrikanischen Goldshares gemacht hat. Ob das nicht etwa die Liebenthals sind?«

»Das ist unmöglich«, rief Frau Luise Lindenberg mit Überzeugung, »der Mann ist ja seit langer Zeit krank und im Sanatorium.«

»Na ja«, meinte Fritz Eisner nachdenklich, »deshalb dachte ich es nämlich.«

Aber da kam er bei Frau Luise Lindenberg schief an. Ihre Art wäre es Gott sei Dank nicht, von allen Menschen gleich das Schlechteste zu denken. Die armen Leute aber täten ihr leid, die jetzt durch eine peinliche Namensverwechslung gewiß viel Unannehmlichkeiten haben würden. Was könnten sie denn dafür, daß irgendein Betrüger ebenso hieße wie sie?

Fritz Eisner kehrte langsam zu Annchen zurück, die sich in Ermangelung ganz fidel auf der anderen Seite von Egi Meyer miteingehängt hatte; wodurch sie zwei Menschen ärgerte: nämlich Fritz Eisner und ihre Schwester Hannchen; und einen erfreute: nämlich Eginhard Meyer, dem eigentlich seine lebensfrohe Schwägerin nicht übel gefiel, wenn er auch überzeugt war, daß eben die geistig bedeutendere von beiden Hannchen wäre. Und erst nachdem sich Fritz Eisner auf der anderen Seite eingehakelt hatte – jetzt am Abend konnte man schon mal zu vieren in einer Reihe gehen – und als sie nun gleichsam eine von Gemeinsamkeiten durchströmte Kette bildeten, glich sich das Unharmonische wieder aus. Den ganzen Abend hatte Fritz Eisner nicht mehr an die Szene von vorhin und an die arme, kleine, falsche Baumeistersfrau mit ihrem Trauerhut gedacht. Und nun stand sie greifbar vor ihm mit ihren großen Augen und dem Boucherkopf. Was mochte sie jetzt machen? Na, hoffentlich würde sich der Baumeister ihrer annehmen. Und ehe er es sich versah, sang Fritz Eisner schon zum

Takt seiner Schritte vor sich hin: »Fliegenschmalz, Fliegenschmalz lülüü, lalaa, Fliegenschmalz lülüü, Fliegenschmalz lala ... Sag' mal, Annchen, weißt du eigentlich, wie das Lied richtig heißt?«

»Keine Spur von einer blassen Ahnung«, rief Annchen lachend.

»Schade«, meinte Fritz Eisner, immer noch ganz in Gedanken, »jammerschade. Man hätte doch die Baumeistersfrau einmal danach fragen müssen. Nun ist es zu spät.«

Und damit kam das Gespräch auf die Baumeistersfrau. Egi Meyer beleuchtete den Fall juristisch. Sie könnte sogar an den Baumeister mit geldlichen Ansprüchen herantreten. Hannchen stand auf der Seite der älteren Generation, und außerdem, man müsse *soweit* Herrin seiner Gefühle sein; während Annchen jener recht gab und sagte, daß die richtige Baumeistersfrau doch ein Knallpöbel wäre, und die andere ein reizender Mensch, den man einfach stundenlang hätte ansehen können. Und wie sie mit dem armen Kind gewesen wäre, das wäre rührend gewesen.

Hannchen sprach sehr beredt dagegen und verteidigte *ihre* Ansicht. Und während des ziemlich erregten Disputes – die vorn, Frau Luise Lindenberg und Tante Trautchen, hörten nichts davon; sie waren bei den Mitgliedern der beiden Alben und des Kastens mit der Laubsägearbeit – merkten sie kaum, daß sie plötzlich schon vor Nummer achtzehn standen.

Da oben aber auf der Hälfte ihres eisernen Vogelnestes saßen im Mondlicht und bei einer Windkerze die richtige Baumeistersfrau und der Baumeister. Und da es warm war, hatte er es sich bequem gemacht und saß in Hemdsärmeln. Und vor ihnen standen mächtige Gläser mit gutgekühltem Weißbier.

Der Baumeister war nämlich – seine Frau, die den Mietsvertrag in seinem Schreibtisch gefunden hatte, hatte ihm von ihrem Feldzugsplan nichts vorher verraten – war nämlich ganz harmlos, voller Sehnsucht und glücklich über den freien Nachmittag, herausgekommen und hatte, als er aufschloß, in dem Nest statt seiner süßen, zwitschernden Schwalbe seine dicke, keifende Madame Spätzin gefunden. Es war zu einer robusten ehelichen Auseinandersetzung gekommen, die naturgemäß (wie die meisten ihrer Art) mit Rührung, Verzeihung und Versöhnung geendet hatte ... und die nunmehr mit gutgekühltem Weißbier noch gefestigt wurde.

Man denke aber, bitte, nun deswegen nicht etwa schlecht von dem Baumeister. Er war durchaus ein guter Kerl; vielleicht nur ein bißchen schwach, ... und er liebte seine Ruhe. Er war jedoch keinesfalls auch nur um einen Deut schlechter als die anderen Leute auch, als die meisten von uns Männern. Er hatte die kleine Zwitscherschwalbe wirklich und aufrichtig gern gehabt; vielleicht nicht so, nicht ganz so lieb wie sie ihn, aber sie war die Freude seines durch Ehe und Sorgen zerquälten Lebens gewesen, von der Stunde an, da sie das erstemal in dem Eckladen beim Bau ihm die Zigaretten über den Ladentisch gereicht hatte, bis zum heutigen Tage. Sie war seine letzte, seine allerletzte Jugend gewesen. Aber nun war es Zeit, daß mal aufgehört wurde. Ewig konnte doch die Sache nicht so weitergehen. Und da das Kind ja gestorben war, band ihn doch eigentlich nichts mehr an dieses Mädchen.

Ja, wenn es anders, wenn es gerade umgekehrt gelegen hätte, wenn die arme Schwalbe seine richtige Frau gewesen wäre und die dicke, alte, keifende Madame Spätzin mit ihrer gefüllten Scheuer, wenn die sich ihm an den Hals geworfen hätte, da wären vielleicht seine Gefühle so unüberwindlich stark gewesen, daß er ihrer nicht Herr geworden wäre, und daß er alle Schranken der bürgerlichen Konvention hätte durchbrechen müssen und die kleine Schwalbe hätte sitzen lassen. Aber so war – ich habe das hundertmal im Leben mitangesehen! – war er als Mann, als Gatte sich, wenn auch schweren Herzens, seiner Pflichten bewußt und kehrte, reuig, nach harten Seelenkämpfen, in die Arme jener Frau zurück, die ihm vor Gott und Menschen angetraut war, und der einzig und allein er angehören durfte.

»Also, Tante Trautchen«, sagte Annchen, »ich gebe dir dann noch das Buch von Fritz.«

»Nee, nee«, versetzte Tante Trautchen tief erschrokken, »ich bin gerade bei einem sehr schönen Buch, und das belese ich mich ganz langsam.« (Etwas, was nebenbei nicht mit ihrer Aussage vom Morgen übereinstimmte; aber zwischen Morgen und Abend liegt bekanntlich viel Zeit.)

»Nein, wir wollen lieber mal nächstens«, rief Frau Luise Lindenberg einlenkend, »alle zusammen eine hübsche Tour machen, vielleicht eine Dampferfahrt, denn wir müssen doch Tante Trautchen etwas von der Umgebung zeigen.« Das jedoch war das Pflaster auf die Wunde, die nun geschlagen wurde. »Aber um jetzt noch einmal heraufzugehen, ist es doch für alle zu spät geworden, und die Mädchen sollen auch mal zeitiger ins Bett kommen und nicht noch nach dem Bahnhof mit vorgehen. Man kann auch hier Abschied nehmen.«

Gewiß, das konnte man ebenso gut wie auf dem Bahnsteig. Das heißt, wenn da drüben nicht immer irgendso ein junger geschniegelter Herr von Fähnrich auf und ab stolziert wäre, der anscheinend die Blicke nicht vom Haus ließ. So etwas ist für Brautpaare störend und lästig, die gern beim Abschied unbeachtet bleiben.

»Na, Mieze«, rief Hannchen – es war die Mittelmeerrasse, die an ihnen vorbeihuschte, die Älteste, die wieder mal die ihr empfohlenen Bücher bei Schnabel nicht bekommen hatte – »na, Mieze, wo willst du denn jetzt noch hin?«

»Ach, Fräulein Hannchen, ich mache mit einer Freundin, einem Fräulein von Tresckow, heute abend noch eine Mondscheinpartie. Mutti hat's erlaubt«, sagte Mieze und trendelte die Straße hinab.

Fritz Eisner sah zu dem Fähnrich hinüber, ob der sie immer noch beobachtete. Aber der war fort, als hätte er wie das Elfenmädchen in Andersens »Elfenhügel« einen weißen Holzspan in den Mund genommen und sich damit unsichtbar gemacht. Und so stand dem richtigen Abschiednehmen allseits nichts mehr im Wege.

Aber Frau Luise Lindenberg rief schon von oben: »Annchen – Hannchen!« und das hieß, daß es wieder mal ein Privatissimum über Schicklichkeit und Unschicklichkeit bei Brautpaaren setzen würde, wenn sie nicht bald kämen. Und so entwanden sich Annchen und Hannchen, wenn auch schweren Herzens, ihren Freunden und liefen hinauf; – denn dem wollten sie sich doch nicht aussetzen.

Egi Meyer und Fritz Eisner gingen aber, nun wieder als Männer ernsteren geistigen Dingen zugewandt, langsam, in anregendem Gespräch zum Bahnhof vor; und wenn sie nicht noch hastig zur Seite gesprungen wären, dann wären sie um ein Haar von einem Dogcart umgerissen worden, der in scharfem, elegantem Trab mit stolz kurbettierendem Gaul um die Ecke der Allee kam und nach dem Waldweg herüberbog. Tack, tack, tack, tack gingen die Hufe, und der Wagen wippte und federte nur so auf seinen beiden hohen Rädern.

»Teufel auch, Idiot«, brüllte Fritz Eisner, der leicht

aufbrauste, »nächstens werden sie einen hier noch kurz und klein fahren.«

Aber der schmale Offizier, der da stocksteif auf seinem Sitz saß, die Zügel in den weißen Lederfäusten und die Ellbogen fest an den Leib gezogen, drehte sich nicht mal nach ihm um. Und die Dame neben ihm, – eine Dame in einem sandfarbenen Reitkleid, erst recht nicht.

Und schon kam der Zug mit Sirenengeheul durch den letzten dünnen Waldstreifen herangebraust.

Aber wenn Frau Luise Lindenberg sagte, sie wollten mal nächstens eine schöne Dampferfahrt machen, so bedeutete dieses »nächstens« noch lange nicht »nächstens«. Was nebenbei durchaus keinen Schatten auf sie als Mensch werfen soll, sondern im Gegenteil ihr Menschentum in reicherem Lichte erstrahlen läßt. Denn es ist echt menschlich, daß, wenn jemand volltönend verkündet: »Ich werde nächstens meinen Onkel besuchen, meinen Schneider bezahlen, zum Arzt gehen«, daß man dann versichert sein kann, daß er keins von alledem in den folgenden vier Wochen tun wird.

Immerhin bot die Dampferfahrt für alle einen schönen Gesprächsstoff. Aber einmal klappte es mit dem Wetter nicht so. Dann mußte Frau Luise Lindenberg bei einer befreundeten Familie (siehe Kasten mit der kunstvollen Laubsägearbeit) Kondolenzbesuch machen – wozu eigentlich? Den Leuten war auch wohl, daß sie die Sorge um den gelähmten Mann los waren –. Oder Tante Trautchen war bei irgendwelchen Verwandten (siehe Album zwei mit dem Spielwerk, das nicht ging) eingeladen, die schon beleidigt waren, weil sie sich gar nicht mehr bei ihnen hatte blicken lassen. In Wahrheit hatten sie gesagt: »Man muß die Person doch mal zu Tisch bitten. Aber wen dazu? Rosenthals können wir das nicht zumuten. Wißt ihr was: Grete kann sich vielleicht ihre beiden Freundinnen aus dem Seminar einladen.« Und Tante Trautchen erzählte dann acht Tage lang von hochbegabten jungen Mädchen, die etwas lernten, obwohl sie es gar nicht nötig hätten.

Ja, und dann war ja Egis Doktorarbeit – er hatte sich den Termin schon einmal verlängern lassen – in ein kritisches Stadium getreten, so daß er ihr ungern einen Tag entziehen wollte. Gegen seine Überzeugung, nur unter schweren Seelenkämpfen hatte er sich nach langen Beratungen mit Hannchen entschlossen, sie doch vorerst nicht auf jene breite Basis zu stellen, die die Würde und Wichtigkeit des Themas beanspruchte; denn dann hätte er sie nach genauester Berechnung nicht unter zwei Jahren vier Monaten zweiundzwanzig Tagen vollenden können. Sondern er hatte darin eingewilligt, ein Kompromiß zu schließen und das Thema zunächst nur dilatorisch zu behandeln, sich weitere Ausführungen für die Buchausgabe vorbehaltend; da ihm ja dann nach dem Gesetze der wissenschaftlichen Republik das Thema als gesichert galt und er kaum fürchten brauchte, daß ihm jemand hierin zuvorkommen würde. Und wenn wirklich, so würde *seine* Arbeit doch nur die Unzulänglichkeit der anderen beweisen können. Jetzt aber einen Tag sich und der Arbeit rauben, wäre leichtfertig von Egi Meyer gewesen. Er ginge nicht einmal zum Prozeß Liebenthal, … doch würde er nach dem 20. Juli mit tausend Freuden … Nachmittag hingegen käme er gern einmal hinaus … um aufzuatmen.

Und Tante Trautchen, die zuerst sich immerhin etwas Zwang auferlegt hatte, solange sie sich noch als Besuch fühlte, begann langsam sich bei Lindenbergs zu Hause zu fühlen und sagte sich: Warum soll ich nicht Herrin bei mir zu Hause sein? Kurz, sie wurde unausstehlich: stand um zehn Uhr auf, rannte bis zwölf in Nachtjacke und mit Lockenwickeln umher und meinte dann enttäuscht des Abends: »Der Tag hält gar nichts mehr.« Sie hetzte Annchen und Hannchen durch die Wohnung und treppauf, treppab, wollte alles hören, alles wissen, guckte in jeden Topf und bekrittelte jede Maßnahme, ließ keine Unterhaltung über irgend etwas aufkommen, sondern unterbrach sie sofort und überschwemmte alles mit ihrem gleichgültigen Gesabber über Menschen und Dinge, die auf die Dauer nicht einmal mehr Frau Luise Lindenberg interessierten. Und außerdem verstand sie jedes Wort falsch, bezog es auf sich und nahm es übel, so daß Annchen und Hannchen sie nicht mehr das »Unglück«, sondern in Erinnerung an ihre Kochtätigkeit, den »Milchreis« nannten. Wie man es nämlich auch anstellte, immer war sie zum Schluß angebrannt.

Frau Luise Lindenberg sagte zwar: »Die Ärmste«, und: »Laßt sie doch, Kinder, sie hat nicht viel Gutes im Leben gehabt«, aber ganz im geheimen begann sie sich sogar wieder nach Hannchens Selmas und Lucies zu sehnen. Und wenn nicht eine neue Freundin, die Hannchen einmal angeschleppt brachte, eine Lehrerin, ihr – ich glaube, man nennt so etwas heutzutage: männliche Betonung; damals war man noch nicht so weit in der Psychologie – ihr doch gar zu spitznasig, vertrocknet, arrogant und bestimmt gewesen wäre, so hätte sie schon Tante Trautchen erklärt, daß sie leider die Zimmer jetzt notwendig brauche für einen Besuch, der sich schon seit Monaten bei ihr angemeldet hätte. So aber – als man die beiden gegeneinander abwog – beschloß man doch, bei Tante Trautchen, eben der gewichtigeren, zu bleiben. Da wußte man wenigstens, *was* man hatte; bei der anderen aber war gar nicht vorauszusehen, was man bekam. Und außerdem: mochte Tante Trautchen auch etwas merkwürdig sein – wer wird das nicht, wenn er älter wird?! – zum Schluß war sie doch (darüber waren sich Frau Lindenberg und ihre Töchter einig) ein gutes Tier.

Mit den Baumeistersleuten konnte man nun leider, nach dem, was vorgefallen, nicht mehr verkehren, und deshalb ging man nur noch stumm grüßend aneinander vorüber. Frau Luise Lindenberg wußte auch nicht, wie man ihm gegenüber einen unbefangenen Ton noch finden sollte; und vor allem ihr gegenüber, dieser *unglücklichen Frau.* Der Baumeister, nebenbei, der mit der Zwitscherschwalbe so weich, rücksichtsvoll und zuvorkommend gewesen war, wie man es diesem Herkules Farnese gar nicht zugetraut hätte – die beiden zusammen hatten Fritz Eisner immer an das Bild erinnert, das Lovis Corinth gerade in der Sezession hatte: ein junges Mädchen, das einen wilden, schnaubenden Stier gebändigt hat und ihn nun wie ein Lämmchen an einem rosaroten Band führt … der Baumeister lebte mit seiner keifenden Madame Spätzin in einer sehr angeregten Ehe, so daß zeitweise das Haus dröhnte. »König Lear« war ein Lustspiel dagegen.

Auch die Kapitänswitwe war zwar immer gleich zuvorkommend, schloß sich aber nicht an. Sie sagte einmal: sie könne das nicht tun; denn wenn sie das bei einem ihrer Mieter täte, so müßte sie es bei allen tun, – und das würde zu weit führen. Auch schien schon ohnedem die Kapitänswitwe sehr viel Umgang zu haben, denn sie war nicht allzuviel daheim, und Frau Luise Lindenberg sagte von ihr nicht ohne Stolz – denn endlich war es doch ihre Wirtin, und etwas von dem Glanz blieb doch auch an ihr haften –, daß sie Beziehungen zu den besten Kreisen Potsdams hätte.

Hannchen meinte, sie solle sich lieber mehr um ihre Kinder kümmern. Sie verwahrlosten, und sie behandle sie schlecht. Das war nicht wahr. Schlecht behandeln tat sie eigentlich nur die Kleinste, den Südseetyp. Sie hätte ererbte Ungezogenheiten, die man ihr abgewöhnen müsse, meinte sie. Bei der zweiten, bei Lottchen mit der mongoloiden Augenfalte, hatte sie wieder mit dem Ohrfeigenprinzip für die Schule glänzende Erfolge erzielt. Das Wikingermädchen erstickte sie mit ihrer Zärtlichkeit, und Mieze gegenüber (Mittelmeerrasse) – sie blühte auf von Tag zu Tag, wurde geradezu eine Schönheit – Mieze gegenüber war sie ohne Zweifel (aber die Ältesten werden ja stets vorgezogen) fast zu nachsichtig und gewährte ihr zu viel Freiheiten. Jedenfalls machte Mieze jetzt fast jeden Abend mit ihrer Freundin, Else von Tresckow, eine Mondscheinpartie, trotzdem der Mond doch schon längst nicht mehr schien, sondern es im Gegenteil stichdunkel war, daß man, wie es heißt, kaum die Hand vor Augen sehen konnte.

Die Frau Direktor Liebenthal war oft recht mißgestimmt. Sie hätte Sorge um ihren Mann, dem es leider immer noch nicht nach Wunsch ginge, so daß es noch gar nicht abzusehen wäre, wann man ihn aus dem Sanatorium entlassen würde. Als aber eines Tages der Prozeß gegen den Direktor Max Liebenthal begann und die Zeitungen voll davon waren, wurde Frau Luise Lindenberg doch kopfscheu, und sie fragte die Kapitänswitwe, ob das nicht etwa die Liebenthals wären, weil doch der Mann usw. usf.

»O«, rief die Kapitänswitwe, »soviel ich weiß, ist das ein Vetter von ihnen.«

»Siehst du«, sagte Frau Luise Lindenberg am nächsten Sonntag zu Fritz Eisner, »was habe ich euch gleich gesagt? Es ist natürlich ein Vetter, dieser feine Herr Direktor Max Liebenthal. So etwas in der Familie durchzumachen, muß doch sehr unangenehm sein. Aber was können sie dafür? In der schönsten Wohnung gibt's eben 'ne Rumpelkammer.«

Der Prozeß war nebenbei sehr amüsant. Wie schon bemerkt, die Zeitungen waren voll davon. Besonders priesen sie die Elastizität und Ungebrochenheit des Angeklagten, der sich trotz der langen Untersuchungshaft benähme, als wäre er nicht vor Gericht, sondern leite die Vorstandssitzung einer Aktiengesellschaft. Tadellos gekleidet, mit Bügelfalten in den gestreiften Beinkleidern, Cutaway letzten Schicks, amerikanisch gestutztem Bärtchen in dem rosigen Gesicht – man hielt damals sonst noch allgemein bei Haby – goldenem Kneifer auf dem Nasenrücken, hörte er mit leicht spöttisch geschürzten Lippen den Ausführungen des Staatsanwaltes und der Zeugen zu, als beträfen sie irgend jemand anders. Und trotzdem er die besten und geschicktesten Verteidiger hätte – sie wären Waisenknaben, unmündige Kinder gegen ihn, er stecke sie alle in die Tasche. Die winzigste Lücke des Gesetzes, wo kaum eine Nähnadel durchfallen könne, er bohrte so lange, bis da ein Riesenloch wäre. Dreihundertundzwanzig Zeugen hätte der Staatsanwalt zur Belastung gegen ihn ins Feld führen wollen, und merkwürdig: die sichersten waren plötzlich erkrankt, verreist, unbekannt wohin ins Ausland verschwunden, man solle sie kommissarisch vernehmen, wenn man nicht auf sie verzichten könne.

Die besten Leute des Staatsanwalts fielen um wie Heuschober vor seinen Zwischenfragen, und diejenigen, die vom Staatsanwalt als die armen, braven, geschornen Lämmer dargestellt wurden, die, verlockt durch betrügerische Anpreisungen, ihre mühsam erarbeiteten Spargroschen sich von diesem dämonischen Betrüger hatten abnehmen lassen, entpuppten sich in seiner Beleuchtung als ganz schwere Jungen und ausgekochte Berufsspekulanten, die *ihn* geschädigt hätten, und deren Geschäftsgebaren der Herr Staatsanwalt, wenn er sein Amt wirklich ernst nähme, endlich einmal *die* Aufmerksamkeit schenken könne, die sie verdiente.

Und was der Herr Staatsanwalt wollte? Diese Claims existierten nur auf dem Papier? Natürlich wären sie in

Wirklichkeit vorhanden, sogar im Basutogebiet. Man möchte doch hinreisen. Sie wären ja auch auf den hier vorliegenden Situationsplänen verzeichnet, und wenn sie jetzt nichts mehr gebracht hätten trotz vorzüglicher Anfangserträgnisse, die plötzlich stockten, so läge das nur daran, daß die alten Maschinen sich abgenutzt hätten, und daß es mit sehr viel Schwierigkeiten verbunden sei, die neuen Maschinen – es müßten für die hier eigentümlichen Gesteinslagerungen ganz besondere sein – die neuen Maschinen dorthin zu bringen, da sie auf Ochsengespannen eine bergige, fast weglose Strecke von über zwölfhundert englischen Meilen ... und ebenso hätten leider die chinesischen Kulis, die aus der Jangtse-kiang-Ebene stammten, das Höhenklima nicht vertragen. All jene Widerwärtigkeiten und Nackenschläge aber, mit denen jeder Kenner der Verhältnisse leider von vornherein rechnen müsse, hätten im Verein mit dem wie bekannt und gerichtsnotorisch nicht immer soliden Geschäftsgebaren der Börse in Johannisburg die Shares dieses Claims wider Erwarten plötzlich fast völlig entwertet. Was sich natürlich bei denen, die sie nicht, wie er stets geraten, als Anlage, sondern als Spekulationspapiere gekauft hätten, sehr fühlbar machen müsse.

Wer jedoch klug genug wäre, um durchzuhalten, müßte spätestens in ein bis zwei Jahren zum mindesten das Zwölffache des jetzt eingebüßten Betrages wieder eingebracht haben.

Kurz gesagt: noch niemals war ein preußischer Staatsanwalt derartig vermöbelt worden. Nun ja, er war etwas schneidig, ziemlich jung und nicht sonderlich geschickt. Die Materie war zudem wirklich sehr, sehr schwierig. In Deutschland kannte sie eigentlich noch niemand so recht, außer dem Angeklagten, der sie nur *zu* gut kannte. Und dann waren es vier gegen einen, eigentlich sechs gegen einen. Drei der gerissensten Verteidiger und der Angeklagte, der allein für drei zählte. So etwas von Reinfall hatte die Kammer noch nicht gesehen, und wenn es nicht zu beschämend gewesen wäre, hätte man die Sache einfach ad calendas graecas vertagt.

Nun ja, ein paar Fälle würden wohl hängenbleiben; aber was tat das?! Und das Schlimmste, daß dieser Angeklagte bei der Presse geradezu Sympathien hatte. Einige Skandalblätter ließen sogar durchblicken, daß ja die Manöver der Großbanken dann auch etwas reformbedürftig sein möchten ... Das Allerschlimmste aber war, daß das Publikum, in das Direktor Liebenthal des öfteren gewinnend hineinlächelte, den Kerl geradezu vergötterte. Man erzählte sich von ganzen Stapeln von rosenfarbigen, parfümierten Briefen, die ihm täglich zuflögen.

Na ja, am Ohr würde man ihn vielleicht ein bißchen zupfen können, aber mit dem Statuieren eines Exempels war die Geschichte Essig geworden. Das sahen selbst die jüngsten Richter – und beinahe der Staatsanwalt. Je länger sich die Sache hinschleppte, durch Wochen und Wochen, desto klarer wurde es. Und etwa Nerventaktik? Keine Spur. Ermüdeten die Herren hinter dem Tisch nicht, er, der Angeklagte hinter der Schranke, hielt es gewiß aus. So gute Nerven wie *die* hatte *er* lange.

Der Mann war nämlich weiter als die Gesetzesparagraphen, die sein täglich Brot waren; er war ihnen vorausgeschwommen und fraß dort behaglich die Scharen der Gründlinge, wo die Herren Richter mit ihren altmodisch-großmaschigen, allzukurzen Netzen eben noch nicht hinkonnten. Er hatte geschickt die Gesetze von heute umgangen, nur um ungestraft gegen die von übermorgen freveln zu können. Genial war er ja, das gab selbst der Staatsanwalt in einem unbewachten Augenblick zu, aber ein verdammt gemeingefährlicher Gauner.

Und wirklich, das war mal ein echter und rechter Sommer mit schönen warmen Tagen. Kein solch grün maskierter Winter, wie er es sonst meist ist. Im Frühjahr hatte es sich ordentlich ausgeregnet, und nun ließ sich der Sommer heiß und strahlend blau an. Es gab wohl mal ein Gewitter, daß der Wind nur so die Bäume kämmte, ein Prasselregen darniederfuhr und Blitze den Himmel mit feurigen Schwertern von einem Ende zum anderen zerfurchten. Und dann war es für vierundzwanzig Stunden kühler geworden. Aber schon übermorgen war wieder die alte schöne Glut, die dem Obst und dem Korn wohltat, und der die Rosen und Glockenblumen, die Nelken und die Malven mit ihren leuchtendsten Farben und ihrer reichsten Fülle dankten. Denn Pflanzen haben es gern recht warm, sie leben vom Licht, und je heißer und trockener es ist, desto mehr Knospen und Blumen treiben sie aus sich heraus.

Dieses Jahr war mal so ein rechtes Rosenjahr, und die Leute hatten Fritz Eisner nicht zu viel gesagt, wenn sie meinten, daß der Ort hier wegen seiner Rosen schon vor einem halben Säkulum berühmt gewesen sei. Eigentlich liebte Fritz Eisner Rosen nicht so sehr. Sie haben durch die Jahrtausende, schon von den Römern her, zu viel vom Menschen angenommen, sind oft leer, gespreizt und eitel ... überzüchtet. Aber der Doktor Fischer hatte wundervolle, ganz einfache Sorten, die sich auf sich selbst und ihr erstes ureigentliches Wesen, auf die homerischen Tage an ziegendurchkletterten, steilen Felsen über blauer Brandung besonnen hatten, ganz kleine weiße und ganz kleine gelbe Rosen, gefüllt wie Bällchen, ... und gelbe, ungefüllte, fünfblättrige Heckenrosen, ... und solche, die innen dann noch wie mit Wein, wie mit rotem Tiroler übergossen waren. Er hatte sich den Stamm aus Bozen einmal mitgebracht. Oder er hatte dann ganz, ganz hochkultivierte weiße Rosen, Rosen wie aus Blanc-de-Chine-Porzellan, die immer oben geschlossen blieben, nie ihre Blüten voll und geil und ganz auftaten, und die von einer eiseskalten Erotik waren. Fritz Eisner konnte sich für sein Annchen davon abschneiden, so viel ihm behagte, jedesmal, wenn er kam, neu ihr die Vasen zu füllen. Denn Doktor Fischer sah es gern, wenn etwas von den Sträuchern wegkam. Sie brauchten das, um weiterzublühen.

Sonst konnte Fritz Eisner aber nicht behaupten, daß dieser absonderliche Herr Doktor etwa allzu vertraulich mit ihm gewesen wäre. Den Spaziergang von neulich schien er ganz vergessen zu haben, und er sprach keine Silbe mehr zu Fritz Eisner, die in die gleiche Richtung wies.

Ja, er war sogar recht wortkarg und taute nur ein wenig auf, wenn er auf seine Pflanzen zu sprechen kam oder auf die Flora des Parks und der Umgebung von Potsdam, die Doktor Fischer bis ins genaueste kannte, besser vielleicht als Sammler und Professoren. Denn er wußte Fundstellen von Seltenheiten, die in den gedruckten Floren nicht genannt wurden und auch wohl unbekannt waren. Da er aber die Pflanzen liebte und gar die Namen der seltenen, und wenn ihre Träger noch so unscheinbar waren, schon wie mit wehmütiger Zärtlichkeit aussprach, so hütete er sich natürlich, seinen Lieblingen dadurch zu schaden, daß er etwa ihr bescheidenes Domizil verriete, auf daß jeder botanisierende Volksschullehrer hingehen konnte und sich ein Fuder davon für sein Herbarium einheimsen, bis auch das allerletzte Exemplärlein zwischen grauem Löschpapier geendet hätte.

Schon daß er Fritz Eisner – wie bemerkt: er dilettierte ja auch so ein wenig in Botanik – versprach, ihn einmal mitzunehmen auf einem seiner Sammelwege, war ein großes Entgegenkommen, auf das aber Fritz Eisner weniger stolz gewesen wäre, wenn er gewußt hätte, daß er es nur der Tatsache verdanke, daß Doktor Fischer sich überzeugt hatte, daß sein Partner doch botanisch nicht ernst zu nehmen sei und deshalb bei seinen geheimen Lieblingen kaum Schaden anrichten könnte.

Aber vorerst wurde noch gar nichts aus der Exkursion. Dafür ging Fritz Eisner desto eifriger mit Annchen die schönen kühlen Parkwege und die stillen Feldwege und die vergrünten Waldsteige, saß in Dorfgasthäusern und Sommerlokalen unter Linden und Rüstern; und besonders gern huschten die beiden gegen Abend noch einmal den Weg entlang, wo die Leuchtkäfer um die Holunderbüsche flogen und die Bänke aus Birkenästen standen.

Nun ja, immer waren sie ja nicht allein. Oft mußten sie Frau Luise Lindenberg und Tante Trautchen, diese Landplage, sittsam begleiten. Oft mußten sie Hannchen unter ihre Fittiche nehmen – das heißt, Frau Luise Lindenberg hielt eine Gardedame für angebracht; und wenn es Fritz Eisner auch sehr angenehm fand, sich so rechts und links von je einem hübschen Mädchen eskortieren zu lassen, so kamen doch immer Augenblicke, wo er Egi Meyer herbeiwünschte, damit er sie, wie das seine Pflicht, von Hannchen für einige Augenblicke befreie und diese angemessen anders beschäftige. Aber Egi Meyer saß voraussichtlich gerade fünfunddreißig Kilometer fern von ihnen im Hinterhaus bei Kinder- und Küchengerüchen, zwischen die beiden skalenübenden Musikhochschülerinnen eingekeilt, beim Quartett der Teppichklopferinnen – vier Höfe stießen zusammen – mit Gummipfopfen in den Ohren und bastelte an seiner Doktorarbeit. Denn die mitleidlose Woge der Zeit trug ihn auf ihrem Rücken, da half kein Zappeln und Sichgegenstemmen, unfehlbar weiter auf jenen Tag zu, wo ein Schlußpunkt gemacht und die Arbeit eingereicht werden mußte, sofern er nicht unter Beilegung eines ärztlichen Attestes eine nochmalige Fristverlängerung verlangen wollte. Lange schwankte Egi Meyer, ob er nicht der Wissenschaft zuliebe diesen Weg gehen sollte, aber Hannchen zuliebe beschloß er doch, von ihm Abstand zu nehmen, um noch in diesem Semester den Kopfsprung in das Examen zu wagen.

Aber Donnerstag gebe er die Arbeit ab, und Sonntag könnten sie dann auch endlich die Dampfertour machen. Er sehne sich danach, und er hätte es sich redlich verdient. Was nicht bestritten werden kann.

Ja – auch Tante Trautchen freute sich schon sehr darauf.

Eginhard Meyer und Fritz Eisner erklärten, daß ihnen der Verzicht auf ihre Anwesenheit nicht schwer fallen würde; und ob sich nicht vielleicht irgendwelche gute Seelen von Anverwandten finden ließen, die glaubten, diesen Tag ihres Lebens verloren zu haben, wenn sie Tante Trautchen gerade an besagtem Sonntag nicht bei sich zu Mittag sehen würden?

Aber Frau Luise Lindenberg liebte solche Reden über ihre Familie durchaus nicht und wurde kratzbürstig; dann wäre es ja auch nicht nötig, daß sie mitkäme. Worauf Fritz Eisner und Egi Meyer die eidesstattliche Versicherung abgaben, daß von ihr ja niemand gesprochen hätte.

»Ja, aber Kinder«, meinte Frau Luise Lindenberg –

nachtragend war sie nicht – »ihr braucht nicht erst herauszukommen. Sondern wir treffen uns beim Bahnhofshotel an der Dampferanlegestelle. Was braucht ihr noch mal die zehn Pfennig für die Rückfahrt auszugeben?«

Und als am nächsten Sonntag – es wollte wieder recht warm werden, das spürte man schon (na, auf dem Wasser würde man es ja aushalten können) – Fritz Eisner und Eginhard Meyer sich früh schon getroffen hatten und herausfuhren, da war alles, Männlein und Weiblein und die Kinder, hell, dünn und luftig gekleidet und hatte nur wenige zarte Hüllen um das nackte Menschentum geworfen. In den Abteilen aber war man zusammengeknäult wie Feigen im Karton. Und wenn einer herauswollte, riß er, gerade wie das bei den Feigen geschieht, immer noch Teile und Stücke (Hüte, Schirme, Rockärmel) von den nächstliegenden mit.

Aber was verfing das? Es war ein so wundervoller Tag, daß man alles lachend in den Kauf nahm; und morgen und die ganze nächste Woche lang war doch leider schon wieder Montag.

An der Dampferhaltestelle standen schon Annchen und Hannchen und Frau Luise Lindenberg, alle drei in den gleichen hellen Kleidern, und winkten, sie sollten schnell machen, sie hätten schon Fahrkarten und hätten auch Plätze belegt. Aber vor, damit der Schornstein die neuen Sommerkleidern nicht einruße und man sie gleich wieder waschen müsse.

Fritz Eisner vermißte Tante Trautchen zuerst; Eginhard Meyer mußte nämlich Hannchen noch über das Schlußkapitel seiner Arbeit belehren.

»Na, *meinetwegen*«, sagte Fritz Eisner einlenkend, »hätte Tante Trautchen aber ruhig mitkommen können.«

»Es ist besser, wir sprechen nicht über Tante Trautchen«, sagte Frau Luise Lindenberg sehr verärgert.

»Aber so war es doch wirklich nicht von uns gemeint.«

»Ach«, fiel Annchen ein, »laß doch, Fritz! Du regst Muttchen bloß noch mehr auf.«

»Nein«, meinte Fritz Eisner dickköpfig – denn ein Dickkopf war er, und was für einer! – »ich sehe das gar nicht ein. Man wird doch das Recht haben, ein Mißverständnis aufklären zu können. Wozu sollen wir den ganzen schönen Tag über deswegen verstimmt sein?«

»O«, lenkte mit verhaltener Erregung und tränenschimmernder Stimme Frau Luise Lindenberg ein, »über euch habe ich mich gar nicht geärgert« – – – Und nun kam es an den Tag: Also aus Melsungen war zuerst ein anonymer Brief an sie gekommen: sie verschwende ihre Güte an eine Unwürdige und nähre eine Schlange an ihrem Busen.

Worauf Egi Meyer – er neigte zu equivoken Zwischenbemerkungen – Fritz Eisner zuflüsterte, daß die Schlange ihm aufrichtig leid täte, was Annchen pruschend aufschnappte.

Sie hätte natürlich von derartigen feigen Beschuldigungen – denn, wenn einer so etwas behauptet, muß er es doch mit seinem Namen vertreten – gar keine Notiz genommen. Aber am nächsten Tage wäre ein zweiter Brief des Anonymus gekommen mit dem kurzen Bemerk, daß er sie »tief bedaure«, und dieser Brief hätte als Anlage einen weiteren Brief enthalten von Tante Trautchens eigener Hand, der anscheinend in Melsungen zirkuliert hätte, denn das Papier wäre ziemlich abgegriffen und fettfleckig schon gewesen, trotzdem er erst vor fünf Tagen abgeschickt war.

Also dieser Brief wäre das Abgründigste an Gemeinheit gewesen, das je ausgeheckt worden sei. Nicht allein, daß Tante Trautchen Annchen und Hannchen Dinge nachgesagt hätte, die kaum andeutungsweise wiedergegeben werden könnten, und von Hannchen, »die über den vorletzten Mittwoch doch bei deiner Mutter draußen geblieben ist«, noch eigens geschrieben hätte, daß sie sich notorisch die Nächte herumtriebe ... nein noch ganz andere, viel schlimmere Niederträchtigkeiten hätte sie sich geleistet. Also, es wäre doch geradezu lachhaft. »Ich ließe sie hungern – hungern etwa die Menschen bei mir? – und nutze ihre Arbeitskraft aus. Einmal, einen Nachmittag hat sie mitgeholfen, Monogramme in die Wäsche zu sticken. Sonst hat sie nicht einen Finger gerührt, die ganzen fünf Wochen, sondern sich hinten und vorne bedienen lassen.«

Frau Luise Lindenberg war ziemlich erregt, und ihre Töchter beschworen sie, sich doch nicht aufzuregen. Das wäre die Sache nicht wert. Aber das hieß einen Blasebalg treten und dann der Schmiedeesse sagen, sie möchten nicht brennen.

Ja, *sie* brauchten sich ja nichts daraus zu machen. Aber was die Leute in Melsungen von *ihr* dächten! Und als sie Tante Trautchen in aller Freundlichkeit – diese Freundlichkeit wurde von Annchen und Hannchen, die drei Zimmer davon entfernt sich aufgehalten hatten, bestritten – es vorgehalten hätte, da hätte sie es erst geleugnet. Und dann, als sie ihr den Brief vorgewiesen, geschrien, daß sie bedaure, je einen Fuß in ihr Haus gesetzt zu haben. Worauf ein Wort das andere gab und Tante Trautchen unter Protest die ungastliche Stätte verließ und sich nun zu einer Freundin nach Berlin begeben hat, von der sie behauptet, eingeladen zu sein. Für sie existiere diese Person nicht mehr. Sie wäre mit ihr ein für allemal fertig.

Annchen und Hannchen sagten, sie hofften das aber nun endlich wirklich, das wäre noch jedesmal so gewesen.

Nein, das wäre – sie schwöre es hoch und heilig – der letzte, der allerletzte Versuch mit dieser Kanaille gewesen. Was Fritz Eisner dazu sage?

Fritz Eisner sagte gar nichts, sondern sang nur statt jeder Antwort Tante Trautchens Lieblingslied: »Täubchen, das entflattert ist«.

Ja und dann (mit Tante Trautchen wäre das unmöglich gewesen, sie hätte ja alle Leute vertrieben), dann hätte sie noch die Frau Direktor Liebenthal zu heute aufgefordert, aber sie hätte gesagt, sie ginge Sonntag nicht gern aus. Da wäre ihr zu viel gewöhnliches Volk auf den Füßen. Und weiter käme es ihr doch ein wenig herzlos vor, wenn sie ohne ihren Mann, der zwar leider immer noch im Sanatorium sei, dem es aber gottlob doch in der letzten Zeit schon bedeutend besser ginge, und sei es auch mit noch so lieben Bekannten zusammen, Ausflüge machte. Andere mögen das können, sie könnte das nicht.

»Na ja«, meinte Egi Meyer trocken, »es geht dem Direktor Max Liebenthal nach den Bulletins der Presse ja sogar über Erwarten gut. Aber trotzdem wird er auf Wunsch der dirigierenden Ärzte wohl noch sein Halbjährchen in diesem Sanatorium bleiben müssen.«

Frau Luise Lindenberg aber, die diese Spitze – sie war zu sehr mit Tante Trautchen innerlich beschäftigt – im Augenblick nur halb gehört und gar nicht verstanden hatte, sagte nur: »Na ja, ein Gesunder hat es leicht, über einen Kranken zu spotten.« Eine Bemerkung, die nebenbei irgendeiner der Narren bei Shakespeare schon vor ihr prägnanter gemacht hatte.

Indessen hatte die Dampferglocke schon ein paarmal angeschlagen. Seltsam, der Ton solch einer Dampferglocke. Er ist mit keinem anderen zu verwechseln. Man glaubt immer, er käme aus dem Wasser selbst herauf, trotzdem er doch ganz hell ist. Es kann einmal eine Gabel oder ein Löffel vom Tisch fallen und einen ähnlichen Klang geben, und sofort sieht man einen weißen Dampfer, neben dem das Wasser grün und blasig aufbrodelt; sieht, wie er sich langsam vom Steg abdreht vor den Ufern von Lugano, mit weißen Häusern, die an den Bergen emporklettern; oder bei Bingen vor den gestuften, weinbewachsenen Lehnen; oder irgendwo hinten bei Glienicke und Nedlitz, allwo die weite Fläche der Havel in tausend wechselnden Abendfarben erzittert und hinter den schwarzgrünen und starren Kiefernwäldern der Himmel in roten und gelben Flammen sich verzehrt.

Der Dampfer war sehr voll, denn es war Sonntag. Und was für ein Wetter. Einfach strahlend. Und warm, warm. Die Leute sahen schon um zehn Uhr früh wie die Tomaten aus. Ein Männergesangverein war auch auf dem Schiff, jedes Mitglied mit einer goldenen Lyra am langen schwarzen Gehrock. Gesang muß danach eine sehr frostige Kunst sein. Der Hauptkräher aber trug eine Fahne, das heißt, es war eigentlich eine Kreuzung zwischen einer Fahne und einem Legionsadler, oder richtiger, es war auch kein Legionsadler oben drüber, sondern eine Lyra aus Goldblech mit einem grünlackierten Eichenkranz ringsherum. Aber der Gesangverein hatte nur noch am Ende des Schiffes Platz gefunden, und da der Schall die erfreuliche Eigenheit hat, mit dem Wind zu gehen und das Schiff – es sei dafür gepriesen – die Eigenheit hat, meist mit dem Heck, mit der Spitze, mit dem Schnabel voran das Wasserfeld zu furchen, so war der Gesangverein, wenn man Glück hatte und vorne saß, ziemlich unschädlich. Man hörte bloß immer: »Morgens«, »Hähne«, »Wachtelschlag«, »erschallt«, »Gott« – »Wald«. Die hinten saßen, waren übler dran; aber die letzten beißen ja stets die Hunde.

Und langsam löste sich das weiße Schiff. Es war gar nicht so klein. Nur echte Seebären belächelten seine Größe und sagten: »Da sollst du mal den ›Johann August‹ sehen, mit dem ich nach Helgoland gefahren bin.« Und es stapfte hinaus in die wundervolle blanke Fläche hinein, die, sich verbreiternd, wie ein mächtiges, blendendes Becken vor ihm lag.

Auf dem Wasser ging zwar Luft, aber von oben brannte dafür doppelt und dreifach die Julisonne. Wenn man gegen die Sonne sah, war das Wasser ganz silbrig und sprühend in hunderttausend glitzernden Fünkchen; und wenn man die Sonne im Rücken hatte, dann war das Wasser ganz blau, metallisch blau. Das heißt nur dort, wo der leise Luftzug es *nicht* kräuselte. Und da der neckisch mal nach hier und mal nach dort sprang, so gemahnte das weite Wasser mit seinen tiefmetallischblauen, ewig an anderen Stellen kommenden und gehenden Flächen an den Flügelglanz eines fliegenden Schillerfalters, der auch aufleuchtet, schwindet und wieder aufleuchtet in ewig zauberhaftem Wechselspiel.

Sehr belebt war das Wasser nicht. Irgendwo ganz hinten zog mit wehendem Rauchfähnlein auch so ein weißer Wasserpflüger, der eine Musikkapelle an Bord zu haben schien; denn man hörte eine Walzermusik ganz dünn und silberzart mit dem leisen Wind heranklingen. Ein paar Segelschiffe gab es, die faul in der Flaute lagen, und ein paar mahagonibraune Sportboote, die taktierten und von oben und von fern aussahen mit den langen Auslegern wie diese Insekten, die in den Teichen sich mit langen Beinen auf dem Wasser dahinschnellen. Die jungen Leute in den Booten waren nur bloße braune Arme und bloße braune Knie und Schenkel. Man vergaß vollkommen, daß sie Kopf oder Leib hatten. Sie waren ganz Arme und sich beugende und streckende Knie.

Fritz Eisner war begeistert und winkte zusammen mit Annchen herüber. Er liebte jeden Sport, wenn er auch selten Zeit und Geld genug hatte, sich ihm so hinzugeben, wie er es gewünscht hätte. Es kribbelte ihn ordentlich, wenn er ein Racket oder ein Ruder sah. Endlich gibt es doch nichts anderes in der Welt, in dem wir unser Ich so wonnevoll empfinden und vergessen zugleich, nichts, in dem wir so unbewußt und zugleich so bewußt dahinleben.

Egi Meyer aber, von der hohen Warte der Gelehrsamkeit aus, auf seinem Thron von Druckpapier, war keineswegs für Sportidioten. Die hätten ihr Hirn im Bizeps. Nein, das wäre eine niedere Stufe des Menschentums.

Und stampfend schnaufte so der Dampfer weiter hinaus, und man sah erst, wie groß und mächtig hier die Havel war, nach allen Seiten sich dehnen. Potsdam mit seinen Türmen sank zurück; oben der Brauhausberg schwand, schrumpfte ein; Landhäuser, die man nie gesehen, mit weiten Parks und Booten und Badehäusern davor tauchten auf und zogen vorbei. Die Schilfgürtel waren ganz hellgrün und unendlich lebhaft und flirrend im Sonnenglanz. Und hinter ihnen schlich mit leisen Schwankungen im feinen Auf und Nieder die Kontur der Wälder mit dem Dampfer mit.

An freien Stellen und vor den Landhäusern badete man. Überall badete man. Jungen, die planschten, bewarfen sich mit Silberspritzern und juchzten dem Dampfer nach. Männer, nackt und braun, warteten, daß er herankam, um dann von Gerüsten oder vom Dach ihrer Kabinen pitsch ins Wasser hinabzuschießen und in dem klaren Element eine ganze Weile noch, verschleiert und verschwommen, umherzugründeln, bis sie doch auftauchen mußten, pruschend und spuckend wie die Fischottern. Mädchen und Frauen mit festgezogenen Badekappen, in roten Kostümen, wußten nicht recht, ob sie, vom Dampfer überrascht, schamhaft flüchten sollten oder nicht (unsere Geschichte spielt ja 1899). Etwelche von ihnen sah man gern, auf andere hätte man lieber verzichtet, aber allen wurde doch lachend zugejubelt: denen aus reiner Begeisterung, jenen aus Höflichkeit.

Dieses von so vielen Badenden – immer wieder gab's neue – belebte Wasser hatte etwas Urtümliches – man mußte an die Pfahlbauzeit denken.

Und das Dämpferlein schnitt hin- und herüber über die großen Flächen, denn es legte hier und da an, nahm auf und entließ Gäste. Immer gab es andere Ansichten, andere neue kleine Erlebnisse. Drüben stand sogar mal an schilfiger Insel ein Fischreiher und wartete ganz regungslos und philosophisch mit eingezogenem Hals auf die Rotflossen, die da kommen sollten. Den Angler, der kaum hundert Schritt von ihm mit hochgestrichenen Hosen bis an den Bauch fast im Wasser stand, nahm er als Konkurrenten nicht ernst. Im Gegenteil, der ungeschickte Peter trieb sie ihm ja mit seinem ewigen Angelgeschlenker direkt in den Schnabel hinein. Siehst du, da hatte er schon wieder einen. Und was für einen. Der Fischreiher würgte ordentlich, bis er ihn herunter hatte. Er verstand gar nicht, wieso und aus welchen Gründen seine Frau immer so auf die Angler schimpfte. Auf den Angler da ließ er zum Beispiel durchaus nichts kommen.

Und dann tauchte drüben ein Ort auf – das Ganze war im Halbrund vor ein paar kahle Hügel gelagert –, ein Fischerdorf mit Lokalen und offenen Hallen am Wasser, die schon jetzt am frühen Vormittag bis auf den letzten Platz fast voll waren von essenden und trinkenden Menschen, und mit niedern Häusern dahinter an tiefversandeten Wegen. Die kleinen Häuschen lagen aber nach dem Wasser zu im Grün der Obstbäume, und die winzigsten Gärten waren voll von der Buntheit der Bauernblumen und voll von Himbeerstauden und Johannisbeerbüschen, die sich an die Zäune drängten, und in denen das schmackhafte Rot in tausend Pünktchen glühte. Man konnte es genau sehen, denn der Fluß verengte sich hier, ließ nur eine schmale Durchfahrt. Man glaubte überhaupt, es wäre zu Ende und ginge dahinter gar nicht mehr weiter.

Hier stiegen die meisten aus. Es wurde ordentlich luftig auf dem Dampfer, und selbst die Sitzreihen zeigten große Lücken. Auch der Gesangverein – ohne Damen – stieg aus im Schmuck seiner Gehröcke und stellte sich noch einmal am Ufer unter Kommandogewalt des Hauptkrähers und Standartenträgers im Bogen auf und sang, dem Schiffe zugewandt, auf eins, zwei, drei: »Weh, daß wir scheiden müssen« in mehrstimmigem Chorus sehr schön und sehr traurig. Diese Gefühle waren jedoch einseitig und wurden auf dem Dampfer nicht geteilt. Da war man froh, daß man den Gesangverein los war.

Und dann brodelte es wieder an den Flanken des Schiffes, und der Dampfer überwand unter vorsichtigem »Vorwärts« und »Rückwärts«, die der nußbraune Kapitän in einen Trichter hinabschrie, damit sie da unten im dunkeln Bauche des Schiffes sich in Taten umsetzten, die schmale Furt, und nun hatte er erst die richtige Wasserweite, herrlich breit und blau, vor sich. Waren doch vorher noch überall Menschen und Menschensiedlungen gewesen, so begann hier mit Hügelzügen und steigenden Seeufern, mit endlosen Wäldern (Laub- und Nadelwäldern), auch wohl seitlich einmal mit einem Blick in angebautes Land hinein, die weite grüne Einsamkeit der Welt, die zwar noch dem Menschen untertan ist, aber für sich lebt und von dem Menschen nichts wissen will.

Annchen und Hannchen ließen sich warm von der

Sonne bescheinen, lachten glückselig mit den Augen und sprachen nicht viel. Denn Worte sind doch ein sehr dummer Notbehelf, um das zu geben, was man fühlt; und sie sind kaum mehr ausreichend, um das anderen anschaulich zu machen, was man erblickt.

Selbst Egi Meyer, der die ganze Zeit über sich Gewissensbisse gemacht hatte, ob er den Abschnitt drei nicht doch noch einmal hätte überarbeiten sollen, schubste – nunmehr war ja doch nichts mehr zu ändern – in seinem Hirn diesen sich immer wieder vordrängenden Gedanken zurück und blinzelte stillvergnügt durch seine Kneifergläser in Licht, Fluß, Ufer und Wälder hinaus. Die Natur war zwar wohl eine nicht sehr geistreiche und auch etwas eintönige Angelegenheit, aber entbehrte doch als Ferment unserer Stimmung, oder besser: als Element der Betonung unseres Lustempfindens, keineswegs der Vorzüge. Nur Frau Luise Lindenberg saß immer noch vergnittert und verärgert: – über die Sache mit Tante Trautchen, da kam sie nicht drüber weg. In ganz Melsungen war sie jetzt jedenfalls unten durch.

Und langsam rückte hinten ein kahler Hügelrücken empor, von wenigen, mächtigen, allseits weit ausladenden Kiefern und Eichen bestanden. Wälder schlossen sich rechts und links im Halbrund an – die märkischen Seen haben so schöne, geschwungene Uferlinien – und verzitterten im Blau von Luft und Ferne. Auch ein kleiner Einschnitt wie ein Flußtal führte ins Land hinein mit grünen Wiesen. Man sah noch wenig Häuser. Ein paar Fischerhäuser und Bauernkaten mit veritablen Strohdächern guckten über eine Senkung, und zu ihnen gehörten wohl die Netze, die am Ufer aufgespannt waren. Ein paar modischere Villen waren verstreut hier und da, weit voneinander, jede für sich in großen, wenig gepflegten Nutzgärten; und irgendwo wies das ganz bescheidene Türmchen einer alten Dorfkirche mit kurzem, dickem Finger – es war mehr ein Daumen als ein Zeigefinger – zum blauen Himmel. Dort, wohin der Dampfer aber den Kurs hielt, war der altmodische Bau eines Gasthauses auf erhöhtem Ufer und vor ihm eine breite, ganz und gar laubberankte Terrasse, auf deren Brüstung viele, viele rote Geranien – sie konnten sich keinen besseren Platz gewählt haben – mit ihren roten Blütenbällen in der Sonne brannten.

Hier war es zu Ende, weiter ging's nicht mehr. Und hier wollte man bis zum Abend bleiben. Der Dampfer wurde leer, stellte die Maschinen ab und blieb weiß und ganz still liegen. Für den Vormittag hatte er genug getan, nun sollte er sich ein bißchen verschnaufen, bis er wieder durchs Wasser stampfen mußte. Er hatte sich seine Ruhe verdient, wie der Maschinist, der schwarz herauskletterte, die Augen vor der Sonne einkniff und über Bord spuckte.

Egi Meyer war jetzt ausgelassen, markierte Landpartie, zog sich sofort die Jacke aus, hängte sie über den Spazierstock, piekte den Strohhut oben drauf und schrie: »Jott, hab' ich 'nen Durst! Wo ist denn hier die Wirtschaft?«

Aber Frau Luise Lindenberg liebte solche Scherze nicht, und auch Hannchen hielt sie nicht mit der Würde und der zukünftigen Karriere ihres Bräutigams für vereinbar.

»Wollen wir nicht erst noch etwas gehen?« meinte Annchen, »es ist doch noch so früh.«

»Nein«, meinte Frau Luise Lindenberg, »jedenfalls muß man erst Plätze belegen und sich jetzt schon etwas zu Mittag bestellen.«

In der Halle, die nach dem Wasser ging, war es schon ziemlich voll, nur noch ein paar Tische, und die gefielen Frau Luise Lindenberg nicht recht.

»Schön, dann wollen wir in dem Gartenhaus nachsehen.« Denn es war noch etwas abseits ein Gartenhaus aus Borke und Birkenkloben – gotisch! mit Pfeilern, Krevetten und offenen Fenstern; und damit wechselten richtige Fenster ab aus buntem Glas, rotem, gelbem und blauem Glas: gelb wie Sonnenblumen, rot wie gefärbte Marmelade und blau wie Emailleeimer.

Und die Leute, die davor saßen, waren entzückt davon. Immer sah die Landschaft anders aus, je nachdem, durch welches Scheibchen sie sahen. Sehr schön war das, besonders für die Kinder, die nicht müde wurden, die Nasen dagegenzudrücken und zu staunen. Aber auch die Großen hatten ihren Spaß daran.

Und nur um seinem Vortrag über Kunsterziehung – denn das war gerade das letzte Schlagwort, über das Fritz Eisner, wie jeder, der auf sich hielt, sich spaltenlang in den Zeitungen vernehmen ließ (man vergaß gerade mal wieder, daß die volkstümliche Rolle der Kunstgüter eben eine gemachte ist, und daß zum Schluß doch nur eine sehr kleine Oberschicht wirklich an ihnen Gefallen findet und Anteil hat) – nur um dem zu entgehen, willigte man ein, zurückzukehren. Denn man wollte eher in der Halle mit einem schlechten Platz vorliebnehmen, als auf einem guten eine halbstündige Belehrung über Kunst und Volk – immerhin zwei ziemlich heterogene Dinge – über sich ergehen lassen.

Unter uns, gestört hätten die bunten Fenster niemand; auch Fritz Eisner nicht sehr. Aber irgendwie mußte er doch zeigen, daß er die Nerven eines Kulturmenschen hätte.

Und richtig, da war ja auch inzwischen ein wundervoller großer Tisch frei geworden, vorn an der Balustrade, gerade hinter den brennenden Geranien … mit einem Blick an ihnen vorbei auf das blaue Wasser hinaus. Er wurde sofort belegt mit allem, was man mit sich führte. So, der müsse aber bis Mittag gehalten werden.

»Nein, Annchen, nimm nur *den* Platz«, sagte Fritz Eisner. »Ich nehme den. Wenn ich auch nicht auf das Wasser sehe, so habe ich dafür doch die schönste Aussicht von allen.« Annchen lächelte erfreut. Sie war schon für das kleinste und ungeschickteste Kompliment von Fritz Eisner, der in so etwas sehr plump war, dankbar. »Und seht mal, da drüben sitzt Doktor Fischer. Entschuldigt, da gehe ich mal hinüber. Er ist immer so freundlich zu uns mit den Rosen.«

Frau Luise Lindenberg kiekelte durch das Stielglas. »Ist er das?« sagte sie, »der sieht doch heute so anders aus?«

Ja, da drüben saß ganz allein der Doktor Fischer; und vor ihm auf dem Tisch lag ein Berg von allerhand Blumen, Gräsern und Binsen, richtiges botanisches Grünfutter! Und Doktor Fischer guckte mit seinen großen Leonberger Augen durch eine Lupe auf eine braune Rispe, in der er mit einem Nädelchen herumstocherte. Er sah nicht gut aus, der Mann. Blutlos, aufgedunsen und abgespannt. Und gut angezogen war er auch nicht, hatte so irgendeinen alten verknautschten, bis zum Hals geschlossenen Sportanzug mit sehr viel aufgesetzten Taschen an und einen großkrempigen Strohhut – wie einen Quäkerhut aus Stroh – auf, ... und dazu dann die strähnigen, langen Haare!

Aber da er eine schwarze Tasche neben sich hatte und man sah, daß er ein Botaniker war, hielt man ihn für irgendeinen berühmten, schrulligen Professor und gab ihm das Recht, komisch auszusehen. Ja, man hätte es ihm übelgenommen, wenn er anders ausgesehen hätte.

»Diese Juncusarten hat der Teufel gefressen«, rief Doktor Fischer statt jeder Begrüßung. »Kommen Sie mal her: Halten Sie das nun für neglecta oder für Wildenowii?!«

Fritz Eisner wußte es auch nicht und musterte den Berg Grünzeug, der auf dem Tisch lag. Manches kannte er, das meiste war ihm fremd. Aber daß er manches kannte, das machte schon Doktor Fischer mitteilsam – denn nichts schließt die Menschen so auf, als wenn sie sehen, ihre Puschel, ihre geliebte Narrheit, ihre wissenschaftliche Vorliebe für irgend etwas Abseitiges ist dem anderen nicht gleichgültig, und er kann wenigstens mitreden.

»Ach«, sagte er lachend, »das Selterwasser schmeckt multrig und nach Gummi. Wie Pfützenwasser, durch das ein Automobil gefahren ist.« Und damit goß er es im Bogen in einen der Kästen mit Geranien. »Hoffentlich gehen sie nicht davon ein.«

Ein paar Jungen, die hinten auf einer Bank sich gerekelt hatten – sich umhalsend, schubsend, knuffend, wie zwei Affen, die sich lausen – kamen scheu und linkisch heran, um die Pflanzen anzusehen. Denn sie hatten in der Schule Botanik, und außerdem imponierte ihnen dieser lustige, langhaarige Herr mit seinem abgeschabten Sportanzug gewaltig: Ferry, der Waldläufer. Wie aus »Lederstrumpf«!

Ob sie etwas davon kriegen könnten, sie möchten es mit in die Schule mitnehmen; – denn da sie bei dem gleichen Lehrer Latein wie Naturkunde hatten (in Vertretung), versuchten sie auf alle Weise, sich bei ihm Liebkind zu machen.

»Ach was, Jungens«, sagte Doktor Fischer lachend, »was tut ihr damit? Hier habt ihr 'nen Groschen jeder, geht 'rüber zum Automaten und zieht euch 'ne Tafel Schokolade heraus! Aber laßt die Finger von der Botanik.«

Die Jungen wußten erst nicht recht, ob sie es nehmen

sollten; sie waren doch Realgymnasiasten. Aber endlich ist ein Stück Schokolade auch nicht zu verachten.

»Man muß die Jungen nämlich warnen.« Doktor Fischer wandte sich zu Fritz Eisner. »Sie sehen ja an mir, was dabei herauskommt.«

Die Jungen aber arbeiteten drüben an dem Eisenkasten des Automaten, traten mit Füßen gegen ihn, hieben mit ihren Jungenfäusten gegen ihn ... er hatte zwar ihre Groschen verschluckt, fühlte sich aber durchaus nicht zu einer Gegenleistung erbötig. Ein Kellner kam hinzu, der behauptete, sie hätten nichts hineingeworfen, und die Jungen fortjagen wollte.

Da ging Doktor Fischer heran: er hätte es gesehen, und der Kellner möchte den Automaten aufschließen.

Das könne er nicht; das könne nur die Gesellschaft. Aber er könne ja, wenn er sich geschädigt fühle, an die Gesellschaft schreiben.

»Kneseckes Schokolade, neunundsechzig Ehrenpreise, siebenundzwanzig Hofdiplome, überall erhältlich«, stand daran. Da aber die Schokolade nicht erhältlich war, mußten es doch wohl die Hofdiplome und Ehrenpreise sein.

»Na, Jungens«, sagte Doktor Fischer lachend, »ihr sollt keinen Schaden haben. Hier, kauft euch in Berlin welche.« Und damit wandte sich Doktor Fischer, um zum Tische zurückzugehen, und grüßte zu Frau Luise Lindenberg hinüber.

»Solch Automat in so einem Sommerlokal, lieber Freund« – der Ton war wieder sehr müde – »solch Automat in einem Sommerlokal ist, das beobachte ich nun lange, genau wie das Leben. Man kann so viel Geld hineinstecken, wie man will, es kommt nie etwas dabei heraus.«

»Das weiß ich nicht«, sagte Fritz Eisner.

»Aber ich«, meinte Doktor Fischer, indem er seine

Pflanzen in graues Papier schlug und in seine Tasche schob. »Nun will ich nochmal sehen, ob da oben immer noch Linnaea borealis wächst. Vor drei Jahren war sie noch dort.«

Fritz Eisner horchte auf. Er hatte dieses kleine, feenhaft zierliche, großblumige Pflänzchen noch nie von Angesicht zu Angesicht gesehen. Denn im Grunewald war er längst ausgerottet, dieser uralte Gast aus der Eiszeit her, der noch oben im Norden bis Spitzbergen hinauf die Steine mit seinen Polstern überzieht, und der hier vielleicht einst gleich häufig gewesen, als noch kleinhirnige Menschen mit Feuersteinmeißeln die Rentierknochen spalteten. Nun aber war Linnaea borealis bis auf wenige dürftige Fleckchen in kalten, kahlen Kiefernheiden von der märkischen Erde verschwunden.

»O«, sagte er, »wenn es nicht sehr weit ist, begleite ich Sie, Herr Doktor, denn ich muß bald zurück zum Mittag.«

»Ein paar Minuten«, meinte Doktor Fischer.

»Dürfen die anderen mitkommen?« – »Gern.«

Aber Annchen und Hannchen sollten bei ihrer Mutter bleiben – es wäre auch sehr heiß; (und außerdem, wem gegenüber sollte sie sonst ihr Herz wegen Tante Trautchen ausschütten?) Egi könnte jedoch mitgehen.

Egi Meyer kam heran und stellte sich vor, indem er kommentmäßig dabei mit kurzer Handbewegung den Kneifer von der Nase riß und dann ihn mit gleicher – das heißt mit umgekehrter – Bewegung wieder heraufschnellte.

Es war ein halb sandiger, halb harter Fahrweg, den sie gingen. Ein Habicht hing über ihnen im Blau, und wenn er sinken wollte, dann nagelte er sich mit ein paar kurzen Flügelschlägen am Himmel wieder fest und blieb von neuem gleich reglos wieder hangen.

Von links strahlte die Havel, das breite Seenbecken

herauf. Man sah durch Gärten und große Himbeerpflanzungen auf seine blaue Fläche hinab, die doch etwas Nordisches hatte und trotz ihrer märchenhaften Farben nicht an südliche Seen erinnerte, sondern immer noch etwas von einem alten Gletscherbecken an sich trug: Linnaea borealis! Eiszeit! Nein, sie war nicht ganz verschwunden hier, die uralte Eiszeit. Sie hatte Muße. Sie wartete ganz still im Hintergrund – wie ein abgesetzter Herrscher, der ganz ruhig den Dingen zusieht, weil er genau weiß, daß der Thron ihm doch wieder einmal zufallen muß.

Der Weg war sandig und kahl. Nur in den Wagenspuren wuchs ein Streifen von Kamillen, die stark im Sonnenbrand dufteten. Denn die Kamille ist – das Sprichwort hat recht – wie das russische Volk: Je mehr sie gedrückt und getreten wird, desto besser gedeiht sie. Nur hat das Sprichwort den Begriff ein wenig zu eng gefaßt.

Und dann bog Doktor Fischer ab, auf die Hügel zu, die dürr mit ihren wenigen bizarren, alten Kiefern und Eichen im Licht lagen. Mühselig und schnaufend stapfte er herauf. So. Da oben sollte die Linnaea wachsen. Aber es war nicht eine Spur, nicht ein Blättchen mehr von ihr vorhanden, soviel sie auch suchten. Alles ausgerottet mit Wurzel, Stumpf und Stiel, bis auf das letzte Pflänzchen. Vor kurzem aber mußten noch Menschen hier gewesen sein. Man sah deutlich die Spuren ihrer Sammelwut.

Fritz Eisner warf sich enttäuscht ins Gras. In das starre, harte, bläuliche Gras. Am Thymian neben ihm saugten die Kaisermäntel und die Bläulinge, flatterten kurz auf, ließen ihre Buntheit in der Sonne spielen und sanken wieder in ihre herb duftenden Honigweiden hinab. Skabiosen mit blauen Köpfen, Wolfsmilch, gelb und giftig, samtene Katzenpfötchen und die weißrosigen

Schmetterlingsblüten des Hauhechels wechselten mit den grellen Flecken des heißen, kahlen Sandes.

Weiter drüben lag ein anderer Hügel, unten kahl, oben dicht von Laubwald bestanden, ein wolliger Kegel, wie eine Herde junger Schafe, die sich zusammendrängt. Rechts herüber aber hatte man durch eine Waldlichtung einen Blick tief in das angebaute Land hinein. Einzelne Bäume standen auf den Karos der Felder wie Steine auf den Karos eines Schachbrettes. Kleine Weiden in Reihen wie die Bauern; Springer hier und da; schlanke Pappeln wie die Läufer; und dann noch zwei große runde Linden (es waren Linden der Form nach), die sich gegenüberstanden – eine die Sonnen- und eine die Schattenseite Fritz Eisner zukehrend – gerade wie die beiden Könige auf dem Schachbrett. Auf dem Feldweg hinten gingen aber schwarze Weiblein mit großen Kopftüchern, die wohl aus der Kirche kamen. Immer eine und zwei hintereinander, wie die Saatkrähen, die durch eine Ackerfurche stolzieren.

»Also, das wäre nichts!« meinte Doktor Fischer. »Und das war die letzte Stelle, die ich noch hatte. Die allerletzte. Ich glaubte, sie kennt keiner. Die anderen Menschen sind doch immer genau so klug wie wir ... aber sie sind fixer.«

Und damit hatte sich Doktor Fischer, etwas mühselig, auf den Boden gesetzt – ein junger Mensch hat noch keine steifen Knochen, aber ein alter – und streckte sich seitlich im Gras und zwischen den Blumen aus, während er in den vielen Taschen nach seinen Zigarren suchte.

Eginhard Meyer stand ziemlich dumm dabei. Was ging ihn zum Teufel auch Linnaea borealis an! Weder im römischen Recht, noch im altfränkischen oder im Sachsenspiegel ist davon die Rede. Wenn noch wenigstens die Rede gewesen wäre von den Bienen, die mit dem Geräusch eines kochenden Wasserkessels in den Blüten summten, dann hätte er sagen können, daß es im altgermanischen Recht: »die Biene ist ein wilder Wurm« heißt. Und dazu dann noch lauter solche lateinischen Namen; wie bei Professor Bork auf dem Pennal! Und so einfach ohne alle Vorbereitung sich auf den Boden werfen! Da mußte man sich nachher doch wieder nur abklopfen. Aber wenn es die anderen taten – ausschließen wollte er sich nicht.

Und so zog er umständlich die langen Beine ein und ließ sich in das Gras fallen.

»Ach«, sagte Doktor Fischer und stellte das vergebliche Suchen nach seinen Zigarren ein, »ich möchte doch jetzt lieber keine Zigarre rauchen. Ich möchte gerade eine Zigarre geraucht *haben.* Denn das ist angenehmer. Was sind Sie, junger Herr?« Das galt Egi Meyer.

»Jurist, Herr Doktor.«

»Ach so«, sagte Doktor Fischer. Und in diesem »Ach so« lag schon, daß er vor Juristen keineswegs die gleiche Hochachtung hatte, wie sie zum Beispiel Tante Trautchen gehabt hatte. »Sie sehen so aus, als ob für Sie das niedrigste Lebewesen, das Sie sich vorstellen können, ein Sextaner ist.«

Egi Meyer lachte. »Nun ja«, sagte er, »ich habe jetzt etwas viel geschuftet in der letzten Zeit.«

»Arbeit hat wenig Sinn, junger Freund. Leistung hat ihn. Und vielleicht hat auch Leistung keinen Sinn. Denn zum Schluß hat sie ihn doch nicht für uns, sondern höchstens für andere.«

»Ja, aber Arbeit – « Eginhard Meyer war ein Rabulist. Er widersprach stets. Aus Beruf. Auch gegen seine Überzeugung. »Arbeit, Herr Doktor, ist dazu wichtig, um den Geist zu gewöhnen, mit geistigen Dingen sich zu beschäftigen.«

»Nein«, rief Doktor Fischer – »es kommt in der geistigen Welt gar nicht auf das Sich-damit-beschäftigen, nicht mal aufs Erfassen, sondern aufs Besitzen an. Man kann Kant halb auswendig können und doch ein Esel sein.«

»Das ist nicht meine Meinung, denn man würde sich ja mit Kant –«

»Nur bei anderen, junger Freund«, meinte Doktor Fischer, sich halb aufsetzend, »nennen wir die Meinungen Verranntheiten. Ich glaube, Sie nehmen die Wissenschaft noch zu wichtig.«

»O nein«, sagte Egi Meyer. »Ich weiß schon, Herr Doktor, daß sie doch nur ein Teil des Lebens ist, und daß das Leben –«

»O ja.« Doktor Fischer blickte über die weite Wasserfläche. »O ja, das Leben ist schon eine wundervolle Sache, wenn man die Schönheit liebt, und eine schreckliche Sache, wenn man den Kampf haßt. Unter allen ersinnbaren Gefahren ist das Leben die gefährlichste. Und vielleicht ist es doch das beste, wenn man den Schluß des Buches zuerst liest. Finis. Ich habe in den letzten Tagen viel darüber nachgedacht. Finden Sie nicht auch, daß es eine große Sprachdummheit ist, zu sagen: dann bin ich tot? Das Totsein fällt doch gerade mit dem Aufgehörthaben unseres Ichs zusammen. Erinnern Sie sich noch, wie Sie nicht geboren waren? Genau so ist's nachher wieder. Trotzdem – es ist hier manchmal *doch* ganz schön. Aber solche Tage wie heute gehen seit Urbeginn über die Erde weg. Und man ist ohne hunderttausende von ihnen ausgekommen. Man wird es weiter tun müssen … Na« – er tippte mit seiner Hand Fritz Eisner auf die Schulter, der in die Luft starrte und eine Schwebfliege beobachtete, die stillstand, mit surrenden Flügelschlägen, wegschoß, so schnell, als wäre sie ausgelöscht; man sah sie nicht mehr, man sah sie nur wieder, wenn sie in der Luft anhielt und stehenblieb – »na – und was machen Sie? Kommen Sie weiter?«

»Nicht recht«, sagte Fritz Eisner. Und möglich, daß in ihm die Worte des anderen nachklangen, denn er begann ganz wider seine Art – denn er spielte stets mit verdeckten Karten – sein Herz auszuschütten: wie es ihm gerade nicht gut ginge, ja, schlecht ginge, und wie schwer es doch wäre, sich durchzusetzen und etwas zu werden. Er hätte keine materielle Hilfe, gar keine. Und er müßte etwas werden. Nicht nur seinethalben, aber er habe doch vor, lieber heute als morgen einen Hausstand zu gründen. Und gerade in seinem Beruf wäre alles so schwierig und ungewiß und wechselnd. Mit allem: mit Erfolg, mit Verdienst; – es ist schwer, etwas zu werden und aus dem Sumpf herauszukommen! Nein, es ginge ihm eigentlich schlecht.

»Ja, ja«, meinte Doktor Fischer und warf sich auf die Seite, wieder nach dem Wasser hin – »gewiß, es ist vielleicht angenehmer, von vornherein etwas zu haben und von vornherein etwas zu sein. Denn der Mensch, der emporkommt, lebt wie eine Kaulquappe – in einem ewigen Übergangsstadium. Und gerade, wenn die letzten Beine sich entwickelt haben – und gerade, wenn die Kiemen abgefallen sind, und die Lungen atemfähig geworden sind, und er heraus will aus dem Sumpf, in dem er geboren und bisher sein Dasein verbrachte – dann ist es sehr oft mit ihm zu Ende. Trotzdem – auch wenn's nichts werden sollte: ich tausche mit Ihnen! Sie haben *doch* einen schönen Beruf, weil er eigentlich kein echter Beruf ist. Denn ein echter Beruf ist langweilig; und Leute, die ihn haben, werden es auch.«

»Oho«, rief Egi Meyer – er gehörte zur Gilde der Zwischenrufer.

»Aber Sie brauchen sich nicht vom Leben tangieren,

unterkriegen, zermalmen zu lassen, weil Sie als Schriftsteller ... wie soll ich das sagen ... einfach auf kaltem Wege alle Wesensmöglichkeiten und Glückserfüllungen Ihres Ichs ausnützen können, die in Ihnen liegen. Darum beneide ich Sie. Und warum sollen Sie keinen Erfolg haben? Gewiß, es haben ihn schon Dümmere gehabt und Klügere nicht gehabt ... Erfolg ist verdienter Zufall. Und warum soll es Ihnen nicht nochmal sehr gut gehen im Leben? Es ist sogar nicht ganz unwahrscheinlich. Aber das eine will ich Ihnen sagen: es wird Ihnen nie wieder in Ihrem Leben so gut gehen, *nie wieder* – wie jetzt, da es Ihnen noch schlecht geht. Ich kenne das ... «

Fritz Eisner, der ganz still die Schwebefliege beobachtet hatte, die immer noch in der niederbrennenden Sonne gaukelte, wandte sich plötzlich um, weil ihm der Klang der Stimme Doktor Fischers so sonderbar vorkam. Und da sah er, daß seine großen, dunklen Leonberger Augen ganz voll Wasser standen. Die Sonne blendete ihn wohl ...

Egi Meyer hatte nur gewartet, bis der Doktor Fischer schwieg. Er wolle nochmal auf etwas zurückkommen. Nein – *er* messe Büchern und Kunst und denen, die sie schufen, nicht *die* Wichtigkeit zu. Sie nehmen doch nur irgendeine Stelle *außerhalb* des großen Lebens ein. Bücher, die sich in Taten umsetzen, wie die Iherings – ja! Oder Taten wie die Versuche Lilienthals, oder wie die der beiden Brüder da drüben in Amerika ... oder der Kongreß, den sie da jetzt im Haag zusammenrufen ... das wären die größten Augenblicke des Jahrhunderts. Aber ein Buch oder ein Bild mehr oder weniger – darauf käm's nicht an.

»Ich glaube immer noch«, rief Doktor Fischer und setzte sich vom Boden hoch – Fritz Eisner und Egi Meyer rappelten sich auch auf: es war Zeit – »ich glaube immer noch, der größte Augenblick unseres Jahrhunderts ist in einer ganz beiläufigen Bemerkung nur irgendwo mal gestreift worden: Goethe … wissen Sie, Goethe? … gab dem Doktor Schopenhauer – Sie kennen ihn vielleicht dem Namen nach? – Goethe gab Schopenhauer eine Empfehlung an Lord Byron. Wenn ich *das* lese, wenn ich nur daran denke, dann zittre ich innerlich. Acht Worte, die durch die Welt der Seelen donnerten wie tausend Gewitter!«

»Nein«, meinte Egi Meyer, »nein, Herr Doktor, es geht eine Scheidung durch die Welt, die Scheidung zwischen Wort und Tat. Ich glaube, daß der Tat die Zukunft gehört und nicht mehr dem Wort.«

»Sie haben keine Grenzen untereinander, junger Freund.« Doktor Fischer hatte sich ganz aufgerappelt und nahm seine Tasche. »Meines Wissens geht nur *eine* wirkliche Scheidung, nur *eine* tiefe Grenze durch die Welt, *eine* Kluft, die niemand überspringen kann, und die nie zu überbrücken ist. Sie sind ja auch verlobt, Sie wissen es noch nicht, Sie glauben's auch wohl nicht, aber Sie werden es noch kennenlernen. Und das ist die zwischen Mann und Frau. Ich hatte mal einen Zahnarzt, an den erinnern mich die Frauen immer. Der hatte nämlich *die* Eigenschaft: Wenn er einem die Zähne ausbohrte und man sich vor Schmerzen wand, dann sang er immer dabei: ›Es lief ein Hund in die Küche … rrr … und stahl dem Koch das Fleisch … rrrr … da nahm der Koch das Messer … rrrr …‹«

Doktor Fischer blieb plötzlich stehen, schwieg mitten im Satz und starrte auf die Straße, die da unten vor dem Hügel und zwischen dem Hügel und dem blauen Wasser vorbeiging. Ein hübscher, kleiner, gelber Dogcart, ein Jagdwagen, solch federnder Zweisitzer, gezogen von einem recht feurigen Fuchs, der lustig die Beine auswarf, kam da herangewippt und machte reichlich Staub, der rot in der Sonne rauchte, und in dem ein Foxterrier auf und nieder sprang. Mal hinter dem Wäglein, mal bei den Rädern, mal vor dem Pferd. Ganz schnell kam er heran, auf dem blauen Hintergrund des Wassers; ein hübsches, elegantes Bild. Ein Titelblatt.

Thöny hätte es zeichnen können oder Reznicek. Das heißt: Thöny hätte es mehr auf den Offizier gestimmt, der da stocksteif, mit ellenhohem, weißem Kragen, blanken Köpfen, weißrandiger Mütze über dem langen, schmalen Schädel – ein Gesicht, in dem man zuerst die Mundlinien und die hochgezogenen Nasenlöcher sah – stocksteif dasaß: odi profanum vulgus.

Reznicek jedoch wäre wieder der Dame neben ihm gerechter geworden, mit ihrem sandfarbenen Reitkleid, den angezogenen Ellenbogen, die Zügel und die wippende Peitsche in den sämischen Lederhandschuhen, mit ihrer fülligen und doch schlanken, in ein französisches Korsett eingepreßten hohen Figur, mit dem Turmbau kanarienfarbiger Haare, dem Hütchen mit dem kurzen, grauen Schleier und dem leeren, rotwangigen, schon ein wenig zurechtgemachten Gesicht eines Seifenplakats. Das hätte wieder Reznicek besser im Wesen erfaßt. Es lag ihm mehr.

Doktor Fischer war vorgetreten, als wollte er den Weg heruntergehen. Und plötzlich schlug er der Länge nach vornüber und kegelte ein paar Schritte (nicht viel) den Abhang hinab.

Fritz Eisner und Egi Meyer sprangen erschrocken zu, um ihn aufzurichten. Aber da kam er schon wieder von selbst hoch.

»Verdammt!« sagte er, »danke, danke Ihnen – ich bin wohl über eine Wurzel gestolpert. Eigentlich darf ein guter Stolperer nicht fallen.« Er klopfte sich die Knie. »Aber ich sage schon immer: Wo ein rechter Pechvogel hinfällt, ist stets Dreck ... Dreck – Dreck – Dreck«, knurrte er hinterher.

Hinten ganz klein, in einer Wolke von Staub, fuhr schon der Zweisitzer.

»Na, nu muß ich gehen. Sehen Sie, es war doch nichts mit Linnaea borealis. Adieu, meine jungen Herren. Ich habe heute noch ein schweres Stück Wegs vor mir bis nach Haus.«

Und Doktor Fischer schwankte davon. Er ging wie ein Sack voll Steine.

Fritz Eisner und Egi Meyer sahen ihm nach. Dieser müde Ton, nicht ersinnbar müde, lag ihnen noch in den Ohren.

»Na, wir müssen aber auch zurück«, meinte Egi Meyer. »Ich mache mir eigentlich nichts aus dem Mann. Das ist so einer, der durch jahrelange Konsequenz sich das Recht erworben hat, Dummheiten zu sagen. Die Sorte kenn' ich.«

Fritz Eisner antwortete nicht und ging still in Sand und Sonnenglut neben Egi Meyer her.

»Sage mal, das kam mir doch so vor«, meinte Egi Meyer, »als ob das da unsere Kapitänswitwe war, die Dame auf dem Dogcart. Oder habe ich mich geirrt?«

»Ich weiß nicht«, entgegnete Fritz Eisner. Er hätte gegen den Holzzaun da mit den Fäusten trommeln können, bis sie bluteten. So weh war ihm zumute.

Und langsam und mißgestimmt ging Fritz Eisner durch die Sonnenglut – sie war mitleidslos, ohne ein Fleckchen Schatten – zu dem Gasthaus zurück.

Egi Meyer, der pfeifend neben ihm schritt, schien gar nicht bemerkt zu haben, daß soeben der Vorhang nach dem vierten Akt eines Trauerspiels gefallen war, und daß er Zuschauer gewesen war.

Und selbst *wenn* er es bemerkt hätte, so hätte ihn das

sehr, sehr wenig gerührt. Denn er war zwar keiner von den *robusten* Egoisten, keiner von den Herrenmenschen Nietzsches, aber er war einer von den unrobusten, nervösen Egoisten. Und die sind noch weit rücksichtsloser. Und weit schlimmer. Und sie halten noch weit zäher an der Eigenheit fest, die da Wilhelm Busch in »Plisch und Plumm« von den beiden Jungen berichtet, nämlich an der: sich fremder Leute Seelenschmerzen nicht zu Herzen zu nehmen.

Und Egi Meyer war noch zudem ein ganz besonderer Verehrer von Wilhelm Busch.

Aber wie peinlich: da hatten ja an ihrem schönen Tisch noch andere Platz gefunden. Und Frau Luise Lindenberg und Annchen und Hannchen waren schon im besten Gespräch mit ihnen. Sie mußten sich auch mit jedem gleich anfreunden!

Irgend solch Sonntagspärchen war das, das sah Fritz Eisner auf den ersten Blick.

Er ging ja wohl noch. Soweit Fritz Eisner von rückwärts her beurteilen konnte. Hatte eine schöne, breite Kehrseite, und in dem roten und eingebrannten Hals lief eine geschwungene Speckfalte wie bei einem hockenden Fettbauchbuddha. Über den schon etwas dünnbehaarten, sehr geschorenen Hinterkopf – der Strohhut hing an der Stuhllehne – zogen sich nebeneinander drei gerade, langgezogene Schmisse herab, ein breiter und zwei schmale. Wie ein Fahrdamm und rechts und links je ein Bürgersteig. Schöne Primen, wie mit einem Lineal gezogen, die ihm in jüngeren Studententagen irgend so ein langer Laban über den Schädel gejagt hatte. Wenn man eben zu klein ist, dachte Fritz Eisner, nützen einem die besten Durchzieher und Tiefquarten nichts.

Jetzt drehte er sich einen Augenblick. Richtig, so und nicht anders durfte er aussehen: ein lachendes, rotes, kreisrundes Gesicht – gerade als ob die rote Billardkugel sich über einen ungeschickten Spieler lustig macht. Gott ja – *er* ging ja wohl eigentlich noch an …

Aber *sie*! Sie saß Fritz Eisner zugekehrt. Das war doch eine Dame von recht unfeinem Kaliber, von der man das unabweisliche Gefühl hatte, daß ihr Tag sich sonst aus vielen schwachen Stunden zusammensetzen müsse. Sie war – das sah man auf den ersten Blick – eine sehr triebhafte Dame, von kleinen Impulsen bewegt, ohne intellektuelle Hemmungen. Sie war sehr groß – (seltsam, daß so kleine Männer immer mit so langen Frauenzimmern herumziehen) – nicht jung, keineswegs mehr jung, mit einem Gesicht, das ganz in einer Fläche lag, als ob sie damit gegen eine Mauer gelaufen wäre; gemalt, breitnasig, vollippig; mit sehr gefärbten Haaren unter einem Wagenrad von Hut. Und sie trug ein sehr durchbrochenes Tüllkleid. Es hatte Fenster wie eine gotische Kirche. Es gehörte von der vergnügten Billardkugel schon ein tüchtiges Stück Mut dazu, mit solch einer Dame sich öffentlich zu zeigen. Denn, wie gesagt, die vergnügte Billardkugel schien gar nicht aus schlechtem Hause.

Außerdem – um der Wahrheit die Ehre zu geben – zeigte er sich ja gar nicht öffentlich mit ihr, sondern er war ja ihretwegen – seit zwei Jahren kam er nicht von ihr los! – schon über die Sonntage hier in diese letzte, für Berlin fast noch unbekannte Einöde geflüchtet. Und er hatte keinen kleinen Schrecken bekommen, als ihn Lindenbergs selbst hier noch aufgespürt hatten. Denn er hatte eine Heidenangst vor seiner alten Dame, der es wirklich sehr wehgetan hätte, wenn ihr diese recht fragwürdige Liaison zu Ohren gekommen wäre.

»Ach, Fritz, wo bleibst du denn?« rief Annchen. »Denke mal, wie nett: wir haben hier einen alten Bekannten getroffen.«

Der »alte Bekannte« sprang auf beide Beine mit der Elastizität der Dicken.

»Doktor Martini«, sagte er. Sonst nichts.

»Und das ist seine Schwägerin.«

»Nein, du machst ja alles falsch«, rief Hannchen. »Es ist die Schwester seiner Schwägerin: Fräulein Kuhlmei.«

Ach so, dachte Fritz Eisner, da hat der Bruder gewiß gegen den Willen der Eltern geheiratet.

Doktor Martini war wohl ein ziemlich trinkfreudiger Herr, und er bemäntelte das mit studentischen Sitten. »Komme nach«, brüllte er förmlich zu Egi Meyer herüber. »Erlaube mir einen ganz bedeutenden Streifen!« apostrophierte er Fritz Eisner. »Über Kreuz!« meinte er zu Annchen. Sie war von vielen Stiftungsfesten her erfahrungsreich. »Auf Ihr Spezielles, sine, sine!« Und er streckte eine halbe Minute lang das Bierseidel zu Frau Luise Lindenberg hinüber, eher er es zu festen Schlukken an die Lippen setzte. Innerhalb von fünf Minuten führte er für sich allein einen ganzen Kommers auf.

Der Kellner schenkte ihm erhöhte Aufmerksamkeit. Solche Leute liebte er.

Ja – Doktor Martini fing sogar an zu singen: »O alte Burschenherrlichkeit« – in breiten, wie mit braunen Asphalttinten unterlegten Tönen, und rief: »Ein schönes Lied ex, ein Schmollis dem Sänger!« Und trank wieder.

Annchen fand das famos. Sie strahlte. Das lag ihr. War ihre alte Welt.

Hannchen hatte Fräulein Kuhlmei belegt und erzählte ihr von ihren pädagogischen Arbeiten. Die hörte mit beruflicher Freundlichkeit zu, denn sie war gewohnt, daß ihr Leute allerhand Dinge erzählten, von denen sie nichts verstand. Und außerdem hatte ihr Hänschen schon beigebracht, in kritischen Fällen nach Möglichkeit das Maul zu halten. Denn das Mir und Mich saß bei ihr wirklich nicht so ganz fest. Nur einmal warf sie etwas ein: »Ja, ja«, sagte sie ernst, »so etwas kann vorkommen, Fräulein, darf aber nicht passieren!«

»Na«, meinte Frau Luise Lindenberg, »was ist denn aus eurer herrlichen Exkursion geworden? Habt ihr wenigstens für eure Damen ein paar Blumen mitgebracht?«

»Keine Spur«, sagte Egi Meyer, »die beiden haben sich gegenseitig mit den längsten lateinischen Namen beworfen. Das war alles. Nicht einen Grashalm haben sie gefunden.«

»Ich habe das gewußt«, sagte Frau Luise Lindenberg sibyllinisch. »Du darfst das aber dem Mann nicht übelnehmen, er ist nämlich etwas geistesschwach.«

»Na höre mal«, rief Egi Meyer erstaunt, »den Eindruck macht er aber nun wirklich nicht.«

»Ich weiß es genau.« Frau Luise Lindenberg war in Erregung und wurde pathetisch. Wie stets, wenn sie auf Widerspruch stieß. Sie deklamierte ihn sozusagen nieder. »Ich weiß das leider nur zu genau. Aber er ist ganz gutartig. So schickt er zum Beispiel Annchen immer die schönsten Rosen …«

»Aber weißt du«, sagte Egi Meyer, um das Thema zu wechseln, »weißt du aber denn, wen wir vorhin *noch* gesehen haben? Also auf einem Dogcart, das unten vorbeifuhr, todschick, mit einem Gardedukorps-Offizier neben sich, einem Gaul vor sich und einem echten Foxhund hinter sich? – Na? – *Deine* Kapitänswitwe!«

»O, das wundert mich gar nicht«, sagte Frau Luise Lindenberg stolz. »Die hat ja Beziehungen zu den besten Kreisen Potsdams.«

»Welcher Art?« fragte Egi Meyer trocken.

Aber Frau Luise Lindenberg überhörte es nicht, sondern sie hörte es wirklich nicht. Sie mußte nämlich Doktor Martini – ein reizender Mensch! (eigentlich begriff sie doch Annchen nicht; *sie* wäre trotzdem *heute* noch dafür ...) – dem Doktor Martini erzählen, wie nett sie es hatten. Und sie begann nun zu erzählen, wie und wo sie wohnten, und wie schön es da wäre.

»O, gnädige Frau«, sagte Doktor Martini, »es soll ja sehr, sehr hübsch dort sein. Ich kenne es leider nicht. Ich wollte immer mal herausfahren, bin aber noch nie hingekommen. Ich komme manchmal hier heraus in diese Gegend, zu den Schwiegereltern meines Bruders, die hier gemietet haben – sehr idyllisch! – aber *da* bin ich noch nie gewesen. So alt ich bin.«

In diesem Augenblick aber fiel es Doktor Martini ein, daß er ja Hannchen noch nicht zugetrunken hatte, und daß das doch eine arge Vernachlässigung gerade dieser jungen Dame bedeute und von ihr übel vermerkt werden könnte; und er reckte sich in Positur und brüllte über den Tisch: »Fräulein Hannchen, gestatte mir, Ihnen einen Halben vorzukommen!« und kluckerte dann mit festen Zügen und trefflichem Augenmaß – er irrte sich nie nach oben, nur nach unten (das aber darf man!) – den halben Inhalt eines Glases in sich hinein.

»Ja«, meinte Frau Luise Lindenberg, »und wir haben es so reizend dort. Sie sollten einmal herauskommen. Wir können jetzt sogar Logierbesuch aufnehmen. Denn wir haben durch einen merkwürdigen Zufall – es war da ein Arzt, der die Wohnung hatte, dessen Frau aber Gelenkrheumatismus bekam – unten in einem sehr lieben Gartenhäuschen noch zwei Zimmer hinzubekommen.«

»Ach?« meinte Doktor Martini interessiert.

»Ja – unsere Wirtin ist nämlich eine sehr scharmante und großzügige Frau, eine Kapitänswitwe, wissen Sie – direkt eine Dame! Sie hat es eigentlich nicht nötig, zu vermieten.«

»Da haben Sie aber bei ihr mehr Glück gehabt«, meinte Doktor Martini, »denn ich habe ... « – Doktor Martini trat sich selbst innerlich auf den Fuß – »habe gehört: die Schwiegereltern meines Bruders nämlich haben mit der Sommerwohnung hier draußen gar nicht sehr gute Erfahrungen gemacht. Die Leute sind dort sehr hinter dem Geld her.«

»Ach Gott«, meinte Frau Luise Lindenberg, »das ist wohl bei einfachen Vermietern nicht anders. Ich gebe zu: wie wir es getroffen haben, ist wirklich eine Ausnahme. Sie müssen uns mal besuchen. Sie können ruhig Ihr Fräulein Schwägerin mitbringen.«

»Gern, gern, gnädige Frau!«

Doktor Martini sah sehr verlegen in sein Bierglas und erhob es mit plötzlichem Ruck, um Egi Meyer einen Hochachtungsschluck zukommen zu lassen. Immerhin – er hatte Glück. Er konnte nicht rot werden, weil er rot war. Ein Rot, in dem es keine Steigerung mehr gab. Aber innerlich war er furchtbar verlegen. Denn trotz seiner studentisch aufgetragenen Schneidigkeit und seinen Schmissen war er doch innerlich ein Junge. Sehr unentschlossen, ängstlich und ein ziemlich schwaches und hilfloses Kerlchen. Nie hätte ihn auch sonst die Person so unterkriegen und ihm den Fuß auf den Nacken setzen können.

»Und er war es *doch*«, tuschelte Annchen, die Fritz Eisner untergefaßt hatte und sich an ihn lehnte. »Aber was ist denn mit dir? Du sprichst doch gar nichts?«

»Ach nichts«, meinte Fritz Eisner. Er sah immer noch das Gesicht dieses Doktors Fischer, wie er vorhin da zu Boden gestürzt war.

»Hast du was übelgenommen? Bist du eifersüchtig? Auf *den* Fettfleck?« Annchen liebte eine etwas burschikose Ausdrucksweise. »Weil Muttchen so freundlich zu ihm ist? Ich mache mir gar nichts aus ihm.«

Aber da kam die Suppe: Sagosuppe auf Königinnenart. Wirklich, Königinnen haben nichts zu lachen, wenn sie immer solche Suppe essen müssen. Es war Wasser mit ein paar Klümperchen wie Froschlaich.

Und es gab Tauben. Niemals hätte man geglaubt, daß so elende und ärmliche Tierchen bei Lebzeiten so glänzende Flieger gewesen waren.

Frau Luise Lindenberg war entzückt, wie wunderbar die Bauernschwägerin von Doktor Martini, dieses Fräulein Kuhlmei, von oben herab mit eingezogenen Ellenbogen ihre Taube tranchierte und die Bruststückchen auf spitzer Gabel zum Mund führte. Auch verstand sie, einen Flügel zu knabbern, daß es geradezu ein ästhetischer Genuß war, ihr dabei zuzusehen ... wie Frau Luise Lindenberg später wortreich feststellte.

Und Frau Luise Lindenberg kam zu der Ansicht, daß diese Dame aus sehr gutem Haus sein müßte. Denn die Art des Essens war der einzige Kulturmaßstab, den sie an einen Menschen legte. Frau Luise Lindenberg vergaß eben, oder sie wußte es nicht, daß Essenkönnen bei dieser Dame, wie bei den Diplomaten, mit zu den Voraussetzungen ihres Berufs gehörte.

»Die Preißelbeeren bieten, mit Kiefernadeln, Blättern und Zweiglein durchsetzt, eine nette gedrängte Übersicht der Flora der Mark Brandenburg«, sagte Fritz Eisner. Er war noch bei Doktor Fischer und der Botanik.

»Das ist doch *meine* Speise«, rief Hannchen begeistert. Und richtig, sie sah aus wie Tuschwasser und schmeckte auch so.

Ja – und was sollte man nachmittag machen?!

Hannchen hatte sich zur Wut Egis so an Fräulein Kuhlmei, – die immer noch leidlich die Dehors wahrte und sich sagte: Maul halten! – attachiert, daß sie sie nicht von der Seite ließ.

Es täte ihm unendlich leid, sagte Doktor Martini – er hatte nebenbei zur Freude des Kellners den alten Komment wiederaufgenommen –, aber sie müßten leider zurückwandern. Denn die Eltern von Fräulein Kuhlmei würden sich ja ängstigen. Sie hätten sie ihm nur für ein paar Vormittagsstunden anvertraut. Nachher bekämen sie selbst Besuch, und da müßte sie zurück sein, um mit die Honneurs zu machen.

»Ach – bis zum Kaffee könnten Sie doch noch bleiben«, bat Frau Luise Lindenberg. »Ich koche selber und habe reichlich Kuchen mit. Und was für Kuchen! Sie werden staunen.«

»Ach ja, Hänschen, bleib' doch da«, sagte Fräulein Kuhlmei. Bisher hatte sie sich noch kein einziges Mal verschnappt, sondern immer »Herr Doktor« gesagt.

Drinnen in einem kleinen Saal begann irgendein klappriges Klavier mit einer quietschenden Geige sich über den Takt einer Tanzmusik zu streiten.

»Wissen Sie noch von dem Stiftungsfest, Herr Doktor?« sagte Annchen.

Fritz Eisner wurde es heiß um die Stirn. Er war durchaus gegen Vertraulichkeiten auf der Grundlage gemeinsamer Erinnerungen.

»Ach, wir wollen doch mal tanzen«, rief Hannchen. »Man verlernt es ganz.«

Wirklich, in ihren beiden sogenannten Bräutigams hatten sich Annchen und Hannchen keine Tänzer erworben. Sie mochten sonst vielleicht – nach *ihrer* Ansicht – ganz gute Jungen sein, aber als Tänzer waren sie verabscheuungswürdig und verächtlich, blamabel und eine Schmach. Während doch der kleine, dicke Doktor Martini eine gute, überraschend gute und vielseitige Schulung verriet.

»Es ist doch wirklich heute zu heiß zum Tanzen«, sagte Doktor Martini angstvoll und warf einen halb flehenden, halb beschwörenden Blick zu seiner Schwipp- oder Bauernschwägerin, Fräulein Leonie Kuhlmei, herüber. Aber es nützte gar nichts. Wenn es Tanzmusik gab, war sie nicht zu halten – das wußte er vorher.

»Nee«, rief sie – »ick *muß* scherbeln!«

(Frau Luise Lindenberg, die den Ausdruck »scherbeln« nie gehört hatte, fand ihn zwar etwas originell, aber sehr lustig.)

Und damit hüpfte Fräulein Kuhlmei – das Wort ist nicht richtig, es gibt das Bild nicht wieder; der Berliner würde sagen: sie »scheeste im Polkatakt«, also sie »scheeste im Polkatakt« quer über die Terrasse weg auf den Tanzsaal zu, während sie Doktor Martini hinter sich herzerrte.

Frau Luise Lindenberg erschien ihr Benehmen doch jetzt etwas eigentümlich.

»Ja«, riefen Annchen und Hannchen, »wir wollen *auch* tanzen.« Und sie nahmen Fritz und Egi unter den Arm und zogen sie lachend mit sich.

In der Tür versuchte – Fritz Eisner stellte das mit Genugtuung fest – Doktor Martini seine Bauernschwägerin, Fräulein Leonie Kuhlmei, nochmals zurückzuhalten und ihr ins Gewissen zu reden. Es *mußte* ja eine Katastrophe geben, rettungslos.

»Ach wat!« schrie Fräulein Kuhlmei, faßte Doktor Martini um und begann ihn herumzuwerfen. Umsonst versuchte er, Einhalt zu tun, die Führung an sich zu reißen – es nützte nichts.

Donnerwetter – *die* tanzte. Da war ja noch Annchen selbst eine lahmgeschossene Krähe dagegen. Und wie ulkig: sie tanzte geradezu mit Schikanen; Touren, die es gar nicht gab. Sie schmiegte sich ganz fest an Doktor Martini, daß einem schon beim Zusehen heiß wurde.

Und dann ließ sie ihn etwas los, stampfte und schmiß die Beine, daß eine Tüllwolke von Dessous ausstäubte. Sie streckte den rechten Arm weit vor und taktierte mit ihm, die Hand halb hoch, mit abgespreiztem kleinem Finger. Sie sang Textworte zu dem Walzer, Textworte, aus denen ein Forscher wie Kraus für seine Anthropophyteia hätte sehen können, daß nicht allein die Südslawen in dieser Hinsicht interessante Kulturdokumente bieten. Und sie brüllte zu dem Klavierspieler 'rüber: »Schneller! – Mensch, schlaf' doch nicht in!«

Also es war unmöglich. Katastrophal. Keiner tanzte mehr. Alle – es waren nur wenige Paare gewesen – hatten aufgehört. Und alle blickten, halb belustigt und unter Gelächter und halb geärgert, zu den beiden hin, zu dem dicken Herrn, dem der helle Angstschweiß auf der Stirn stand, und jener wohl sehr wenig feinen Dame, die hochstolz war, daß ihre Künste so viel Bewunderer fanden.

Selbst in der Tür drängte sich eine lachende Mauer von Gästen, die aufgestanden, nur um das mitanzusehen.

Alles kehrt wieder. Und was sich hier auf Erden vollzogen hatte, war eigentlich gar nichts anderes gewesen als die Sage von der Usume, der japanischen Göttin der Unzucht mit dem breiten, lasziven Kindergesicht. Die Sonne – so erzählen die Japs – hätte sich mit den Göttern verzankt, zog sich in eine Höhle zurück und beschloß, die Erde nicht mehr zu bescheinen. Aber da tanzte Usume, die Schützerin der Unzucht, einen Tanz vor, der so wild und gemein war, daß die Götter sich einfach vor Lachen schüttelten. Die Sonne aber, neugierig wie Frauen sind, wollte natürlich auch sehen, was es da zu lachen gäbe, kam aus ihrer Höhle heraus ... und nun scheint sie wieder.

Die Musik schwieg. Doktor Martini nahm seine Bauernschwägerin beim Arm und schob sie kategorisch auf die Gruppe Annchen, Hannchen, Egi und Fritz Eisner zu.

»Entschuldigen Sie, Herr Kollege«, sagte er zitternd und leichenblaß, »entschuldigen Sie mich dann bei Ihrer Frau Schwiegermutter, aber wir können nicht mehr zum Kaffee bleiben. Wir müssen gehen. Wir werden erwartet.« Und damit stülpte er seinen Strohhut über seine Schmisse, riß seine Bauernschwägerin, Fräulein Leonie Kuhlmei, unsanft herum und marschierte mit ihr zur anderen Tür des Saals heraus, begleitet vom Gejohle einer ziemlich ungehaltenen Menge.

»Wo ist denn Doktor Martini mit seiner reizenden Bauernschwägerin geblieben?« rief ihnen Frau Lindenberg entgegen.

Sie trug eine mächtige Kaffeekanne, denn den Kaffee mußte man sich selbst holen. »Habt ihr vorhin beobachtet, wie sie die Taube aß? Es war wirklich hübsch anzusehen.«

»Ja«, sagte Fritz Eisner, »wir haben auch eben beobachtet, wie sie tanzte, das war sogar *noch* hübscher anzusehen.«

»Na ja«, versetzte Frau Luise Lindenberg, »ich glaube schon, daß sie Grazie hat.«

»Sie lassen sich nebenbei dir empfehlen«, meinte Egi Meyer.

»Hör' mal«, sagte Annchen, »ich finde es doch eigentlich eine Frechheit von diesem Doktor Martini, uns so etwas vorzustellen.«

»Na, ich fand sie doch ganz nett«, meinte Frau Luise Lindenberg, wie aus den Wolken fallend. »Wie fandest du sie denn, Egi?«

»Achtungsbedürftig«, sagte Egi Meyer.

Und während man sich zum Kaffee setzte und sich doch eigentlich freute, den ganzen Kuchen für sich zu haben, begann Hannchen die Szene von eben ihrer Mutter zu erzählen. Und sie machte so etwas ganz reizend, so daß sogar die Nebentische lachten.

Aber das eine blieb doch: Doktor Martini war unmöglich geworden, und Fritz Eisner atmete auf.

Die sogenannte Bauernschwägerin, Fräulein Leonie Kuhlmei, pflegte nebenbei später, als er einmal krank war, den Doktor Martini treu und hingebend, wich nicht von seinem Bett, wochenlang. Und aus Dankbarkeit hat er sie dann geheiratet. Und das hat ihn Glück, Vermögen, Karriere, gesellschaftliche Stellung und endlich das Leben gekostet. Man soll eben nicht dankbar sein, und zum mindesten nicht so weitgehend.

Der Nachmittag floß ziemlich still dahin. Man guckte in die alte, gemalte Dorfkirche hinein, die an eine der reizenden Sizilianen von Liliencron gemahnte; sah richtige Bauernkinder – selbst in Potsdam und Teltow und Barnim gibt es die noch nicht – in karierten Kattunkleidern, ganz weißhaarig, mit dicken Kämmen, auf denen in Goldbuchstaben »Gott schütze dich« stand, in den halblangen Strähnen; apfelbäckig und mit den blauen, scheuen, seit Jahrhunderten kulturfernen Augen. Man sah Schwalben zu, die über den Wasserspiegel flogen – zwei Stück, immer kreisend und stets an einer Stelle sich treffend – zwei Schwalben, die einen Augenblick nur, sich in den Flügeln aufrichtend, wie zu einem Kuß in der Luft zusammenhingen, und die sich einzig wieder lösten, um das Spiel verliebter Kurven von neuem zu beginnen. Man lagerte sich im Wald, inmitten hoher Farnwedel – nicht so nah voneinander, daß man sich gegenseitig nicht sehen konnte. Im Moos steckten kleine gelbe Pilze, wie Teppichnägel, die eine vorsichtige Hand dort eingeschlagen, damit nicht ein Windstoß einen Zipfel der grünen Decke etwas in Verwirrung brächte und aufrollte. Man sprach nicht viel. Wozu muß auch immer geredet werden? Und man war sehr glücklich. Und als die Dampferglocke wieder ihre Gäste zusammenrief, wäre man noch gern geblieben. Aber das ging nicht: wie sollte man nach Haus kommen?

O, war das schön! Über dem Wasser türmten sich Gewitterköpfe hinten hoch, mit ihren runden, weißen Ballen, die ganz feuerfarbene Ränder hatten von der untergehenden Sonne. Und die Sonne selbst legte sich groß und rund und gelbrot und feurig im Westen auf das farbige Wasser und schlug als Spiegelbild eine lange, glühende Brücke darüber fort.

»Sieh doch mal, Hannchen, wie recht die Bakairi-Indianer haben«, sagte Fritz Eisner, »die glauben, daß die Sonne ein Ball von den Federn des roten Arara und des gelben Tukanvogel ist.«

Egi hielt das für eine poetische Freiheit Fritz Eisners und bestritt überhaupt die Existenz der Bakairi-Indianer.

»O nein«, sagte Fritz Eisner, »du kannst darüber im Steinen nachlesen. Sie sind auch ein politisch sehr fortgeschrittenes Volk. Wenn sie zum Beispiel mit ihrem Häuptling unzufrieden sind, dann zieht der ganze Stamm einfach aus und bedeutet dem Häuptling, er möchte freundlichst ohne sie weiterregieren.«

Und langsam, mit schönen Farben, ging der Abend in die warme, tiefblaue Julinacht über. Der Wald stieg in breiten Baumreihen die sanften Hügel am See empor, wie eine geschlossene schwarze Masse, wie ein Festungsgürtel, dem Auge undurchdringlich. Aber – seltsam genug – im Spiegelbild der Wasserfläche glühte doch in sonnenroten Streifen das Abbild des Abendhimmels zwischen den schwarzen Strichen der Stämme. Dort nur eine einzige dunkle Mauer, war der Wald hier im Wasserbild ein Gitter, ein Zaun, hinter dem man die Esse eines Hochofens glühen sah.

Hinten aber, nach Berlin zu, lagen schwere Gewitter, und die Blitze zuckten unaufhörlich über den Himmelsrand. Donner hörte man nicht. Es war zu weit fort.

Auf dem Bahnhof, im Gewühl, nahm man Abschied. Die einen fuhren in die Ruhe, Kühle, den Duft von Heu, Blumen und Park, in Grillengezirp und das Geflüster der leise sich regenden Zweige hinaus. Und die anderen riß der Zug dem Lärm, Staub, Dunst, dem Jagen, den noch immer trotz leichten Gewitterregens glühenden Felsenschluchten der Stadt zu.

Fritz Eisner sah still vor sich hin. Er hatte einen Eckplatz. Starrte auf das Fenster des Abteils, an dem die ersten dicken Gewitterregentropfen beim Rütteln des Wagens entlangliefen wie Kaulquappen, die mit dicken Köpfen und schlenkernden Schwänzchen in einem flachen Sumpfwasser nach der Tiefe suchen, sobald sie die Erschütterung nahender Schritte spüren.

Und er mußte an sich denken, an all das Ungewisse seiner Zukunft, an den Vergleich von der Kaulquappe, den Doktor Fischer heute von dem werdenden und emporkommenden Menschen gebraucht hatte. Und er mußte an Doktor Fischer denken, und der Gedanke an ihn schnürte ihm plötzlich tief beängstigend und pressend die Brust zusammen.

Das war um halb Elf nachts; also zur gleichen Zeit, da sich Doktor Fischer – dreißig Kilometer von da entfernt – eine Kugel durch den Kopf jagte.

Egi Meyer aber saß ganz ruhig drüben in seiner Ecke und war eingeschlafen. Und nichts sieht dümmer aus als ein schlafender Mensch mit einem Kneifer auf.

Einer der mir liebsten Schriftsteller, der Ire George Moore – er war erst Maler und ein Freund Manets, und dadurch hat er im Sehen einen großen Vorsprung vor den Nurschriftstellern, und er ist als Sohn einer blonden Rasse durch das romanische Frankreich des Impressionismus hindurchgegangen und hat dadurch einen großen Vorsprung vor beiden Kulturen – er ist übrigens kein Schriftsteller für den Leser, er ist ganz Detail, er ist mehr ein Schriftsteller für den Schriftsteller – dieser George Moore sagt einmal irgendwo, daß er sich aus dem August unter allen Monaten des Jahres am wenigsten mache, weil er keine Bewegung, kein Vorwärtsschreiten, keine Entwicklung habe, sondern einen Stillstand bedeute. Das ist nicht ganz richtig. Die Bäume, gewiß die Bäume sind im August etwas langweilig und gleichförmig. Das Laub ist blaugrün und schwer. Auch das Licht ist weniger amüsant als sonst, als ob es nicht von der Sonne käme, sondern erst noch einmal von einem großen Blechschild zurückgeworfen würde. Die Natur ist auch ein wenig müde des Gebärens. Sie sagt: Wachst heran, vollendet euch, geht euren Weg! Ich kann nichts mehr für euch tun. So, Kinder: bis hierher habe ich euch gebracht, nun helft euch selber weiter!

Aber da sie alle eine gute Kinderstube haben und tüchtig von Haus her sind, so besinnen sie sich nicht lange und machen allein ihren Weg weiter. Die Apfelbäume senken von Tag zu Tag ihre Zweige mehr unter der Fruchtlast, die Pflaumenbäumchen werden blauschimmernd. Die vergilbten Kornfelder rascheln deutlich: Wir sind müde, bringt uns zur Ruhe. Die Astern, die Dahlien, die Georginen, die Sonnenblumen rufen den Rosen zu: Platz da, abdanken, jetzt kommen wir, und sie recken sich immer höher in Rot, Blau, Gelb und Lila!

Die Vögel haben jetzt mehr zu tun als zu singen. Die ersten Kinder sind schon in die Welt entlassen. Mit denen hatte man's leicht. Da gab's Raupen, grüne Raupen und alles mögliche – die Hülle und Fülle. Man brauchte nur einfach sie aufzupicken und sie ihnen in die Schnäbel zu stopfen, und die Kinder, sie gediehen wie von allein. Aber jetzt haben diese Raupen lange schnelle Beine und schwirrende Flügel bekommen, müssen gejagt werden, und für unzählige von ihnen hat sich schon das Rad ihres kurzen Daseins einmal um sich selbst gedreht, um auf ein Jahr still in sich wieder zu ruhen. Nein, es ist wirklich nicht so leicht mehr, die Kinder großzukriegen, und wenn es etwa vorzeitig Herbst wird – und das ist möglich, denn das Heidekraut fängt schon an zu blühen – dann muß man einfach fort und sie hier in Hunger und Kälte im Stich lassen. Der große gelbe Vogel, der immer »Bülow, Bülow« schrie – er war ein politischer Vogel und machte allenthalben von früh an Propaganda für den kommenden Kanzler – war schon seit einer Woche fort. Und der andere, der immer »Kukkuck« schrie – man war in Vogelkreisen nicht gut auf ihn zu sprechen, es gab da so gewisse dunkle, jedenfalls nicht ganz geklärte Punkte im Leben dieses Kavaliers – ging auch demnächst. Und die Raubritter und Wegelagerer, von denen es erst nur ein paar gegeben hatte, hatten sich schrecklich vermehrt. Täglich berichteten die Schwalben – die waren schneller als sie, die fürchteten sie nicht – von erschlagenen Finken und Drosseln und von ganzen Nestern, die zerstört und auseinandergerissen waren, und von deren friedfertigen Bewohnern keiner mit dem Leben davongekommen war.

Man hatte schon seine Sorgen. Wie sollte man da singen!

Annchen und Fritz Eisner aber hatten keine Sorgen oder wollten keine haben. Sie nahmen ihre Wege wieder auf und vergaßen auch nicht den mit den Bänken aus Birkenästen, in dem nicht mehr die Leuchtkäfer über die runden weißen Teller der Holunderblüten flogen, sondern an deren reifenden Beeren des Abends noch einmal, ehe sie ihren Schlafplatz suchte, die Drossel zupfte, um sich zu überzeugen, wie weit sie wären, und wann sie denn mit der Ernte beginnen könnte ... so wie ein Landmann, der des Abends vom Feld heimkommt, im Vorbeigehen eine Rübe aus dem Boden zupft, sie durchbricht, ansieht und fallen läßt.

Nun ja, Doktor Fischer war gestorben, und er hatte, wie er es vorausgesagt hatte, seine letzte Reise nach Hamburg angetreten, um den Rest seines Daseins in einer Art Konservenbüchse zu verbringen, nicht viel größer als eine solide Zweipfundpackung von Stangenspargel. »Sein Herz ist wohl *so* nicht das beste gewesen, und da hatte er es an dem heißen Sonntag durch die weite Wanderung noch überanstrengt. Ich habe ihn immer beschworen, es nicht zu tun, aber er hat nicht auf mich hören wollen«, sagte die Kapitänswitwe zu Frau Luise Lindenberg. »Ich verliere in ihm einen väterlichen Freund, um den ich nicht nur mit der Kleidung, sondern auch mit dem Herzen traure. Aber meinen Kindern war er beinahe mehr als das.«

Etwas, das die Kapitänswitwe in dieser allgemeinen Form und so weitgehend keineswegs behaupten konnte.

Und dann ging die Kapitänswitwe mit Lieschen, dem Südseetyp – es sah in seinem Trauerkleidchen und mit dem dunklen Gesicht wie eine junge Dohle aus – an der

Hand fort, weil sie drin in Potsdam etwas bei einem Notar zu tun hätte und nicht zu spät dort sein wollte. Von ihrem großen wundervollen – er war das Mittelstück, die Hauptzierde, der Stolz des ganzen Witwenkongresses gewesen –, von ihrem Trauermarsch von Witwenhut aber flatterte lang und breit der schwarze wehende Schleier hinter ihr her. Und er bewies oder richtiger demonstrierte – denn Grundsätze sind ja nicht beweisbar –, also er demonstrierte wieder einmal den unumstößlichen mathematischen Grundsatz: »Die Tiefe der Trauer einer Frau verhält sich umgekehrt proportional zur Länge ihres Schleiers.«

Frau Lindenberg aber stand und sah den beiden nach und sagte: »Ach Gott, es ist wohl für den armen Irren so das Beste gewesen. Wer weiß, was ihm noch alles bevor gestanden hätte! Von der Frau aber finde ich es geradezu ergreifend.«

Immerhin hoffte Frau Luise Lindenberg, daß die Kapitänswitwe mit der Zeit – und sie heilt ja jede Wunde – darüber hinwegkommen würde. Denn so ist ja doch einmal das Leben des einzelnen beschaffen, daß es, durch Fremdes noch so sehr aus dem Gleichgewicht gestoßen, immer wieder zu sich und zu seinem eigenen Schwerpunkt zurück muß. Das heißt, mit diesen Worten sagte sich Frau Luise Lindenberg das nicht. Aber dem Sinn nach empfand sie das Gleiche. Und es war sicher ein ganz richtiger Schluß. Nur die Voraussetzungen waren hier unzutreffend.

Annchen aber war recht traurig. Sie hatte doch so wundervolle Blumen durch Fritz Eisner aus Doktor Fischers Gärtnerei bekommen. Und damit war es jetzt aus. Denn die Gewächshäuser wurden ausgeräumt, in ganzen Karren und Wagen fuhren die Leute Töpfe und Kübel mit Kamelien, Azaleen und Rhododendren weg; und die schönen Rosenstöcke wurden auch fortgenommen. Es sah wüst und traurig aus. Ein paar Beete mit Nelken hatte man gelassen und ein paar Georginen, die am Zaun wuchsen. Aber da sie niemand mehr zusammenband, fielen sie nach allen Seiten zu einem wirren Gestrüpp auseinander.

Annchen hätte noch gern davon ein paar Blumen gehabt, denn sie liebte Blumen sehr. Es lag tief in der musikalischen Grundbetonung ihres Wesens, daß sie an den hübschen, kleinen, bunten Liedern der Natur so hing. Nun ja, draußen gab es ja auch noch immer genug, und sie mußte dann eben sich Feldsträuße binden, an Wegrainen irgendein paar Gräser und Margeriten und Glokkenblumen zusammensuchen, um die Vasen irgendwie zu füllen. Das war ja auch nett genug, aber es glühte, leuchtete, prunkte und duftete doch nicht so wie die Sträuße von vordem.

Wenn aber Annchen und Fritz Eisner, wie oben bemerkt, sich keine Sorgen machten, so kann man es von Hannchen und Egi Meyer nicht behaupten. Im Gegenteil, trotzdem Egi sich jetzt sehr rar machte, brachte ihnen jeder Tag, ob sie sich sahen oder nicht, neue Hoffnungen, Kämpfe und neue grausame Schwierigkeiten.

Es gibt Leute, die gern Examina bauen. Sie müssen Examina machen. Und wenn sie eins fertig haben, dann machen sie schnell noch zwei, drei hinterher. Sie sind dann über und über abgestempelt zum Schluß, wie Briefe, die einen Adressaten vier Wochen lang gesucht haben, und deren Umschläge man sich aufhebt, weil da Kötzschenbroda, Neustrelitz, Pillkallen, Kaufbeuren, Neckargerach, Schliersee, Danzig, Waldenburg in Schlesien und sonst noch ein paar Orte, die weit getrennt sind, dicht nebeneinander und halb übereinander stehen. Der Inhalt war genau wie hier, meist gleichgültig und alltäglich, aber der Umschlag bildet ein Postkuriosum.

Dann gibt's Leute, die jedes Examen erst ins Unreine machen müssen. Das zweitemal geht's glatt. Und andere, die überhaupt am Examen scheitern. Es sind nicht immer die Unbefähigtsten.

Es gibt Leute, die vor einem Examen verschwunden sind, sich einschließen und büffeln Tag und Nacht. Andere, die scheinbar leichtsinnig sind und weiterbummeln und nach durchschwärmter Nacht sich in den Frack werfen, um, ohne daß einer davon vorher etwas ahnte, summa cum laude zu promovieren. Sie lassen sich beglückwünschen und bummeln weiter.

Es gibt auch Leute, die Angst, Zuversicht oder Gleichgültigkeit zur Schau tragen.

Aber endlich, endlich gibt's welche, deren ganze nähere und fernere Umgebung, bis hinab zur Schwester der Waschfrau, sämtliche Phasen, sämtliche Hebungen und Senkungen ihrer geprüften Seelen in vergrößerter Form mitmachen muß. Sie werden zur Landplage. Sie denken nichts anderes, sie reden nichts anderes. Sie wissen nichts anderes. Sie belästigen jeden und ziehen alles in den weltbewegenden Strudel ihrer Doktorprüfung mit hinein.

Und zu dieser letzten Sorte gehörte Eginhard Meyer. An jedem Abend schrieb er noch vier Seiten voll Überschwang und Verzweiflungsausbrüchen an Hannchen.

Man wird sagen, daß da Hannchen wirklich tief zu bedauern war. Aber man vergißt ganz, daß so etwas ja Hannchens Element war, daß das eine neue Märtyrerkrone war, die sie sich wortreich auf ihre schönen kastanienbraunen Flechten stülpen konnte (die letzte war sowieso schon etwas verbraucht), die sie vier Wochen lang mal nach rechts und mal nach links drehen konnte, die sie schief oder gerade setzen konnte, so daß sie jedem ins Auge fallen mußte – im Gegenteil, Hannchen war froh darüber. Sie konnte jetzt jedem sagen: nicht mein Bräutigam macht das Examen, *wir* machen das Examen. Ich mache es mit ihm. Oder wenigstens, es ist fast so gut, als ob ich es mache. Ja, wenn ich es recht und genau betrachte, so mache *ich* es eigentlich.

Kurz und rund: es war noch nie ein Doktorexamen unter so schwierigen Umständen und von solcher Bedeutung für die Wissenschaft Deutschlands gemacht worden. Und wenn zum Schluß die Prüfenden sich nur auf eine bescheidenere Gesamtnote einigten, so war das einfach die Notwehr der verbrieften und verjährten Unfähigkeit, dem empordrängenden und sie gefährdenden Genie gegenüber. Na ja, mit dem Schriftlichen, da hatte was nicht geklappt. Der Beurteilende, die Mumie mit dementia senilis, tadelte besonders, daß von Eginhard Meyer *seine* grundlegenden Ausführungen über die gleiche Materie nicht genügend berücksichtigt worden wären; während der Doktorand auf den phantastischen Belanglosigkeiten des wirklich frenetisch unbegabten jüngeren Kollegen Adolf Kochenheimer-Tübingen (nicht der b edeutende Ernst Kochenheimer-Greifswald!) weitergebaut hatte, die ja schon seinerzeit durch ihr Erscheinen im A.f.a.R. (Archiv für allgemeine Rechtswissenschaft), diesem Tummelplatz aufgeblähter Talentlosigkeit, dem allgemeinen Gelächter anheimgefallen wären. Immerhin wären großer Fleiß und eine vielversprechende Eigenart der Arbeit nicht abzusprechen, usw. usw., und so könne man dem Prüfling usw. usw.

Ungefähr, ja eigentlich um die gleiche Zeit stand jedoch Direktor Max Liebenthal vor dem schwersten Examen seines Lebens – das heißt, er hatte unten in Johannisburg vor zwölf Jahren als Mister Lovelace schon einmal eine ziemlich ähnliche Prüfung zu bestehen gehabt.

Aber Direktor Max Liebenthal gehörte zu einer anderen Art, zu denen, die oben beschrieben. Er war einer, dem kein Mensch, kaum die nächsten, anmerken, daß er ins Examen steigen will, die sich in den Frack werfen und summa cum laude promovieren.

Es war eine Weile recht still um Direktor Max Liebenthal geworden. Die Presse behandelte ihn kurz. Prozeß Liebenthal langweilt, war von den Verlegern dekretiert worden. Nicht mehr bringen als nötig. Dreißig bis vierzig Zeilen täglich genügen vollkommen. Wenn's mal wegen Raummangel ausbleibt, macht's nichts. Sport ist wichtiger. Denn die Presse ist undankbar und lebt nur von Aktualitäten und vergißt ihre Helden schnell. Außerdem jedoch begann in ihrer Peripherie gerade ein sehr amüsanter Lustmörder aufzutauchen, und das schädigte Direktor Max Liebenthal.

Als aber jetzt die Plaidoyers begannen, horchte die Presse doch wieder sehr auf. Also sie waren glänzend: die Richter, der Staatsanwalt wurden einfach so von oben herunter behandelt. Aber das Publikum und die Geschworenen wurden dafür in rosa Kantenpapier eingewickelt von Kopf bis Fuß, ehe sie's auch nur merkten.

Wenn der Direktor Max Liebenthal sie nicht schon gehabt hätte, er hätte geradezu vor sich selbst Hochachtung gekommen müssen, so vorteilhaft fiel sein Bild aus: Leute von solchem geschäftlichen Weitblick fehlen hier. Deutschland ist ihm zu Dank verpflichtet. In dem Spiegel des Staatsanwalts sah er ja ein ganz klein wenig anders aus ... aber das war ein Zerrspiegel, und der Staatsanwalt vertrat einfach *seine* geschäftlichen Interessen. Wenn er einmal ein Verfahren eröffnen läßt, so will er auch, daß der Mann verurteilt wird, und mag er noch so unschuldig sein.

Und dann hatte Direktor Max Liebenthal das Schlußwort. Der Angeklagte hat das Schlußwort. Die anderen, die Verteidiger, hatten klug, fein, sarkastisch, sophistisch, logisch, beharrlich, überzeugsam gesprochen. Er sprach schlicht, rührend, einfach, in Herzenstönen! Unser Mann war nicht nur unschuldig, er *mußte* es einfach sein, weil ein Mensch wie er der ihm zur Last gelegten Handlungen überhaupt nicht fähig war ... Als in einer großen Versammlung einmal Turgenjew sprach, da jubelte das Volk und war begeistert, als aber nach ihm Dostojewski sprach, da weinte es. Waren seine Verteidiger Turgenjews gewesen, er, Direktor Max Liebenthal, war Dostojewski.

Es gab einen Riesenreinfall für den Gerichtshof. Die Geschworenen verneinten fast alles. Irgendein Eckchen blieb. Lumpige drei Monate sprangen 'raus. Und die mußte man ihm auf die Untersuchungshaft anrechnen. Der Vorsitzende donnerte ins Publikum – es war kaum zu bändigen. Es fehlte nur noch, daß es dem Direktor Max Liebenthal Triumphpforten baute und die Pferde ausspannte.

Also der Cand. jur. Eginhard Meyer war Dr. jur. Eginhard Meyer geworden und damit seinen Zielen ein bedeutendes Stück nähergerückt. Und der Direktor Max Liebenthal war nach eingehendster Untersuchung und nach endgültigem Konsilium der Herren Ärzte als vorerst geheilt aus dem Sanatorium entlassen worden. Immerhin, ganz sicher war es nicht, ob er nicht durch einen Rückfall seiner Krankheit gezwungen würde, dieses Sanatorium noch einmal aufzusuchen.

Egi Meyer hatte sofort den Erfolg seines Examens an Hannchen telephoniert, so lange, bis das Fräulein vom Amt mit mitleidloser Hand die Verbindung unterbrochen hatte. Endlich wollte im Laufe des Tages doch mal ein anderer Mensch nach Potsdam sprechen. So viel war aber doch festgestellt worden, daß man morgen ein Glas Bowle draußen trinken wollte. Er sollte Fritz benachrichtigen, und sie sollten schon etwas früher kommen. Und Hannchen würde noch ein paar Bekannte bitten; welche, war durch die Rücksichtslosigkeit des Telephonfräuleins – alle Welt beklagt sich ja darüber – nicht mehr festzustellen gewesen.

Fritz Eisner und Egi Meyer trafen sich auf dem Bahnhof.

»Hör' mal, lieber Doktor. Ich sehe, du hast dir ein Billett dritter Klasse gekauft. Das geht nicht mehr. Das ist nicht mehr standesgemäß für dich.«

Und Fritz Eisner nahm eines zweiter Klasse und eine Zuschlagkarte. Eigentlich hatte Fritz Eisner ja zwei Billetts erster Klasse nehmen wollen, denn er hatte schon ganz in der Frühe aus Essen eine Postanweisung über zweiundzwanzig Mark und fünfundneunzig Pfennige (hundertdreiundfünfzig Zeilen à fünfzehn Pfennig) bekommen. Auch führte der Zug, trotzdem er ein Vorortzug war, zwei Abteile erster Klasse; denn er war ein Zug, der bekanntlich in ein sehr vornehmes Gelände fährt.

In einem Wagen zweiter Klasse waren zwei Abteile nebeneinander mit einem breiten goldenen Strich umrandet, und da stand: »I. Klasse« dran. Und da stiegen dann entweder ein paar Offiziere ein, die sich mit dem »Simplicissimus« sagten: »Wir werden doch nicht zweiter Klasse fahren, da kriegt man ja Läuse«, oder eine ältere dürre Hofdame; irgend etwas exotisch Aussehendes an Diplomat; oder ein spießiger Herr in einem schlechtsitzenden Gehrock mit einer Aktenmappe, der zu einem Vortrag befohlen war. In diesen beiden Abteilen fing schon das Königliche Potsdam an. Nebenbei, die wenigsten wußten, daß der Zug sie führte. Fritz Eisner hätte ja zu gern sich das Vergnügen gemacht, den Doktor Eginhard Meyer standesgemäß zu befördern. Aber das hätte ihm doch ein gar zu großes Loch in die zweiundzwanzig

Mark fünfundneunzig gerissen – sie waren ihm gerade wie gerufen gekommen, denn er war ganz blank gewesen –, und außerdem hatte er schon für Annchen Blumen gekauft. Derartige Dinge, beiläufig, hielt der Doktor Egi Meyer für seiner unwürdig. Ihm genügte es, eine Frau mit seiner Gegenwart und der Fülle seines Geistes zu beschenken.

Die erste Klasse, die improvisierte, goldumzogene erste Klasse, war nebenbei fast ganz leer. Nur ein Herr ging vor ihr langsam, vornehm und gelangweilt auf und nieder mit gestreiften, sehr wohlgebügelten Beinkleidern, einem sehr köstlichen Cutaway, einem Zylinder … tadellose, unauffällige, gediegene Eleganz. Er hatte ein kleines, amerikanisch zugestutztes Schnurrbärtchen in dem rosigen Gesicht und einen goldumrandeten Kneifer auf dem Nasenrücken, hinter dem er das linke Auge ab und zu sarkastisch blinzelnd etwas einkniff. Er trug eine sehr elegante Aktenmappe von rotem Saffianleder unter dem Arm und kaufte noch kurz vor Abgang des Zuges ein paar größere deutsche und englische Blätter. An der Geschäftigkeit, mit der der Zeitungsverkäufer versuchte, ihm noch mehr aufzuhängen, sah man, daß er sie generös überzahlt hatte. Er ließ sich von dem Stationsbeamten, der gewohnt war, die Herren der ersten Klasse dieses Vorortzuges sehr höflich zu behandeln – mußte der Zug doch oft genug eigens auf sie warten – noch einmal ersuchen, doch Platz zu nehmen, ehe er ganz langsam einstieg und es dem Stationsvorsteher überließ, die Tür hinter ihm zu schließen.

»Höre mal, Doktor Eginhard Meyer«, sagte Fritz Eisner. »Hier habe ich zehn Zigaretten. Davon rauche ich fünf und du fünf. Alle acht Minuten eine, dann reichen sie. Ich übernehme die Verwaltung. Und jedesmal, wenn du das Wort Examen aussprichst oder auch nur umschreibst oder andeutungsweise irgend etwas, was damit zusammenhängt, erwähnst, konfisziere ich eine von deinen Zigaretten wieder. Richte dich bitte danach. Sind die fünf Zigaretten konfisziert, so gehe ich zu Handgreiflichkeiten über. Denn mit Verlaub zu bemerken: *dein* Examen wächst *mir* zum Halse heraus.«

Und der Zug sauste wieder an Hinterhäusern und Vororten vorbei.

»Der Geheimrat Viereck, dieser Trottel«, sagte Egi Meyer, »war der Meinung, daß der Absatz 3b –«

»*Eine* Zigarette«, sagte Fritz Eisner und tat sie in seinem Etui von links nach rechts hinüber.

»Was war das wohl für ein Herr, der dort in die erste Klasse stieg?« meinte Doktor Eginhard Meyer. »Er sah ganz gut aus. Wie ein Handelsattaché. Einer, der zur Wahrung und Beurteilung kaufmännischer Interessen irgendeiner Gesandtschaft beigegeben ist. Da war zum Beispiel der Geheimrat Schneckenburger, der mich im Privatrecht –«

»*Zwei* Zigaretten«, sagte Fritz Eisner und tat die zweite in seinem Etui von links nach rechts hinüber.

»Hör' mal«, sagte Doktor Eginhard Meyer, »ich kenne den Mann. Ich muß sein Bild schon in irgendeinem illustrierten Blatt gesehen haben. Ich glaube, es war ein großes Massenbild, wo er in der Mitte war. Vielleicht – halt – ja – warte mal, vielleicht von einem Wohltätigkeitsfest im Garten des Reichskanzlerpalais. Oder war es auf dem nächsten Blatt bei dem Prozeß ... Da haben Sie zum Beispiel neulich auch den Professor Kohler ...«

»*Drei* Zigaretten«, sagte Fritz Eisner und griff nach seinem Etui.

»Bitte«, rief Doktor Eginhard Meyer lachend, »höchstens zwei und eine halbe Zigarette. Ich habe ja noch gar nichts gesagt.«

Und er ging auf Hannchen über und kam auf seine Zukunftspläne zu sprechen. Und da hatte er genug zu reden. Bis über Neubabelsberg hinaus war er voll beschäftigt.

Fritz Eisner war so insgeheim doch ein wenig neidisch auf diesen Glücksjungen da ihm gegenüber. Nicht auf den Titel, den er so früh schon sich erworben. Denn Egi Meyer war ja noch beschämlich jung. Aber er dachte an die ganze wilde Ungewißheit seines Lebens jenseits der von Welt und Staat geebneten Lebenschausseen und sah so die glatte, sichere Heerstraße des Lebens hinab, die vor dem anderen nunmehr lag. Ruhiger Weg; erst die Absicht, Ungewöhnliches zu leisten, wie bei fast allen; langsames Sichbescheiden; reiche Eltern; eigene angenehme Wohlhabenheit; Eheglück; ein Dasein ohne übergroße Erfolge, aber eine angenehme Wald- und Wiesen-Sache in still-selbstzufriedener, selbstsicherer Behaglichkeit, ohne viel Probleme. Nach Alterserscheinungen mit Professor oder Justizrat, doppelte Anzeige in der dritten Beilage und vielleicht noch Nekrolog in der ersten Beilage: Der hier in weiten Kreisen beliebte … Auch seine wissenschaftliche Bedeutung als Mitarbeiter der »Deutschen Juristenzeitung« …

Und als dann später alles so anders, so ganz und gar anders kam, als er, Fritz Eisner, es damals vor sich gesehen hatte, und als das Schicksal nach reichen Enttäuschungen, verdienten und unverdienten, den Doktor Eginhard Meyer durch sehr viel Schmutz und durch sehr viel kranke Verbitterung lange Jahre willenlos hinter sich herschleifte – alles brach natürlich dabei zusammen, nicht nur er selbst – bis es ihm endlich wieder, als schon jede Hoffnung geschwunden, plötzlich irgendwie auf die Beine half … oft, sehr oft in späteren Jahren mußte Fritz Eisner an den schönen Augusttag denken, da er in den ihm damals so ungewohnten weichen und behaglichen Polstern eines Abteils zweiter Klasse dem neugebackenen Doctor utriusque juris Eginhard Meyer gegenübersaß, der so selbstsicher sprach und so zukunftsfroh in die Welt sah.

Annchen und Hannchen waren nicht auf dem Bahnhof. Sie dachten wohl, Fritz und Egi kämen erst mit dem nächsten Zug. Aber der Herr aus der ersten Klasse, der Handelsattaché, war bis hier mit herausgefahren. Er hatte vielleicht hier irgendein Referat zu halten. Und langsam, die Saffianmappe unter dem Arm, ging er durch die Sperre und warf dem Knipsmann mit kurzer Bewegung das rote Fahrkärtchen zu. Aber das fiel dem nicht weiter auf; denn er war gewohnt, von Leuten mit roten Fahrkarten übersehen und geringschätzig behandelt zu werden.

»Donnerwetter«, rief Doktor Eginhard Meyer, »ich habe mir doch die ganze Zeit überlegt, wer das ist. Das ist ja der Direktor Max Liebenthal. Das Bild in der ›Illustrierten‹ war sogar sehr ähnlich.«

Und unter anregendem Gespräch über den Prozeß Liebenthal – Doktor Eginhard Meyer wußte juristische Intima – gingen die beiden langsam zum Bahnhof hinaus. Und weder Fritz Eisner noch Egi Meyer achteten dabei auf den blonden jungen Menschen, der dort vor den Stufen – sie waren stets so ominös – auf und nieder ging und jedem, der heraustrat, wie ein Detektiv ins Gesicht blickte und versuchte, unbefangen dabei zu erscheinen. Aber er benahm sich genau wie jene sehr auffallend und ungeschickt.

Er sah aus, als ob er aus einem schlechten Roman mit oder ohne Erdgeruch entsprungen wäre; also groß, etwas schlaksig, aber der blonde Lockenschüttler mit dem strahlenden Blauauge, dem geleimten Plastron, der Kavaliersuhr und dem verschnittenen braunen Massenkonfektionsanzug. Trotz seiner Schmisse mußte er im Studentenalmanach »Neue Jugend« fast melancholische, aber sehr zarte Gedichte gemacht haben:

»Mädchen, Mädchen, still am Söller,
Sonnengolden überglüht,
Warum schlägt mein Herze schneller« usw.

Der Reim »Söller« – »schneller« war zwar nicht ganz sauber, aber Goethe reimt doch sogar »Mensch« und »ist«. Er mußte eine Arbeit über Schillers Ästhetik planen; und einem in vorgeschrittener Stunde erklären, daß er Idealist wäre. Er mußte chronisch Hände schütteln, – man konnte sogar annehmen, daß das eine der Hauptbeschäftigungen von ihm wäre; er mußte das Glas erheben und dem Freund in das treue Auge schauen. Er war geschaffen dazu, daß ein blondes Mädchen still auf ihn wartete, während er einem Tugendbund angehörte und den Versuchungen einer sündigen Welt, die gerade ihm allenthalben nachstellte und ihn umgarnen wollte, trotzte oder zu trotzen vorgab.

In drei Jahren mußte er als Hilfslehrer die Jungen verprügeln, aber mit ihnen Turnfahrten machen. In zwölf Jahren hatte er einen Stammtisch, einen Bauch und einen Gesangverein sich zugelegt und begann langsam einzusinken in den Stumpfsinn des Berufs und des Philistertums. Jetzt glaubte er noch an Schiller, hielt sich für einen Feuerkopf, einen Dichter, eine Kraftnatur, die einfach durch die Wände ging. Es gab keine Dummheit, deren er nicht fähig gewesen wäre. Nietzsche war noch nicht bis zu ihm vorgedrungen, hätte aber Verheerungen in ihm anrichten können.

Das alles sagte sich Fritz Eisner, das heißt, er sagte es sich nicht, er empfand es, als dieser junge Herr plötzlich vor ihnen stand.

»Herr Eginhard Meyer?« sagte er.

»Doktor Meyer«, gab Egi bescheiden zurück und nahm den Kneifer ab.

»Klein, Wilhelm Klein.« Der Nachname paßte nicht recht, der Vorname schon eher.

»Ich war heute vormittag schon in Ihrer Wohnung, Herr Doktor.«

»Oh«, sagte Egi Meyer freundlich und setzte den Kneifer wieder auf. »Ich bedauere, daß Sie mich nicht getroffen haben.« Denn Eginhard Meyer galt in Studentenkreisen als ein gelehrtes Haus und als eine Hoffnung, und jüngere Semester kamen öfter zu ihm, um sich Rats zu holen.

»Ja, wir hätten das dort ruhiger besprechen können, was wir beide miteinander abzumachen haben«, sagte Wilhelm Klein mit tiefem, aber etwas öligem Ernst und wilder Entschlossenheit in den blitzenden Blauaugen.

»Ach«, meinte Doktor Eginhard Meyer, der gar nicht ahnte, wo der andere hinauswollte, »es ist wohl ein Irrtum ... aber wir können es auch hier besprechen.«

»Nicht in Gegenwart Dritter«, sagte Wilhelm Klein mit dem Streben zu faszinieren.

»An meinem Schwert gemessen, kaum größer
als ein Salm,
Der Schmoller, der Groller, der Willehalm«

zitierte Fritz Eisner gerade laut genug vor sich hin. Er war in jüngeren Tagen ein berüchtigtes Rauhbein gewesen; aber nach Fünfundzwanzig gibt sich so etwas.

»Einer von uns beiden ist zu viel auf dieser Welt.« Das klang ja recht hübsch, war aber weder neu noch originell. »Für einen von uns beiden ist zu wenig Raum auf dieser Erde, entweder für mich oder für Sie!« rief Wilhelm Klein erregt und zog seine Kavalieruhr, als ob er sagen wollte: In fünf Minuten ist einer von uns eine Leiche.

»Oh«, sagte Eginhard Meyer mit mehr Ruhe und Gelassenheit, als ihm Fritz Eisner zugetraut hätte – er benahm sich überhaupt tadellos in dieser Affäre – »meinethalben können Sie ruhig drauf bleiben auf dieser Erde. Ich lege so wenig Gewicht darauf, daß Sie weggehen, wie ich Gewicht darauf lege, daß Sie da sind. Von mir aus ist es Ihnen also durchaus unbenommen, zu tun und zu lassen, was Sie wünschen. Mir haben Sie nichts getan ...«

»Aber Sie mir«, rief Wilhelm Klein mit Ritterstiefelpathos. »Persönlich habe ich ja nichts gegen Sie, außer daß ich Sie hasse.«

Und nun kam es heraus: Er war ein Jugendfreund von Hannchen. Das sagte alles. Rektorssohn von geradeüber. Und sie hatte ihm versprochen, als er mit dem Stipendium nach Marburg ... auf die Universität nach Marburg ging, auf ihn zu warten. Und er glaubte sich dadurch besonders bevorzugt und besonders ... Und er ahnte gar nicht, daß dieses Versprechen Hannchens doch nur so eine Art allgemeines Ehrenzeichen war, das zum Schluß jeder ihrer Freunde einfach bekommen *mußte*. Sie hatte ihm fleißig geschrieben, denn Hannchen schrieb ja unentwegt Briefe. Liselotte von der Pfalz, die Sévigné und Rahel waren unproduktiv gegen sie. Es stand zwar nie viel in ihren Briefen drin, aber sie sagte sich: Die Menge muß es bringen. Und eines schönen Tages zu Anfang des Semesters hatte Hannchen ihm ganz glücklich geschrieben, daß sie sich nun richtig verlobt hätte, und hatten noch geglaubt, daß ihn das besonders erfreue. Also: er hatte furchtbar gelitten. Und nun wäre er gekommen, um von Eginhard Meyer das zurückzufordern, was *ihm* gehöre. Er könnte nicht leben, wenn ein anderer Hannchen Lindenberg »besitze«.

»Verzeihen Sie«, sagte Fritz Eisner, »daß ich mich in Ihr Gespräch mische. Dieser junge Herr hier ist verlobt und wird es voraussichtlich noch die nächsten Jahre sein. Sie sollten solche Worte wie ›besitzen‹ nicht vor seinen keuschen Ohren brauchen. Es wirft auch ein übles Licht auf die Dame.«

Wilhelm Klein blitzte Fritz Eisner mit strahlenden Blauaugen an, als ob er sagen wollte: Erst fress' ich den, dann kommst du! Und dann sprach er etwas von »Gottesurteil«. Er hielt anscheinend noch von Marburg und von der Zeit der Heiligen Elisabeth her am altfränkischen Recht fest.

»Verzeihen Sie«, sagte Fritz Eisner, »daß ich mich schon wieder in Ihr Gespräch mische; aber wenn die Probleme des Lebens, der Liebe und der Gesellschaft so einfach wären, daß man sie endgültig mit einer Pistolenkugel regulieren könnte, würde man Ohrenschmerzen von der Knallerei ringsum bekommen.«

Wilhelm Klein warf wieder einen Wotansblick aus seinen Stahlaugen auf Fritz Eisner: dieser Mann war ein Zyniker ohne Ideale, der ihn anscheinend nicht ernst nahm und nur zu verwirren suchte. Doch er sollte ihn nicht von seinem Vorsatz abbringen.

Bisher hatte man sich ja nur in akademischen Erörterungen bewegt, um dem anderen Zeit zu geben, freiwillig zurückzutreten und »sein Mädchen« wieder freizugeben. Jetzt war der Moment gekommen, sich mit einem gutgebrüllten: »Sie werden noch von mir hören, Herr Doktor!« stolz umzudrehen und die beiden verdutzt stehen zu lassen.

Aber dieser Augenblick kam nicht. Denn plötzlich ereignete sich etwas sehr Merkwürdiges. Etwas, mit dem Wilhelm Klein gar nicht gerechnet hatte.

Man kennt ja aus der Geschichte die Sache mit dem

Raub der Sabinerinnen. Sie ist, wie noch manches, ja das meiste der Geschichtsüberlieferung, viel angezweifelt worden, und zwar mit Recht. Denn die alten Römer waren ein viel zu nüchtern denkendes Volk, um mit so romantischen Angelegenheiten ihre Energien zu verzetteln. Aber daß die Frauen die Kämpfenden nachher getrennt und geschieden haben, das ist durchaus nicht unmöglich und sehr glaubhaft. Die Sache wird sich ungefähr so verhalten wie das bekannte Urteil, das der Sachverständige für altes Porzellan in einem Fälscherprozeß über ein Meißner Figürchen abgab. Die Porzellanmasse, sagte er, wäre ganz neu, geradezu noch warm. Man verbrenne sich beinahe die Finger, wenn man sie anfasse. Aber die Bemalung wäre sicher alt und aus der Zeit.

Annchen und Hannchen hatten nämlich über die Vorbereitungen zur Bowle zwar den Zug versäumt, aber sie waren schnell heruntergelaufen, um Fritz und Egi wenigstens entgegenzugehen. Und als Hannchen die drei da stehen sah, schwante ihr nichts Gutes. Und resolut wie sie war, hatte sie sich, ohne daß sie es merkten, plötzlich zwischen sie gedrängt, und zuerst fiel sie ohne jegliche Vorrede Doktor Eginhard Meyer um den Hals und küßte ihn rechts und links ab, daß es nur so schallte. Sie freue sich so über sein Examen, über *ihr* Examen, und nun würde sie doch wohl bald Frau Doktor werden. Sie wand damit Wilhelm Klein die Pistole aus der Hand, ehe er sie überhaupt in die Hand genommen hatte. Sie war einfach demonstrativ glücklich. Diese Küsse sprachen ohne Kommentare. Denn Hannchen war zum Schluß doch wie alle Frauen eine raffinierte Kanaille (aber das ist ja gerade das Spaßhafte; es wäre zum Sterben öde, wenn sie auch so langweilig wie die Männer wären).

Dann erst schien Hannchen Wilhelm Klein zu sehen. »Ach, Wilhelm«, rief sie, »das ist ja reizend, daß du zu uns hier herausgekommen bist.« Und schüttelte ihm lange die Hand. Aber für Händeschütteln war Wilhelm Klein sehr empfänglich. »Wilhelm Klein ist nämlich ein Jugendfreund von mir, Egi.«

»Das habe ich bemerkt«, sagte Doktor Eginhard Meyer.

»Steinmetzstraße«, sagte Fritz Eisner zu Annchen. Kein Wort sonst. In diesen vier Silben lag alles, aber auch alles, was über die Sache zu sagen war: Romantik, Spießertum, sich abnutzende Vergoldung, Inselleben, selbstzufriedene, kleinbürgerliche Behaglichkeit und fünfundsiebzig Prozent falscher Sentimentalität.

Auch Annchen freute sich überaus, auffallend und ausgiebig mit Wilhelm Klein (er war immer so ein guter, treuer Junge gewesen, und sein Vater war nun auch gestorben; und sein Mütterlein deckte schon lange der grüne Rasen. Genau wie in einem schlechten Roman mit oder ohne Erdgeruch!). Und er solle nur heraufkommen. Ihre Mutter würde sich sehr freuen: sie hätten noch gestern von ihm gesprochen.

»Also kommen Sie mit herauf?« sagte Fritz Eisner, und dann leiser: »Und ich denke, unser kleiner Zwischenfall hat sich indes von selbst erledigt.«

»Also kommen Sie«, sagte Doktor Eginhard Meyer. »Bei wem haben Sie eigentlich in Marburg gehört? Waren Sie einmal bei dem neuen Privatdozenten Stresemeier?«

Wilhelm Klein überlegte noch einen kurzen Augenblick, ob er weiter den Trotzigen spielen sollte; dann ergriff er Egis Hand, schüttelte sie und sah ihm treu in die Augen. »Ich hoffe, Sie werden sich Ihres Glückes wert zeigen«, sagte er mit männlich verhaltener Rührung.

»Also gehen wir, Herr Klein«, sagte Fritz Eisner. »Frau Lindenberg wird sonst ungnädig, wenn der Kaffee zu lange auf dem Herd steht.«

In seinem Herzen aber dachte Fritz Eisner mit den Chinesen: In welchem Lande bist du geboren oder erzogen, daß du, wenn ich so höflich bin, dich einzuladen, so unhöflich bist, es anzunehmen?

»Ach«, rief Egi Meyer fast gerührt und kniff seine Augen zu ganz winzigen Spalten hinter den Kneifergläsern zusammen, »das ist ja entzückend von euch. Aber Kinder, ihr tut doch gerade, als ob noch nie einer zum Doktor promoviert hätte!«

Die ganze Haustür, ja oben sogar die Umrandung des Glasdachs waren nämlich mit einer köstlichen Girlande umzogen und umrahmt, einer dicken Eichengirlande, mit Dahlien durchflochten, und rechts und links standen in Kübeln je drei Lorbeerbäume vor den Treppenstufen, auf die sogar noch Kästen mit Hortensien gesetzt waren. Es war geradezu eine kleine gärtnerische Anlage geschaffen worden.

»Ja«, sagte Hannchen und kicherte mit den Augenwinkeln, »wie sind wir zu dir?«

Als Doktor Eginhard Meyer aber ein paar Schritte weiter war, da sah er, daß es doch nicht für ihn sein konnte. Denn das Treppenhaus war ebenso in einen Garten verwandelt. Selbst der Gasarm war mit einer grünen Ranke umwickelt worden. Und über Liebenthals umrahmter Tür prangten in Streifchen aus blauen und roten Astern die Worte »Herzlich willkommen«.

»Ich glaube«, sagte Hannchen, »er ist jetzt aus dem Sanatorium entlassen worden. Er muß doch wohl recht krank gewesen sein.«

»Sie hätten ihn sogar gern noch länger dabehalten«, meinte Fritz Eisner.

»Wir haben ihn schon gesehen«, meinte Doktor Eginhard Meyer.

»Ach, wie sieht er aus?« rief Annchen, die sich für alle etwas ungewöhnlichen Menschen aus weiblichem Instinkt heraus – und wenn auch nur der Nimbus des Sanatoriums um sie schwebte – interessierte.

»Vorzüglich«, sagte Doktor Eginhard Meyer.

»Meinst du denn wirklich, daß das der ist?« rief Hannchen.

»Wie sollte er!« sagte Fritz Eisner.

Also Frau Luise Lindenberg freute sich sehr mit Wilhelm Klein. Wollte Gott, daß sie zu Fritz Eisner oder Doktor Eginhard Meyer je so freundlich gewesen wäre. Und Annchen und Hannchen tuschelten, lachten und erzählten: »Weißt du noch?« und »Erinnerst du dich?« Er war Hahn im Korbe, und die anderen waren ausgeschaltet. Denn Wilhelm Klein war eben »Steinmetzstraße«; aber die beiden da waren so ein paar spätere Eindringlinge, die man vielleicht ganz gern hatte, die man auch wohl heiraten würde – denn es sähe jetzt doch schon *sehr* schlecht aus, wenn man es nicht täte – aber die doch aus einer ganz anderen Welt kamen und einem eigentlich durchaus fremd waren.

»Nett finde ich das, wie die sich unten freut, die Frau Direktor, daß sie ihren Mann endlich gesund wiederhat«, sagte Frau Luise Lindenberg, »man kann es der Frau ja nachfühlen. Ich habe ihn vorhin sogar kommen sehen. Ein schöner, eleganter Mensch. Ich hätte ihn mir so *nicht* vorgestellt.«

»Ich schon«, sagte Doktor Eginhard Meyer, »denn er sieht genau wie sein Bild in der ›Illustrierten‹ aus.«

»Nun ja, das ist immerhin möglich«, rief Frau Luise Lindenberg pathetisch. »Meine Wirtin sagte mir noch gestern wieder, daß dieser andere Liebenthal ein Vetter von ihm wäre. Das ist eben Familienähnlichkeit. Da hatte ich zum Beispiel zwei Vettern …«

»Wer kommt denn alles?« fragte Fritz Eisner.

»Ach, nur ein paar Leute«, meinte Hannchen. »Weißt du, Lucie und Selma. Ich habe ihr doch geschrieben« – (denn Selma gegenüber hatte Hannchen ein böses Gewissen, da sie doch – und sie wußte gar nicht mehr, wo überall – das Märchen mit den Strümpfen verbreitet hatte, die nachher in Berlin ruhig in der Schublade gelegen hatten) – »und Johannes Hansen, der ist doch jetzt wieder hier. Und dann haben wir noch – die mußten wir sowieso bald mal einladen – es Paul Gumpert mit seiner Braut gesagt.«

»Wer ist Paul Gumpert?« fragte Fritz Eisner erstaunt.

»Ein Jugendfreund von uns«, sagte Hannchen.

»Jugendfreund«, wiederholte Fritz Eisner.

»Steinmetzstraße«, sagte Doktor Eginhard Meyer.

»Na, ich erzählte dir doch«, meinte Annchen, »er hat sich neulich mit Emmchen Liebmann verlobt.«

»Ach so«, sagte Fritz Eisner, »der … Heinrich Heine redivivus. Jetzt bin ich im Bilde.«

»Und denkt mal«, rief Hannchen, »Mutter schwankte sogar, ob nicht Tante Trautchen auch kommen sollte.«

Denn Tante Trautchen hatte einen de- und wehmütigen Brief geschrieben (es gefiel ihr bei der Freundin nicht).

Und Frau Luise Lindenberg hatte, wie sie sagte, ihr daraufhin vergeben, aber nicht vergessen. Aber als Frau Luise Lindenberg sie heute wieder bitten wollte, gleichsam zu einem Versöhnungstrunk, da hatten Annchen und Hannchen doch gegen ihre Art – denn die Mutter beherrschte sie unter dem Vorgeben, daß sie sich für sie geopfert habe, opfere und opfern werde, ziemlich rücksichtslos –, gegen ihre Art doch so lärmend Einspruch erhoben, daß es unterblieb.

»Schade, daß ihr Mohrchen nicht mehr einladen könnt«, sagte Doktor Eginhard Meyer.

»Aber nun erzähle doch von deinem Examen, Herr Doktor«, sagte Frau Luise Lindenberg. »Nebenbei, Kinder, der Kuchen ist heute vorzüglich.«

Das fand Wilhelm Klein auch. Er strahlte ihn mit Wotansaugen an und griff mit beiden Händen danach.

»Ich gehe etwas auf den Balkon«, sagte Fritz Eisner. Denn er konnten nicht zum achtzehntenmal hören, daß Egi Meyer eigentlich recht gehabt habe und diese Mumie mit dementia senilis unrecht. Es war nämlich auch ziemlich gleichgültig, letzten Endes.

Annchen folgte ihm.

»Du bist so eigentümlich gegen Wilhelm Klein«, sagte sie.

»Ich finde ihn überaus schätzenswert.«

»Ja, ein hübscher Junge und so ein guter treuer Mensch.«

»Gewiß, aber ich wollte ihn nicht im Kuchenessen stören.«

»Du bist häßlich«, sagte Annchen. (Auf ihre alten Freunde ließ sie nichts kommen.)

Aber Fritz Eisners Züge hellten sich auf.

»Höre mal, das finde ich aber sehr überflüssig von euch.« (Und das sagt man bekanntlich stets, wenn man eine Sache nicht überflüssig findet.) Unten hielt nämlich das Geschäftsauto eines großen Berliner Delikatessenhauses, schön rot angemalt. Und die Führer waren herabgesprungen, hatten es aufgerissen, und der eine hatte vorsichtig eine mächtige Schüssel mit Hummern genommen, eine Prunkschüssel in Dimensionen wie auf einem Stilleben Makarts. Eine ganze Hummernkolonie, ein roter Berg, kunstvoll getürmt. Und der andere zog einen Korb Sekt heraus. »Donnerwetter, da hat aber deine Mutter sich angestrengt!«

Annchen sah auch herunter.

»Nein«, sagte sie mit langem Gesicht, »zu uns kommt das nicht, Fritz. Das wird wohl zu Liebenthals kommen.«

Für die Schüsseln mit kaltem Geflügel und kaltem Braten, bunt dekoriert wie eine Blumenwiese mit Kompotten und Gemüsen, die folgten, zeigte Fritz Eisner lange nicht mehr die gleiche Anteilnahme. Und er sah in die Laubwand des Parks drüben. Was gingen ihn eigentlich diese Dinerjobbers da an? Überhaupt diese ganze saturierte und selbstzufriedene Welt. Zum Schluß war es doch gleich, ob das im ersten oder zweiten Stock wohnte, Frau Direktor Liebenthal oder Frau Luise Lindenberg hieß. Das waren nur Gradunterschiede. Was hatte *er* denn damit zu tun? Er haßte alle Gesicherten, die nichts vor sich hatten und morgen das gleiche sein werden, wie sie gestern waren ... Ja, sie war noch ganz grün, die Laubwand, aber ein Ast eines Ahorns war schon gelb geworden, ein erstes graues Haar.

»Hallo«, rief es von unten, »hallo, Annchen.« Das war Lucie in hellem Tüllkleid mit einem schönen, flatternden Shawl, und Augen und Löckchen von einer Art von Schute umrahmt. Anziehen konnte sie sich. Und neben ihr wandelte Johannes Hansen, einen Stock drehend, in einem zimmetbraunen Seidenanzug und von Strümpfen über Wäsche bis zum Hutband auf gelbbraun mit lila Streifen gestimmt.

»Herrgott«, sagte sich Fritz Eisner, wie er so die beiden nebeneinander hergehen sah, den kleinen, quecksilbrigen Johannes Hansen und die kleine Lucie samt Augen und Löckchen und ihren Gesprächen Nummer I bis VI, »Herrgott, wenn Lucie ein Mann wäre, hieße er alias Johannes Hansen, und wenn alias Johannes Hansen eine Frau wäre, hieße sie Lucie.« Sie waren einfach Urbild und Spiegelbild, Kupferplatte und Druck, Schrift und Gegenschrift. Was hier rechts war, war dort links.

Aber sonst waren sie vollkommen gleich, geradezu ein Naturspiel an Ähnlichkeit.

Und in kleinem Abstand folgte – sie wußten wohl noch gar nicht, daß sie dasselbe Ziel hatten – Selma mit ihrem Sandalenschritt in einem violetten Hänger, einem Reformkleid, das um die Schultern und um die Arme mit gelben Rosenblüten bestickt war. Sie hatte lange geschwankt, ob sie nicht die Rosen durch schlichte gelbe Vierecke ersetzen sollte, aber indes hatte sie wieder sich von dem reinen mathematischen Puritanismus des Ornaments zur Naturform, wie sie es nannte, halb zurückgefunden. Und so war es bei den Christiansenschen Rosen geblieben, in denen nebenbei niemand auch nur annähernd die Form der Blume entdecken konnte. Deshalb nannte man sie ja »stilisiert«.

Auf dem Kopf trug Selma – anderes verschmähte sie – nur ihr Haar oder richtiger: auf den Ohren ... in Schneckenform. Und da Selmas Kopf an sich schon breit war, so sah er darin wie der einer Wildkatze aus. Sie winkte aber mit großer Geste, denn all ihre Bewegungen waren groß, ungezügelt und kraftvoll.

Donnerwetter, sagte sich Fritz Eisner, an wen erinnert mich denn diese Selma? Ganz einfach an Wilhelm Klein. Das ist Wilhelm Klein ins Weibliche übersetzt. Genau. Und wenn man wieder Selma ins Männliche übersetzen würde, dann könnte sie auch nicht anders heißen als Wilhelm Klein. Die zwei beide passen zusammen.

Und hinter Selma kam noch – wieder nichts ahnend, daß die andern den gleichen Weg hatten – ein Brautpaar, sehr würdig und sehr untergefaßt. Ganz offiziell. Eins, das man sich nicht anders vorstellen konnte als Möbel aussuchend: »Moderne Schlafzimmer in Vogelahorn, gnädiges Fräulein, sind augenblicklich das Letzte. Oder wünschen Sie lieber Empire? Auch sehr zu empfehlen. Wird heute viel und gern genommen.« – »Was meinst du, Schatz? Röschen Pinkus, die Donnerstag heiratet, hat auch ein Empireschlafzimmer genommen.«

Schon wie sie nebeneinander hergingen, ohne nach rechts und links zu schauen, – nach zweimonatlicher Brautzeit, – das war der selbstbewußte Stumpfsinn einer zehnjährigen Ehe – sie brauchten ja gar nicht zu heiraten.

»O, das ist Paul Gumpert und Emmchen Liebmann«, rief Annchen und machte, daß sie hereinkam, um die anderen in Kenntnis zu setzen, daß alle anrückten.

Oben das Zimmer füllte sich mit Menschen, und von unten summte es auch herauf. Da war gleichfalls Besuch.

Ja, erst wollte man hier noch Kaffee trinken und dann hinunter in den Garten gehen.

Wilhelm Klein wurde vorgestellt. Frau Luise Lindenberg hatte ihn besonders unter ihre Fittiche genommen, und auch Hannchen war sehr um ihn herum. Egi hatte man zum Schluß alle Tage und in Zukunft noch lange genug.

Aber wie Wilhelm Klein Selmas ansichtig wurde, erstrahlten seine Züge in blauer Jugendlichkeit. Sein blondes Haupthaar sträubte sich zur Mähne. Sein Plastron wurde ordentlich noch glänzender. Sein idealistischer Geist schlug ein Pfauenrad und zeigte alle seine Spiegel. Wilhelm Klein sah nichts auf der Welt mehr als Selma. Und Hannchen war kaltgestellt, soviel sie auch mit ihren großen Augen angab und stets von neuem versuchte, das Gespräch an sich zu reißen und Selma auszuschalten.

Fritz Eisner, der die Eigenheit hatte, unter vielen Menschen sehr still zu werden, belustigte das höchlichst. Und er dachte: Wie wundervoll die Natur es eingerichtet hat, daß das Männchen von Saturnia piri, dem Wiener Nachtpfauenauge, dem Riesen unter den Schmetterlingen Europas, über meilenweite Strecken, selbst mitten in

Städten, das Weibchen wittert und in nicht zu hemmendem Flug zu ihm streben muß! Fritz Eisner sah schon die Wohnung; das Schlafzimmer in rot und grün, und im guten Zimmer die Decke auf dem Tisch: violett mit gelbem Karo.

Auch Lucie und Johannes Hansen waren miteinander vertraut geworden. Und da Johannes Hansen doch als Redakteur seines verflossenen Blattes in verschiedenen Sätteln gerecht sein mußte, so attackierte ihn Lucie nacheinander mit Gespräch I, III, IV, V (Literatur, Sezession, Frührenaissance: Pietro Lombardi; Terminhandel – denn eine Zeitschrift bringt, so sie etwas auf sich halten will, auch Handelsartikel). Und wie Fritz Eisner sich an Lucie heranmachte – sie hatte doch noch vor sechs, acht Wochen den überragenden männlichen Geist in ihm gesehen –, da fiel er glatt ab. Er existierte neben Johannes Hansen nicht für sie. Das aber war Fritz Eisner wieder durchaus nicht recht. Denn es läßt sich nicht leugnen: der Mann ist nun einmal, was Frauen anbetrifft, polyglott veranlagt; selbst wenn er gerade sein Annchen noch so gern hat. Und als Hannchen mit dem schönsten ihrer Seitenblicke sich nun an Johannes Hansen heranmachte, da behandelte Johannes sie mit jener freundlichen Förmlichkeit, die sagt: Aber siehst du denn nicht, daß ich gerade anders beschäftigt bin?

»O, Herr Eisner«, rief Johannes Hansen von einer Ecke des Zimmers zur anderen, »ich vergaß ganz, ich habe Ihnen etwas mitgebracht.« Und er überreichte Fritz Eisner mit kollegialer Geste eines seiner grünen Heftchen. Das letzte. Denn vorn stand ein rührender Abschied an den Leser, der mit einem »Auf Wiedersehen in stolzeren Tagen!« schloß. Wie nett! Da war eine lange Kritik über ihn. Sogar von Johannes Hansen selbst. Fritz Eisner setzte sich in einen der Sessel mit den Vergangenheiten. Ob da wohl schon einer Kritiken über seine Bücher drin gelesen hatte? – Und er las: es war keine Kritik, es war ein Hymnus. Es war kein Hymnus, es war ein Dithyrambus. Es war kein Dithyrambus, es war eine Bachsche Orgelfuge.

Und je weiter Fritz Eisner las, desto unglücklicher wurde er. In ihm weinte es beinahe. Denn es gibt lobende Kritiken, die so dumm sind, so überwältigend-verständnislos, daß man an sich verzweifeln möchte und den ganzen Krempel zusammenschmeißen und Schuster werden.

Einzig Paul Gumpert spielte immer noch den Heinrich Heine redivivus. Das heißt, das stimmte nicht ganz: er spielte im Gegenteil den Jüngling, der das erste beste Mädchen aus Ärger genommen hatte. Nur war das Mädchen weder das erste noch das beste; es war Durchschnitt, völliger Durchschnitt; behagliche Gleichgültigkeit. Und außerdem hieße es auch überaus schlecht von den kaufmännischen Fähigkeiten Paul Gumperts denken, wenn wir glauben wollten, er – Paul Gumpert – hätte wirklich die erste beste, die ihm in den Weg gelaufen war, einfach genommen. Durchaus nicht. Er hatte unter Beirat verschiedener, hierfür zuständiger, wohlunterrichteter Stellen über die Gemütsanlage der verschiedenen Damen, auf die er nach Familie und zukünftiger Lebensstellung Anspruch erheben konnte, sich erst einmal sehr, sehr genau und wohl informieren lassen. Und dann hatte er sich für die entschlossen, deren goldiges Gemüt ihm am meisten gepriesen wurde und außer allem Zweifel stand. Sein Herz und seine Seele aber gehörten, wie er glaubte, immer noch Hannchen.

Und trotzdem – wenn man Hannchen und Paul Gumpert sah und dann an Fräulein Liebmann und Paul Gumpert dachte, so war niemand im Zweifel, wo Paul Gumpert hingehörte. Er war einfach aus derselben Form gegossen, aus der gleichen Fabrik bezogen wie seine Braut. Man dachte schon an Kinder und Enkel, wenn man beide sah, erblickte Generationen vor sich von der gleichen kulturlosen Geschäftstüchtigkeit.

Und niemand war im Zweifel, wo Hannchen hingehörte: zu Egi, zu Doktor Eginhard Meyer. Alles andere waren bei ihr Vorbereitungen, Vorstufen gewesen, Etappen einer unvollkommenen Seelenwanderung.

Man hätte von ihnen beiden das Gleiche sagen können wie von Lucie und Johannes Hansen, von Selma und Wilhelm Klein. Sie waren Bild und Gegenbild, sie waren von Urbeginn füreinander bestimmt; vielleicht nur bestimmt, einander zu zerreiben – denn wer sagt, daß wir immer für unser Glück bestimmt sind? – aber bestimmt füreinander waren sie.

Und dann ging man paarweise hinunter in den Garten, feierlich durch das blumengeschmückte Haus. Es war ein wundervoller Tag draußen, gar nicht mehr so warm. Der Himmel glühte schon zwischen den Bäumen in vielen Farben, wie ein altes Kirchenfenster.

Man wollte eigentlich in Doktor Martinis Gartenhaus Butterbrote und Salate essen und pokulieren. Wozu? Das war ja weit schöner draußen. Man zog Tische aus den Lauben, schob sie zu einer Tafel zusammen, brachte die Stühle heraus. So – hier hinten unter den Kastanien. Da konnte man sie nicht von der Straße sehen und war ungestört. Und lärmen konnte man, soviel es einem behagte.

In der großen Laube von Direktor Liebenthal vorn hatte man auch gedeckt. Für acht Personen, nicht mehr. Frau Liebenthal kam sogar eigens herunter in einem blauseidenen Gesellschaftskleid und mit der Auslage eines Juwelengeschäfts der Rue de Rivoli an Hals, Ohren, Armen und Händen. Ob nicht Frau Luise Lindenberg mit ihnen speisen möchte? – sans façon, à la fortune du pot – und das junge Volk sich selbst überlassen wolle, das sich sicher wohler fühle, wenn es unbeaufsichtigt wäre. Und als Frau Luise Lindenberg meinte, das ginge nun doch nicht, sie müsse schon bei ihnen bleiben, es würde sonst übelgenommen, und sie möchte sie auch gern unter Augen haben, da bat Frau Direktor Liebenthal, sie möchte doch wenigstens diese zwei Flaschen Sekt den jungen Leuten für ihre Doktorbowle spenden dürfen, und sie hoffe, Frau Luise Lindenberg, die die ganze Zeit so überaus freundlich zu ihr gewesen sei, dann noch oft in Berlin zu sehen. Denn ihrem Mann könne sie es natürlich nicht zumuten, daß er hier draußen bliebe. Es wäre ihm doch etwas zu unkomfortabel – nicht einmal tägliche Badegelegenheit. Sie würden wohl in den nächsten Tagen schon nach Sankt Moritz gehen, sie hätten depeschiert, und ihre alten Zimmer würden ihnen freigemacht. Natürlich hätte sie in Berlin noch viel zu tun und auch die Garderobe nachsehen zu lassen. Die Französin entließe sie. Sie hätte immer gesagt, sie wäre eine Pariserin, und dabei wäre sie eine Vaudoiserin und spräche Bonnen-Französisch. Sie nähme sich lieber oben für Blanche und Anatole eine Governeß, denn ihr Mann meinte, es wäre nun Zeit, daß die Kinder eine Engländerin bekämen. Sie sehe sich hier gar nicht danach um; oben würde sie schon eine finden. Denn Sankt Moritz wäre ja so gut wie rein englisch.

Und auch Herr Direktor Liebenthal, der mit den Gästen – ein paar Herren im Smoking, ein paar Damen mit Diamantagraffen im Haar – herunterkam, begrüßte Frau Luise Lindenberg, stellte sich vor, schüttelte ihr die Hand, bat noch einmal pro forma und sprach etwas von der Jugend da drüben, die er beneide. Sein Haar war nebenbei doch ziemlich dünn schon und nach dem Defizitsystem geordnet: immer um ein Loch zuzumachen, war eins wo anders aufgerissen. Auch hier bewies Direktor Max Liebenthal seine geniale geschäftliche Begabung.

Als Frau Luise Lindenberg mit den beiden Sektflaschen ankam, da erhob Fritz Eisner Einspruch. Aber er wurde überstimmt, und sein Protest war auch nur sehr unbedeutend. Denn bei Geld und Sekt fragt ja auf die Dauer doch keiner, wo es herkommt. Und die beiden derben Flaschen Pommery machten sich ganz gut neben dem Surius von Mosel und den Kopfschmerzen in Flaschenform, die sich da irgendwie mit stolzem Namen Sekt schimpfen (»wird gerade zu Bowle sehr gern genommen, gnädige Frau!«).

Und an der langen Tafel nahm man Platz. Genau so, wie es sich gehörte, wie es jedem zukam: Johannes Hansen – Lucie, Wilhelm Klein – Selma, Paul Gumpert und Braut, Fritz und Annchen, Egi und Hannchen. Und Frau Luise Lindenberg, die alle bemutterte.

Drüben trugen die Mädchen den Hummerberg heran. Und wenn in späteren Jahrtausenden einmal Geologen feststellen sollten, daß ungefähr um das Jahr 1900 herum ein vorübergehendes Vordringen des Meeres bis in die Potsdamer Gegend stattgefunden hat – man sehe das noch jetzt an den reichlichen Kalkablagerungen und an den häufigen Funden der Panzer großer, durchaus der Nordsee eigentümlicher Krustazeen – so werden wir, falls wir noch vorhanden sein sollten, diese Hypothese einfach belächeln, und uns *des* Tages erinnern, da Direktor Max Liebenthal aus dem Sanatorium entlassen wurde.

Am Tisch wurde man laut. Wilhelm Klein und Johannes Hansen gerieten mächtig zusammen über Schiller.

Johannes Hansen rief, er gehöre gottlob! nicht zu denen, die in Versammlungen brüllten: »Heute vor neunzig Jahren schloß Schiller seine strahlenden Dichteraugen.« Schiller! Ein Mensch, der solche Dummheiten geschrieben hätte, wie »Wo sich die Völker selbst befrei'n, da kann die Wohlfahrt nicht gedeih'n.« oder: »Das Leben ist der Güter höchstes *nicht*!« Er, Johannes Hansen, bestreite es und erwarte den Gegenbeweis ... Dem geschehe es schon ganz recht, wenn er der Nationaldichter des deutschen Liberalismus wäre, und er hätte es nicht anders verdient.

Lucie stand ganz auf der Seite von Johannes Hansen.

Selma schlug sich auf die von Wilhelm Klein.

Paul Gumpert schwankte.

Fritz Eisner enthielt sich der Stimme. Ihm ging so allerhand durch den Kopf.

Egi war mit Hannchen bei seinen Aussichten: jetzt beginne erst die wirkliche Ausarbeitung des Themas, anderthalb Jahre rechne er noch.

Wer weiß, wo dieser Streit noch hingeführt hätte, wenn Wilhelm Klein nicht eine Schwäche für Eierbrötchen gehabt hätte? Und man kann sehr schwer zugleich reden und zugleich Eierbrötchen essen. Bei Schinkenbroten zum Beispiel geht es weit besser. Aber was konnte Wilhelm Klein dafür? Er hatte nun einmal eine vielleicht angeborene Schwäche für Eierbrötchen. Und außerdem hatte sich dank Direktor Liebenthals Pommery das Niveau der Pfirsichbowle wirklich gehoben. Die Mädchen wurden lustig, lachten, und es fehlte wenig, so hätte man hie und da am Tisch Küsse gewechselt. Die Nacht war indessen ganz hereingebrochen, die Windkerzen warfen nicht allzu große Kreise. Aus der Laubdämmerung schwirrte hin und wieder eine Motte heran, und ein schönes, großes, rotes Ordensband mit dem Karmin seiner Unterflügel setzte sich einen Augenblick auf das helle Tischtuch, angelockt wohl durch den Duft von

Wein und Früchten, und schoß dann wieder in die Dunkelheit hinaus. Durch die schwarze Masse der Bäume sah der Himmel, der klare Augusthimmel mit seinen unzähligen Sternen und dem langen silberflirrigen Streifen der Milchstraße, der sich vom Zenit fast bis zum Horizont hinunterzog.

Doktor Eginhard Meyer klopfte ans Glas. Er war in Studentenkreisen kein gefürchteter, sondern ein berühmter Bierredner gewesen, der sehr langsam sprach, sehr ruhig, scheinbar die Worte suchend, aber reich an Einfällen war. Denn Witz hatte er.

Und Eginhard Meyer bewies wieder mal die Wahrheit des netten Wortes, daß nicht alle schlafen, die die Augen zuhaben. Er hatte alles gefühlt, geahnt, gewußt, was hier hinter den Kulissen spielte, ohne daß ihm jemand eine Silbe davon gesagt hätte. Und sein Witz schwebte nun, lustig und fast allzu abgeklärt für einen so jungen Menschen, darüber. Er senkte sich hin und wieder zu einem nadelfeinen Stich auf Hannchen, Johannes Hansen, Wilhelm Klein, Paul Gumpert herab, aber im nächsten Augenblick schwirrte er schon wieder oben, als ob er nur so für sich ganz allein einen kleinen Luftzug durch diese komische Welt mache, weil es ihm Spaß bereite.

Man mußte hören, wie er das Wort »Steinmetzstraße« aussprach, von einem ganzen Konzert kichernder Untertöne schwingend. Endlich war er schon ein Mensch von eigenen Gaben. Und zum Schluß kam er auf Frau Luise Lindenberg und sang ihr Lob hell in Dur. Diese Frau, die von nichts Bösem wußte, und für die alle Menschen so schön, edel und großzügig wären, wie sie sein könnten, wenn sie anders wären! Und mit einem Hoch auf ihren heutigen fünfzigsten Geburtstag – und dabei hatte sie fast noch acht Jahre bis zu ihm Zeit – klang die Rede lustig aus.

Frau Luise Lindenberg, trotzdem sie selbst für eine Frau ungewöhnlich wenig Sinn für Humor hatte, verwahrte sich lachend, und Hannchen himmelte von nun an für den Rest des Abends nur noch zu Egi hinüber. Erstens hatte es bei den andern heute gar keinen Sinn, und zweitens reichte Egi doch niemand von denen da das Wasser.

Und wieder wurden die Gläser gefüllt und die Bowle abgeschmeckt. Sie fand noch Beifall. Drüben in der Laube hörte man zwischendurch die Pistolenschüsse der knallenden Pfropfen.

Wilhelm Klein sprang auf. Es fehlte nur, daß er mit einem Schläger auf den Tisch schlug und »Silentium« rief. Er warf mit einer Bewegung des Kopfes sein Blondhaar aus der Stirn. In Wein und Begeisterung ließ er seine Augen funkeln. Johannes Hansen hatte richtig prophezeit: »Heute vor neunzig Jahren schloß Schiller seine strahlenden Dichteraugen.« Er war *der* Redner. Er sprach jetzt schon im Brustton der Überzeugung, als ob er die Sedanrede in der Aula des Henriettengymnasiums hielte. Er dröhnte, er war voll Überschwang, er hörte sich selbst, er strafte seinen Dichter Lügen, der da sagte: »Schnell fertig ist die Jugend mit dem Wort.« Er hatte nicht das Wort, das Wort hatte ihn. Die Stunde war vorgerückt genug, er sprach von »Idealen«; er sprach von blonden Jungfrauen mit Veilchenaugen – und Selma erstrahlte; – er sprach von der Liebe in falschen Geibeltönen, wie eine verstaubte Anthologie aus dem Jahre 1880 – und Selma errötete.

Und dann zog er all seine Truppen zusammen, um den letzten Schlag zu führen. Was wäre ihre Gegenwart? Nichts! Was wären sie heute? Nichts! Werdend, kommend, noch schwankend, unstet ihres Weges kaum bewußt, bekümmert, bedrückt, heute voll Hoffnung und morgen voll Hoffnungslosigkeit. Aber sie pochten an die Türe der Welt, und die Welt *würde* sich ihnen öffnen, sonst würden sie die Türen einschlagen. Ihnen gehörte die Zukunft, die Liebe der Frauen und das Glück der Ehe, alles, wonach sie sich sehnten, Ruhm, Reichtum, alles würde ihnen, den Siegern, zufallen. Auf die Zukunft, ihrer aller Zukunft leere er das Glas.

Man fand das sehr schön. Selbst drüben aus der Laube des Direktors Liebenthal wurde geklatscht. Direktor Max Liebenthal schätzte Idealisten. Das waren seine besten Kunden. Die Mädchen jubelten hell ein Hoch. Wirklich er hatte ergriffen, dieser blonde, lange, locken schüttelnde Wilhelm Klein. Und die Nacht, der Duft des Laubs, des Weins, die warme, von rötlichem Licht erfüllte Dämmerung, all das gab den Worten mehr Resonanz, als sie es sonst gehabt hätten, wenn man sie in kühlerer Stimmung über sich hätte ergehen lassen müssen.

Und als draußen über den dunklen Nachthimmel noch ein paar Sternschnuppen herabschossen, wundervoll groß, Lichtstreifen nach sich ziehend, da war es einem ordentlich feierlich zumut.

»Die Zeit der Leonidenschwärme«, sagte Doktor Eginhard Meyer.

»Die Tränen des Heiligen Laurentius«, sagte Fritz Eisner.

»Hast du dir etwas gewünscht?« fragte Annchen. »Ich hab's getan. Aber hör' mal, du mußt nun auch reden.«

»Muß das sein?« – »Ja.«

»Nun gut, Annchen, aber es komme auf dein Haupt!«

Fritz Eisner wußte genau, er war das Gegenteil von dem, was man einen Redner nennt. Er würde ins Stottern kommen, sich verheddern, seinen eigenen Sätzen auf den Schwanz treten. Aber die Nacht ringsum in ihrer sternklaren Feierlichkeit, vielleicht auch die Wirkung des Weins liehen bessere Worte, als er sie sonst gerade fand. Denn das Wort stand ihm eigentlich nur zur Verfügung, wenn er sich mit dem weißen Blatt Papier, das vor ihm lag, unterhielt.

»Ich hebe mein Glas«, sagte Fritz Eisner, »und ich gedenke einem, der vielleicht doch heute bei uns gewesen wäre, der uns Rosen um den Wein hätte winden können, und der – schon wunderlich, ältlich und grau – doch zu *uns* gehörte. Er stahl sich aus dem Leben fort, weil er die grinsende Maske der Usume nicht mehr ertragen konnte.

Ich denke eines kleinen unflüggen Vogels, der aus dem Nest fiel und zertreten wurde. Der Faden riß von selbst, ehe Atropos auch nur Zeit gewonnen, einmal die Schere für ihn zu schleifen.

Ich denke einer, die von hier in Nacht, Schmach und Schmutz des Lebens hinausging.

Ich denke ihrer, die Abschied nahmen, während wir, die Jugend, lachten, und, Eros, der kleine, neckische Gott, uns Erde und Himmel mit bunten Farben malte.

Noch lacht er uns, noch winkt er uns, noch grüßt er uns, Eros. Aber heimlich hält er schon die grinsende Maske auf dem Rücken, mit der er uns einst erschrecken wird, die Maske der Usume. Und dann wird nicht mehr Himmel und Erde mit bunten Farben gemalt sein, sondern ein brandiges Rot wird uns in die Augen beißen.

Wir sind jung, und wir haben uns noch nicht einmal am Start mitaufgestellt, wir Männer, zum großen Wettlauf um das bißchen Geld, um das bißchen Stellung, um das bißchen papiernen Zeitungsruhm und um den Trostpreis eines Nekrologs.

Wir sind noch nichts, bedeuten nichts, unsere Namen kennt niemand. Wir sind oft bange, wovon wir leben sollen, sind voll Sorgen und Ungewißheit – aber die Zukunft, aber die Zukunft!

Alle werden wir noch hin- und hergeworfen, kaum daß einer von uns schon weiß, wohin er wandern will. Oft, wie oft sind wir schon müde und verzweifelt gewesen, auch wenn wir noch so trotzig dareinsahen. Aber die Zukunft, aber die Zukunft!

Doch ich weiß es: ob sie hinauf- oder hinabführt, ganz gleich, sie wird uns hämmern und schmieden, über stürmische Höhen und durch schlammige Tiefen zerren, durch Glück und Unglück mit der Hetzpeitsche jagen.

Und die Liebe, von der wir glauben, daß sie fest wie ein Baum in unseren Herzen wurzle, sie wird kommen und gehen, gehen und kommen, als ob Vögel durch einen Dornstrauch flattern, und kaum ein Federchen wird dran hängen bleiben.

Heute werden wir eine Welt aus den Angeln heben wollen, und wir werden dann schon morgen vorzeitig verzweifelnd die Hände in den Schoß legen, bis wir immer leiser und bänglicher unsere Fragen stellen, uns bescheiden und die Dinge gehen lassen, wie sie gehen.

Vielleicht wird der von uns einmal zu Reichtum kommen, dieser zu Ruhm, jener zu Stellung, der andere zu Einfluß, – vielleicht?! Und man wird doch nichts anderes werden im besten Fall als ein alter Knurrhahn von Literat, eine professorale Mumie mit dementia senilis, ein bösartiger Greis von Schulleiter – es kommt gar nicht darauf an, daß er alt ist, er muß nur ein Greis und bösartig sein –, ein Verleger, der um jeden Preis verdienen will, wenn es nicht mit der Kunst geht, so gegen die Kunst, oder ein Kaufmann, der langsam, aber sicher zu der Überzeugung kommt, daß der gestreifte Kattun der Angelpunkt der Welt ist, unendlich viel wichtiger als Heines ›Buch der Lieder‹.

Und ihr, Annchen, Hannchen, Lucie, Selma, Emmchen, ihr, darf ich ein Wort zu euch sprechen?! Ich wohne an der Lisiere draußen in einem Vorort. Und wenn ich des Abends mit dem letzten Zug nach Haus komme, dann geht es erst eine Treppe herunter, und dann weiter durch eine lange, lange Unterführung. Und ich kenne schon fast alle Ehepaare, die mit diesem letzten Zug fahren. Sie kommen heim aus Gesellschaften, von Vergnügungen, aus Restaurants, aus Theatern, aus Konzerten, wohin sie zusammen vor sich selbst und voreinander geflohen sind. Es sind jüngere Ehepaare und ältere. Ich könnte eine Statistik über sie aufstellen. Achtzig von hundert reden nichts und gähnen; zehn von hundert reden Gleichgültiges; neun von hundert zanken sich in stummer Verbissenheit; – die anderen lassen das wohl bis nachher oder sie haben schon eingesehen, daß auch *das* sinnlos ist; – fünfzig von hundert gehen ganz getrennt; dreißig von hundert gehen nebeneinander; fünfzehn von hundert Männern fassen ihre Frauen unter; und fünf von hundert Frauen den Mann, sowie sie die letzte Stufe hinter sich haben. Nur *ein* Ehepaar plaudert und lacht immer und strahlt sich an ... Es ist der Skandal der Gegend, denn es ist unverheiratet.

Stellt es an, wie ihr wollt, Annchen, Hannchen, Lucie, Selma und Emmchen, ihr werdet dem gleichen Schicksal nicht entgehen. Und ihr werdet zusammen mit euern Mädchenkleidern alsbald von selbst tausend Dinge, ohne die ihr glaubt heute nicht leben zu können, in den Schrank hängen.

Vielleicht werdet ihr Kinder haben, und ihr werdet alles Glück und alle Angst durchkosten, die euch diese lebendige Zukunft geben wird, an die sich unser Herz mehr klammern soll als an irgend etwas in dieser Welt. Ihr werdet eure eigenen Herrinnen und eure eigenen Mägde sein. Ihr werdet langsam in tausend immer wiederkehrenden Mühseligkeiten zerrieben werden und endlich euch willig dem fügen.

Vielleicht wird euch das Leben auch dort hinaufführen, wo man dem Reichtum seine Hummerschüsseln aufträgt, und ihr werdet selbst euch mit zur Tafel setzen und« – (Fritz Eisner senkte seine Stimme) – »nicht fragen, mit wessen Geld man sie bezahlt. Ihr werdet hier euch niederlegen, um am nächsten Tage irgendwo zu erwachen, wo die Welt reicher in Farbe steht und man sich auf Liegestühlen flezt, um durch Palmen über das azurne Meer zu blinzeln.

Aber nichts, nichts, ihr Mädchen, nichts, nichts, ihr Freunde, wird einen Tag, eine Stunde, eine Minute dieser Nacht hier unter dem Schein der Sterne uns wiedergeben, die wir lachen und küssen, trunken von Wein und Jugend, während ringsum die Schlacht des Lebens Opfer auf Opfer häuft.

Hier, ich habe achtzehn Mark dreißig in der Tasche« – (Fritz Eisner hob seinen Geldbeutel und warf ihn auf den Tisch nieder) – »das ist mein ganzer Reichtum. Ich ahne noch nicht, wo das nächste Goldstück herkommen soll. Und ich trinke auf das Heute, das mir keine Zukunft der Welt je ersetzen kann. Eingedenk des Wortes, das vor wenigen Wochen ein Mann zu mir sprach, der sich am gleichen Abend eine Kugel durch den Kopf jagte: Es kann mir nie wieder so gut gehen wie heute, da es mir noch schlecht geht!«

Man rief: »Hoch, hoch, hoch!« Auch aus Liebenthals Laube klang es herüber.

Fritz Eisner fühlte, daß die Rede doch eigentlich etwas jungenhaft gewesen war, und schämte sich.

Annchen war ziemlich empört: »Was geht das die anderen Leute an, daß du kein Geld hast! Und immer machst du uns Frauen schlecht! Und manches habe ich gar nicht verstanden: Wer hat sich denn 'ne Kugel durch den Kopf gejagt? Und was war das für 'ne Sache mit der Maske?«

»Schade«, sagte Johannes Hansen, »daß ich die Zeitschrift nicht mehr habe. Die Rede hätten wir bringen müssen an erster Stelle.«

Doktor Eginhard Meyer war über die professorale Mumie mit dementia senilis etwas verschnupft.

Wilhelm Klein – ob des bösartigen Greises.

Aber das gab sich bald wieder, denn Wilhelm Klein hatte doch Selma. Und er sprach mit ihr über modernes Kunstgewerbe, das er auch dem alten vorzöge. Er hätte ebenso gut sagen können, daß er Borneo Java vorzöge, denn beides lag ihm gleich weltenfern.

Lucie und Johannes Hansen hatten anscheinend lebensentscheidende Dinge zu besprechen, denn sie zogen sich in eine der Lauben zurück, nicht ohne ihre Gläser fürsichtig mitzunehmen.

Paul Gumpert und Emmchen Liebmann gerieten über das Schlafzimmer aneinander. Er war jetzt für Empire und sie für Vogelahorn modern. Empire, sagte Paul Gumpert, wäre ein Muster, das immer geht. Er dachte eben kaufmännisch und weiter.

Selma sprang bei. Sie war für modern. Empire wäre kein Stil, sondern eine Krankheit. Was man zwar durchaus nicht so schroff und allgemein sagen kann, was aber auf das präsumptive Gumpertsche Schlafzimmer gar nicht so übel paßte.

Außerdem war Paul Gumpert noch sehr bei Heinrich Heine. Denn wenn er trank, wurde er melancholisch, und er sah zu Hannchen, die sich ganz Egi widmete, mit großen, halb stieren und halb tränenschimmernden Augen hinüber.

Lucie und Johannes Hansen kamen aus der Laube.

Lucies Löckchen waren ein wenig ramponiert, aber ihre Augen hatten nicht gelitten: sie waren sehr munter.

»Ich habe lange mit mir gekämpft«, sagte Johannes Hansen, »ich kann es zu Hause nicht mehr aushalten. Gar nicht äußerlich, man nimmt ja alle Rücksicht, aber man ist seelisch zu sehr beengt ... Ich werde doch in eine Pension ziehen.«

Allmählich fing man an, den Grund des Bowlengefäßes zu sehen, und die letzten drei Eierbrötchen waren auch hinter dem Gehege der Zähne Wilhelm Kleins verschwunden. Ein Wind kam auf, fuhr durch die Bäume, riß ein Kastanienblatt ab, das langsam heruntersegelte und sich mit seinen breiten grünen Fingern flach auf die weiße Tischdecke legte.

Ja, nun wolle man gehen. Nein mit diesem Zug ... nicht mit dem letzten! Paul Gumpert müsse noch seine Braut nach Hause bringen, Johannes Hansen Lucie, Wilhelm Klein Selma, und wie sollten sie dann heimkommen? Frau Luise Lindenberg freue sich gewiß auch, wenn sie sie alle los wäre.

Man ging noch etwas im Garten auf und nieder, paarweise und zärtlich, setzte sich auch wohl einen Augenblick in die Laube, wo es nicht allzu hell war, und verharrte im Dämmer der Kastanien hinten an der Gärtnerei.

Annchen sagte zu Fritz Eisner: »Eigentlich bin ich noch böse auf dich wegen der Rede.«

Aber sie war es dann ganz und gar nicht.

Als man im Fortgehen an der Laube Liebenthal vorüberkam, hatten die Damen sich schon zurückgezogen. Aber die Herren saßen noch mit Augen wie Hyänen um den Tisch und pokerten, daß die Goldstücke nur so durch den Garten spritzten.

Und in den Nächten darauf begann Tau wieder zu fallen. Und der Nebel von der Havel zog weit herüber in das Land hinein an den Abenden. Es kamen die ersten Nachmittage mit ganz feinem sprühigem Regen. Nicht mehr das Tropfengepladder des Sommers auf den Blättern, nein, das Rascheln im Laub und das Prickeln und Knistern und Stäuben, und die Stämme wurden ganz feucht und grünschleimig davon.

Die Sonne hatte dann schon wieder Mühe, es aufzutrocknen, und im Wald kam sie überhaupt nicht damit zuwege. Das aber war den gelben und braunen und rotgepunkteten Köpfen der Pilze gerade so recht.

Es gab ja noch sehr schöne, ganz klare, weißklare Tage draußen, aber sie wurden von den anderen überstimmt, wie stets in der Welt die überstimmt werden, die Recht haben und Gutes wollen. Und deshalb waren sie wohl auch schon so ganz leicht traurig, diese Tage, und wurden wie von einem melancholischen Schauer geschüttelt, wenn sie des Abends – früh genug schon – Abschied nahmen.

Das Haus war auch sehr still geworden. Die Baumeistersleute ließen sich gar nicht mehr sehen. Die älteste der Kapitänswitwe (Mittelmeerrasse) war mit einer adeligen Freundin in Binz. Liebenthals waren alsbald nach Sankt Moritz verschwunden, samt Blanche und Anatole; – sie hatten blaue Seidenröckchen bekommen, bleublau, bleu électrique, und sahen, wenn sie darin herumhüpften und jubelten, daß es fortginge, wie die Erdflöhe aus, die bekanntlich keine Flöhe, sondern Käfer sind, und nicht braun sind, wie ein ehrlicher Floh sein muß, sondern stahlblau, bleu-blau, bleu électrique. Aber sie hüpfen genau so, und wenn sie auch nicht beißen, sie sind doch jeder Kultur sehr schädlich. Und daß es ohne »Mademoiselle« und »va vite« fortgegangen war, hatte sie noch besonders froh gestimmt.

Mademoiselle aber hatte eine neue schöne Stelle gefunden. Und es kostete sie gar kein Geld, ihren Korb zu spedieren. Ja, sie konnte ihn sogar einfach in der Wohnung stehen lassen. Sie kam nämlich zur Kapitänswitwe, vor allem vorerst zu Lieschen, dem Südseetyp. Es wäre Zeit, daß man dem Kind eine Französin gäbe. Die anderen würden ja auch von ihr profitieren. Ja, sie hoffe selbst, ihre französischen Kenntnisse wieder mal aufzufrischen. Da die aber nicht über »nong musjeh« bisher hinausgegangen waren, so brauchte man von vornherein die Hoffnung nicht aufzugeben, daß das der Kapitänswitwe gelingen würde. Jetzt wäre es ja etwas beschränkt mit dem Raum, aber in ihrer neuen Wohnung in dem schönen Viertel am Jungfernsee – wo anders kann man doch nicht wohnen in Potsdam, die Häuser mögen von außen ja gehen, von innen wären sie aber zu primitiv – da hätten sie ja mehr Raum. Denn die Mädchen müßten doch zum mindesten jedes ihr Zimmer haben – nicht wahr?

Und langsam bekam ein Baum nach dem andern buntes Laub, Kastanien, Ahorn, Linden, Rüstern. Eichen und Buchen fingen nun auch schon an. Es fiel noch nicht stark, das Laub, aber jeden Morgen waren die Wege von seiner roten und braunen und gelben Buntheit neu gesprenkelt. Auch die Blumen schwanden draußen. Man mußte ordentlich suchen, um noch einen Blumenstrauß zusammenzukriegen.

Und morgen sollte der Möbelwagen kommen. Fritz

Eisner fuhr hinaus, um zu helfen: männlicher Schutz, drei Damen. Doktor Eginhard Meyer konnte leider nicht, da bekanntlich die Morgenstunden doch seine beste Arbeitszeit waren und jetzt ihn die Drucklegung seiner Promotion voll in Anspruch nahm.

Es sah wüst aus, recht wüst. Und Fritz Eisner, der von seiner Mutter her bescheidene, aber streng saubere Hausführung gewöhnt war, bekam einen ziemlichen Schreck: er sah Perspektiven. Die beiden Alben, das einfache und jenes mit dem Musikwerk, das nicht ging, und der Kasten voll Photographien mit der kunstvollen Laubsägearbeit wurden auch verstaut. Auch die Berliner Vase mit dem Loch im Königlichen Schloß.

Frau Luise Lindenberg zählte das Silber und jammerte: eine Gabel fehle. Aber sie hatte sich nur verzählt. Hannchen plättete noch draußen ihre Röcke auf, und Annchen stubste ihre Blusen einfach wie sie kamen in den Karton: nun wäre sie fertig.

Was mit den Blumen werden sollte.

Ach, die müsse man wegwerfen.

Auf dem Tisch stand in einer Vase ein Strauß von Margeriten, den letzten Kornblumen – sie hatten sich irgendwo auf einen Wegstreifen gerettet und waren so der Sense entgangen – und dazwischen glühten ein paar Flecken grellen Mohns. Und als Fritz Eisner auf sie hinunterstarrte, da hatte er noch einmal die Suggestion von Wiesen, Feldern, Wegen am Rande der Büsche und von einem Sommerhimmel, so strahlend blau, daß er wußte *so* würde er ihn nie mehr sehen.

Aber Hannchen war für Ordnung. Sie nahm die Blumen und beförderte sie in den Mülleimer.

»Komm', Annchen, wir gehen noch ein bißchen spazieren, der Möbelwagen ist doch unpünktlich.«

Und Fritz Eisner und Annchen gingen bekannte Wege. Aber der kommende Herbst hatte sie schon verändert. Es waren nicht mehr die Wege ihres Frühlings und Sommers. Doch der Leuchtkäferweg mit den Bänken aus Birkenästen, der würde ganz der alte sein.

Aber wie sie hinkamen, war da eine Latte vorgenagelt, und es stand groß und breit auf einer Tafel: »Verboten!« und darunter ein langer Sums: Fünfzehn Jahre Zuchthaus, wenn nach der ganzen Sachlage keine schlimmere Strafe verwirkt war, oder so ähnlich hieß es.

Die Anlieger, glaube ich, hatten eine Eingabe gemacht. Sie sagten: man merke sonst gar nicht, daß man in Preußen ist.

Und Fritz und Annchen gingen deshalb außen herum, am Waldrand entlang, legten sich noch einmal vor Brombeergestrüpp in die Sonne, sahen den Wolkenschatten zu, die über die Landschaft zogen, und hörten von drüben aus den Gattern das Röhren der Hirsche dumpf und in Abständen. Ein großes, welkes Blatt löste sich über ihnen vom Baum, hüpfte von Ast zu Ast wie ein Eichhörnchen, immer wieder einen kurzen Augenblick rastend, ehe es sich zu neuem Sprung sammelte, und blieb endlich vor ihren Füßen liegen.

»Komm', Annchen, wir wollen gehen.«

Der Möbelwagen stand schon vor der Tür, groß und grün.

»Jott, haben Sie 'ne schöne neue Glocke jekauft for det Stück«, meinte der baumlange Möbelmann. Ob das letzte aber auf die alte Glocke oder auf die Kapitänswitwe ging, war nicht ersichtlich. Und er nahm mit einem Ruck die schwere Notenkiste auf den Rücken: »Jetzt werde ich mir aber mit sie in acht nehmen.«

Die Kapitänswitwe kam heraufgerauscht, visitierte die Wohnung und sagte, daß ein Ofenschlüssel nicht da wäre. Der müsse ersetzt werden.

Lindenbergs hätten nie geheizt.

Das mache nichts, er fehle, sie hätte ihn mit übergeben, und er müsse ersetzt werden. Und dann bekäme sie noch etwas für die Abnutzung der Möbel.

»Schön«, sagte Frau Luise Lindenberg.

Lehmann arbeitete wieder mal vorzüglich. »Ich sage immer, man kann mit niemand anderem ziehen als mit Friedrich Lehmann.«

Und in einer halben Stunde rückte der Wagen ab.

Der Spielzeughund stand mitten auf der Straße mit seinen wie angenähten Ohren, mucksmäuschenstill. Man glaubte, er hätte Räder unter den Füßen oder wäre auf ein Brett genagelt.

Der letzte Blick seines Lebens aber, den Fritz Eisner in die Wohnung zurückwarf, der fiel gerade auf den Lar, auf das ausgestopfte Äffchen, das da immer noch oben auf der Konsole stand und mit seinen Engländerzähnen an der Haselnuß herumknackte, die doch sicher hohl war.

Wie dumm der Affe war ... fast wie ein Mensch.

Am Abend setzte wieder der sprühige Regen ein; und der ist in der Stadt weit häßlicher als da draußen. Er macht alles, Häuser, Pflaster, Bürgersteige, Menschen, Pferde, Bahnen und Schirme, blank und glitschig, prikkelt einem mit Nadelstichen in das Gesicht. Und als Fritz Eisner nach Elf von Lindenbergs kam – er mußte doch fragen, wie ihnen der Umzug bekommen war – und nach Hause strebte durch all diese schuddrige Nässe, da ging plötzlich eine große, schlanke Frauensperson mit einem Federhut an ihm vorbei, solch einem Federhut, wie ihn seinerzeit die richtige Baumeistersfrau getragen hatte.

Aber es war nicht die richtige Baumeistersfrau, es war die falsche, die erste, die kleine mit dem Boucherköpfchen, die Madonna, das Seerosenblatt. Sie sah noch fast so aus wie vorher, nicht sehr verändert, immer noch scheu und zaghaft.

Fritz Eisner sprach sie an: wie es ihr ginge.

So gut wie draußen, sagte sie, hätte sie es nicht mehr. Auch nicht mehr gehabt. Der Baumeister hätte sich schlecht gegen sie benommen und auf ihre Briefe nicht geantwortet. Aber die Männer wären ja wohl nun mal nicht anders.

Und damit nahm sie Abschied von Fritz Eisner, sagte, sie müssen noch weiter und ging ganz langsamen Schrittes nach dem Innern der Stadt zu.

Ein Mädchen aber, das um zwölf Uhr nachts allein nach dem Innern der Stadt geht, mit dem ist nicht mehr viel los.

Schade, sagte sich Fritz Eisner nach einer ganzen Weile nachdenklich, ich hätte sie doch fragen sollen, wie der richtige Text zu dem Lied hieß, das sie da immer sang. Schade! Wer weiß, ob man sie in diesem Leben noch einmal wiedersieht?

NACHWORT

Als 1917 Georg Hermanns Roman »Einen Sommer lang« erscheint, hat Kriegswirklichkeit die deutsche Literatur längst eingeholt. Das große Sterben ist ihr beherrschendes Thema in diesem Jahr. Elegisch gedenkt Ivan Goll der Toten in seinem »Requiem«, einem Zyklus von 24 Gedichten »Für die Gefallenen Europas«. Psychologisch nähert sich Leonhard Frank der alles beherrschenden Erfahrung. Seine Erzählung »Der Mensch ist gut« gestaltet die innere Wandlung seiner Protagonisten unter dem Einfluß der Kriegserfahrung. Andere Autoren, vor allem die Expressionisten, wollen in wuchtigen Theaterstücken der dramatischen Weltläufe Herr werden. Ganz direkt am Geschehen im Skagerrak bleibt Reinhard Goerings »Seeschlacht«. Walter Hasenclever greift auf die Antike zurück, unterlegt der »Antigone« sein pazifistisches Programm. Fritz von Unruh läßt die anarchische Wirkung des Krieges die Institution Familie zerstören: »Ein Geschlecht« heißt seine Tragödie.

Zu diesem literarischen Ertrag des vierten Kriegsjahres gesellt sich »Einen Sommer lang«, eine »Geschichte, die eigentlich keine ist«, wie ihr Autor gleich mehrmals zugibt. Schon gar nicht reflektiert sie die lebensweltlichen, sozialen, mentalen, letztlich auch literarischen Umwälzungen, die Deutschland inzwischen unübersehbar für jedermann erschüttern. Allenfalls als fernes Beben einer bedrohlichen Zukunft scheint sie am Horizont auf, wenn am Ende des Romans Fritz Eisner, heimlicher Held und in mancher Hinsicht alter ego Georg Hermanns, das Fest der Jugend, das da in »Einen Sommer lang« gefeiert wurde, mit einer Abschiedsrede beschließt und dabei vom »brandigen Rot« spricht, daß ihnen allen, die da den Sommer genossen haben, noch »in die Augen beißen wird«.

Auf die dramatische Gegenwart, auf die unsichere Zukunft im Jahre 1917 antwortet Georg Hermann mit einem kleinen Roman, dem als Motto eine Strophe aus Detlev von Liliencrons gleichnamigem Gedicht voransteht, das für die Zeitgenossen, die ihren 1909 gestorbenen Liliencron, einen der beliebtesten Dichter der Jahrhundertwende, noch kannten, von vielen Anthologien und Gedichtsammlungen her vertraut war:

EINEN SOMMER LANG

Zwischen Roggenfeld und Hecken
führt ein schmaler Gang;

süßes, seliges Verstecken
einen Sommer lang.

Wenn wir uns von ferne sehen,
zögert sie den Schritt,
rupft ein Hälmchen sich im Gehen,
nimmt ein Blättchen mit

Hat mit Ähren sich das Mieder
unschuldig geschmückt,
sich den Hut verlegen nieder
in die Stirn gedrückt.

Finster kommt sie langsam näher,
färbt sich rot wie Mohn;
Doch ich bin ein feiner Späher,
kenn die Schelmin schon.

Noch ein Blick in Weg und Weite,
ruhig liegt die Welt,
und es hat an ihre Seite
mich der Sturm gestellt.

Zwischen Roggenfeld und Hecken
führt ein schmaler Gang;
süßes, seliges Verstecken
einen Sommer lang.

Was könnte harmloser sein? Immerhin geht es um eine Liebesbegegnung. Aber alles bleibt Andeutung, Anbahnung. Wo ein einziges Mal das Wort »Sturm« den Aufruhr der Gefühle signalisiert, biegt das Gedicht schon wieder ab ins Selbstzitat. Die erste Strophe wird wiederholt. Es kommt zu nichts. Eben »eine Geschichte, die eigentlich keine Geschichte« ist. Damit erweist sich das Liliencron-Motto als Hermann-Programm. Undramatischer, antiklimaktischer kann man die »große Zeit«, »la grande guerre«, wie die Franzosen auch heute noch den Ersten im Gegensatz zum Zweiten Weltkrieg nennen, nicht konterkarieren, als es dieser Roman tut.

Alle Zeichen stehen auf Stille. Das Unspektakuläre und Periphere, der Rückzug und die Introversion dominieren nirgends bei Hermann so wie in diesem Buch, das so komplett aus der Zeit gefallen zu sein scheint. Die gesamte Komposition ist auf Evasion angelegt. Evasion der Zeit, des Ortes und der Handlung.

Evasion der Zeit: Auch »Jettchen Gebert«, »Henriette Jacoby« und »Heinrich Schön jun.« spielen in historischer Vergangenheit. Gleichwohl ist es da die Zeit um 1840, der mit großen Hoffnungen verbundene Wechsel von der Regierung Friedrich Wilhelms III. zu Friedrich Wilhelm IV. von Preußen, sowie der Beginn von dessen

»neuer Ära«, also Epochenwende und Schwellenzeit, in die Hermann da seine Figuren stellt. »Einen Sommer lang« hingegen ist in dem historisch völlig uneinschlägigen, unspektakulären Jahr 1899 angesiedelt – von 1917 aus betrachtet, bereits »Die Welt von gestern«, 19. Jahrhundert, »Zeitalter der Stabilität« also, wie Stefan Zweig später sagen wird – und nur darauf kommt es Hermann an.

Evasion des Ortes: Gleich »Heinrich Schön jun.« ist dieses ein Potsdam-Roman. Aber es sind nicht umsonst lauter Berliner, Ausgewanderte des Sommers, die hier »bei Potsdam«, wie es extra heißt, um das Flüchtige, Verbergende noch zu betonen, Ferien machen. Und da, ungewöhnlich bei Hermann, der genaue Ort nicht genannt wird, hat das Urlaubsdomizil nicht nur den Charakter des Refugiums, sondern auch den eines Verstecks. Übrigens lokalisiert Hermann auch das Berliner Umfeld seiner Protagonisten nicht. Der Leser erfährt zwar, daß Luise Lindenberg mit ihren beiden Töchtern im Westen wohnt, in einem Haus, das 1899 zehn Jahre alt ist, also »aus der übelsten Bauzeit, die Berlin je durchgemacht hat«, was auf den »Neuen Westen« schließen läßt. Exakte Angaben hingegen gibt es nur zu ihrer vorherigen Adresse, die immer mal wieder im Lauf des Romans beschworen wird als Zeichen der besseren Tage, die man einst gesehen hat: eine »Dame«, wie der Autor freundlich seine eher kleinbürgerlich wirkende Madame Lindenberg nennt, ist sich natürlich schuldig, im »Alten Westen« zu wohnen – seit Franz Hessel und Walter Benjamin wissen wir, was der »Alte Westen« einmal für den Seelenhaushalt des Berliners bedeutet hat –, und dieser Gegend ist die Steinmetzstraße unweit der Potsdamer Brücke zugehörig. Kein Wunder also, daß diese Steinmetzstraße »ein Stichwort« ist, »auf das sich Mutter und Töchter in für sie reizende, für andere sterbenslangweilige Jugenderinnerungen viertelstundenlang vertieften.«

Schließlich Evasion der Handlung. Es passiert in dieser »Geschichte, die eigentlich keine ist«, im Grunde gar nichts. Über 260 Seiten hinweg herrscht Status quo. Als böge Hermann den Stillstand des Stellungskrieges auf den westlichen Schlachtfeldern ins Idyllisch-Bukolische um (er zieht tatsächlich einmal, ganz am Anfang, auf S. 10, diesen Vergleich heran!), zeigt er, wie sich zwei junge Paare während einiger Sommermonate ihrer Zusammengehörigkeit versichern: Die beiden Lindenberg-Töchter Annchen und Hannchen samt den dazugehörigen Galanen Fritz Eisner und Eginhard Meyer. Zum Schluß finden sich noch andere. Lucie und Johannes Hansen, Selma und Wilhelm Klein, Emmchen Liebmann und Paul Gumpert. Aber auch sie sind, so will es der Autor, von vornherein füreinander bestimmt, haben im Grunde von Beginn an zusammengehört. Wieder wird also alles Dramatische, wird im Grunde alle Entwicklung unterlaufen.

Zu diesem programmatischen Minimalismus gehört weiterhin,daß Hermann sich auch literarisch klein macht, will sagen an andere Autoren anschmiegt, gewissermaßen sein Autor-Ego abgebend, durch Fort- und Ausschreiben dessen, was Kollegen vorformulierten. In diesem Zusammenhang muß neben Detlev von Liliencron vor allem Wilhelm Raabe genannt werden.

»›Ei, sieh doch mal‹, sagte Fritz Eisner, ›der Lar‹ von Wilhelm Raabe!« Mit diesen Worten nimmt der »kleine Schriftsteller«, wie Hermann ihn hätte nennen können (Eisner ist Feuilletonist) das Sommerdomizil »bei Potsdam« in Augenschein, das zur Bühne seines Lebens während der nächsten Wochen und Monate werden soll und das als auffallendstes Kennzeichen ein ausgestopfter Affe, eben ein Lar, ziert – ganz wie in der gleichnamigen Erzählung von Raabe, in der ein solcher Affe einem alten Tierarzt als Hausgott dient. Und demselben ausgestopften Äffchen gilt Eisners Aufmerksamkeit, als er vom Sommer Abschied nimmt: »Der letzte Blick seines Lebens aber, den Fritz Eisner in die Wohnung zurückwarf, der fiel gerade auf den Lar, (...) der da immer noch oben auf der Konsole stand und mit seinen Engländerzähnen an der Haselnuß herumknackte, die doch sicher hohl war. Wie dumm der Affe war ... fast wie ein Mensch.«

Indem der Lar, den antiken Penaten gleich, Eingang und Ausgang behütet, übernimmt er als Dingsymbol bei Hermann dieselbe Funktion wie im genannten Kurzroman von Raabe, der »durchgängig im Zeichen des Lar« (lateinisch, mit charakteristischer Nebenbedeutung: »Pithecus Satyrus«!) erzählt ist, wie Raabe schreibt. Er steht, was in einer Zeit, die sich mit Darwins Abstammungslehre auseinandersetzte, von geradezu provozierender Diesseitigkeit zeugen mußte, für den alten Adam, für die Rehabilitierung des Menschlich-Allzumenschlichen, für die akzeptierte Triebnatur als Kern und Movens menschlichen Handelns.

Bei näherem Hinsehen entpuppt sich der gesamte Roman »Ein Sommer lang« als Auffaltung dieses Motivs, als führe er für den äffischen Hausgott eine Scharade auf. Neben den »passenden Paaren«, die sich, wie die Lindenberg-Töchter, zivilisationskonform, für ihr Triebleben eine Verfassung in Form der Verlobung gegeben haben, stehen gleichberechtigt und vom Autor mit dem gleichen liebevollen Spott vorgeführt, die »unpassenden«. Und zwar in burlesker Häufung. Da wäre vor allem die Hausherrin des Sommerdomizils, eine angebliche Kapitänswitwe, die sich auf ihre gar nicht so alten Tage mit dem melancholischen Botaniker, »Herrn Doktor Fischer«, verbunden hat, was sie aber nicht davon abhält, mit Potsdamer Garnisonspersonal im Dogcart über Land zu fahren und ihren vier Töchtern ähnliche Freiheiten zu lassen, Töchtern übrigens, die offenkundig alle von unterschiedlichen Männern stammen. Eine ihrer Pensionärinnen ist die sogenannte »Frau Baumeister«, das Verhältnis eines verheirateten Maurerpoliers, dem allerdings im Laufe des Romans die Gattin aufs Dach steigt und die Romanze beendet. Dann gibt es den burschenherrlichen Doktor Martini mit seinem Fräulein Kuhlmei, die nichts anderes als eine veritable Prostituierte ist – eine Liaison übrigens, die dem kommersmäßigen Akademiker später die soziale Ächtung bringen wird. Zum triebhaften Schwankpersonal gehören aber auch die verschiedenen, mit den unterschiedlichsten Mitteln an ihre »älteren Rechte« erinnernden Liebhaber aus Hannchens Vergangenheit. Nicht zu reden von deren Pendant, »dem bunten Bankett der Freundinnen Hannchens«, die »nie länger als acht Tage dauerten«. Promisk sind auch diese, wobei die Krone eben jener Lucie gebührt, die später Johannes Hansen kriegt, aber zunächst eingeführt wird als ein nicht mehr ganz junges Mädchen, das »alle Halbjahr an einem anderen Mann seelisch zugrunde« geht. All diese Leutchen vergnügen sich »einen Sommer lang«. Nur der Melancholiker Fischer nimmt die Liebe schwer und sich das Leben, enttäuscht und betrogen von seiner Kapitänswitwe, die keine Witwe ist, weil sie wohl nie Gattin war. Die übrigen geben dem Sommer, was des Sommers ist, wenn er, eine weitere ehrenwerte literarische Tradition, die Hermann heraufruft, sinnbildlich die Jugend verkörpert.

Mit jugendlicher Beschwingtheit, die sich freilich nicht zuletzt altersbedingter Beschränktheit verdankt, feiern sie, feiert der impressionistisch erzählende Autor, ein Fest der sinnlichen Gegenwärtigkeit, das im Höhe- und Schlußpunkt des Romans, der Promotionsfeier für Eginhard Meyer, der seinen Doktor beider Rechte gemacht hat, auch in verschiedenen Reden ausdrücklich beschworen wird. Nur Fritz Eisner, das alter ego des Autors, darf im letzten Wort, das ihm gewährt wird, ein ganz kleines bißchen in die Zukunft schauen, womit Hermann seine Leser dezent an die Gegenwart von 1917 erinnert: »Ich denke ihrer, die Abschied nahmen, während wir, die Jugend, lachten, und Eros, der kleine, neckische Gott, uns Erde und Himmel in bunten Farben malte. Noch lacht er uns, noch grüßt er uns, Eros. Aber heimlich hält er schon die grinsende Maske auf dem Rücken, mit der er uns einst erschrecken wird, die Maske der Usume. Und dann wird nicht mehr Himmel und Erde mit bunten Farben gemalt sein, sondern ein brandiges Rot wird uns die Augen beißen.«

Es ist leicht, dem Roman Eskapismus vorzuwerfen. Deutlich ist die Absicht der Rückversicherung für Autor und Publikum auf vielen Ebenen: Da ist zunächst die Rückversicherung im Historischen des »abgelebten Säkulums«, wie Hermann einmal schreibt, dessen Themen und Sozialtypen, samt Kindergärtnerinnen, Lebensreformern, »Stilkunst«-Adepten, Corps-Studenten, Schillerjünglingen,

Schopenhauerianern und Nietzscheanern vignettenhaft und mit einer von Gönnerhaftigkeit nicht ganz freien Ironie vorgeführt werden. Da ist natürlich die Rückversicherung in der ländlichen Ferienidylle sowie vor allem – ein beliebtes Hermann-Motiv – im begütigend zyklischen Ablauf der Jahreszeiten: auf die Übergänge von der Ankunft des Sommers im April, wenn die Geschichte einsetzt, über den Hochsommer der Hauptspielzeit bis hin zum Abgesang im August, wenn die Ferien enden und der Herbst sich ankündigt, wird, wie noch in allen Romanen Hermanns, großes Gewicht gelegt.

Keine Frage, es steckt viel Sehnsucht nach der »guten alten Zeit« in »Einen Sommer lang«, eine Sehnsucht, der sich Georg Hermann ohnedies mit einer Unbekümmertheit hingab, die sicher nicht wenig zu seiner notorischen Geringschätzung durch die literarischen Auguren beigetragen hat. Wer einmal die verblüffende Aufnahme gesehen hat, die der Berliner »Gesellschaftsfotograf« Waldemar Titzenthaler 1913 von Hermann samt Frau und Töchtern in ihrem Biedermeier-Wohnzimmer gemacht hat, der weiß, wie sorgfältig, ja akribisch Hermann für sich Vergangenes nachstellte, nachlebte, um die Moderne zu ignorieren. Und doch ist das Buch keine verbitterte Verweigerung gegenüber der widrigen Jetztzeit. Die Sprache wirkt so gelöst, der Plauderton ist auf eine so entspannte Weise durchgehalten, daß man fast übersieht, daß er ja durchaus sein Thema hat, ein Thema, das dem »Ernst der Stunde« des Jahres 1917 durchaus angemessen war.

Heimliches Thema, literarisch anspielungsreich präsentiert, ist das Ernstnehmen der menschlichen Liebes- und Triebwünsche, also das Bukolische in seinem ganzen umfassenden Sinn. »Einen Sommer lang« führt – durchaus subversiv – in heroischer Zeit den Hedonismus als Lebensprogramm ins Feld. Es ist, wie könnte das bei Hermann anders sein, ein melancholischer Hedonismus, ein Hedonismus, der sogar – erinnert sei nur an den Botaniker Fischer, und wer weiß, wie Eisner einst enden wird – seine Opfer fordert. Aber es bleibt doch eine hedonistische Botschaft, mit der das Buch den Leser entläßt, zutiefst friedfertig, zutiefst tolerant und human – und Ausdruck einer großen Hoffnung, die sich, aller Tagesaggressivität der Entstehungszeit zum Trotz, Georg Hermann nicht versagt hat, die Hoffnung nämlich, daß »der Mensch, wie er ist und immer war und sein wird« (Jacob Burckhardt) eines Tages wieder zu seinem Recht kommen wird, einem Recht, das darin besteht, risikolos schwach zu sein und auf der Suche nach dem individuellen Glück.

Tilman Krause

EDITORISCHE NOTIZ

Dieser Ausgabe liegt der Erstdruck von Georg Hermanns Roman »Einen Sommer lang« zugrunde, der 1917 im Verlag Ullstein & Co, Berlin und Wien, erschienen ist. Er wurde ein weiteres Mal in der Ausgabe der »Gesammelten Werke« (Band 3, Berlin und Leipzig: Deutsche Verlags-Anstalt Stuttgart 1922) abgedruckt. Ebenfalls in der Deutschen Verlags-Anstalt Stuttgart erschien er wenig später, 1925, unter seinem ursprünglichen Titel, nun als erster Band des »Romans in zwei Bänden«: »Die steile Treppe«, als dessen zweiten Band Hermann den Roman »Der kleine Gast zufügte«. Mit dieser Ausgabe von 1925 wurde der Text des Erstdrucks verglichen. Korrekturen von Druckfehlern wurden übernommen, jedoch keine anderen redaktionellen Eingriffe, wie die Eliminierung des Mottos von Liliencron und – seltene – sprachliche Glättungen. Die bei Hermann gesperrt gedruckten Wörter, mit denen er die Betonungen der mündlichen Rede wiedergibt, sind, wie in allen Bänden dieser Ausgabe, kursiv gesetzt.

Gundel Mattenklott

ISBN 3-360-00908-8
(ISBN der Gesamtausgabe 3-360-00867-7)

1. Auflage

Rosa-Luxemburg-Str. 39, 10178 Berlin
Gestaltung und Typographie:
Peter Baarmann
Druck und Bindung:
Offizin Andersen Nexö Leipzig

Gedruckt auf chlor- und säurefreiem Papier